クリスティー文庫
73

チムニーズ館の秘密

アガサ・クリスティー

高橋　豊訳

THE SECRET OF CHIMNEYS
by
Agatha Christie

Translated by
Yutaka Takahashi
Published 2021 in Japan by
HAYAKAWA PUBLISHING, INC.
This book is published in Japan by
arrangement with
AGATHA CHRISTIE LIMITED
through TIMO ASSOCIATES, INC.

パンキーにささぐ

目次

チムニーズ館の秘密

登場人物

アンソニー・ケイド…………キャッスル旅行社の旅行案内
ジェイムズ・マグラス………ケイドの友人
ケイタラム卿…………………チムニーズ館の所有者
アイリーン（バンドル）……ケイタラム卿の娘
トレドウェル…………………ケイタラム家の執事
ブラン…………………………ケイタラム家の家庭教師
スティルプティッチ伯爵……ヘルツォスロヴァキアの元首相
ミカエル・オボロヴィッチ……ヘルツォスロヴァキアの王子
ボリス・アンチューコフ……ミカエル王子の付き人
アンドラーシ大尉……………ミカエル王子の侍従武官
ロロプレッティジル男爵……ヘルツォスロヴァキアの王制擁護派の代表
ジョージ・ロマックス………イギリス外務省の高官
ヴァージニア・レヴェル……ロマックスのいとこ
ビル・エヴァズレー…………ロマックスの秘書
ハーマン・
　アイザックスタイン………全英シンジケートの代表
ハイラム・P・フィッシュ……チムニーズ館の客
キング・ヴィクター…………フランスの宝石泥棒
ジュゼッペ・マネリ…………ロンドンのホテルのウエイター
バトル…………………………ロンドン警視庁の警視
ルモワーヌ……………………パリ警視庁の刑事

1　新しい仕事

「やあ、ジェントルマン・ジョー！」

「おお、ジミー・マグラスじゃないか」

うんざりした顔の七人の女性と汗だくの三人の男からなるキャッスル・セレクト旅行社の観光客たちは、興味深げに二人を見守った。彼らの案内役アンソニー・ケイドは古い友人に出会ったらしい。彼らはみな、彼が気に入っていた——すらりとのびた長身、日焼けした顔、喧嘩口論をとりしずめてみんなを和気あいあいの雰囲気に丸めこむきさくな態度。彼がいま出会った友人は、一癖ありげな男だった。背丈はケイド氏と同じくらいだが、ずんぐりと太って、風采がよくなかった。小説に登場しそうな男で、バーの経営者といった感じだった。しかし、興味をそそられた。要するに、彼らが海外旅行に出かけたのは、本や雑誌で読んでいたさまざまな珍しいものを見るためなのだ。いままで彼らはブラワーヨ（アフリカ・ジンバブエの都市）でかなり退屈させられていた。太陽は耐えがたいほど熱く照りつけ、ホテルの設備が悪い上に、マトポス湖行きの自動車が到着するまでは、これといって見物するところもなさそうだった。幸いケイド氏のすすめた絵葉書が気晴らしになった。絵葉書は豊富にあった。

アンソニー・ケイドと彼の友人はたがいに歩み寄った。

「きみは、いったいこの女の団体をどうしようとしているのだ。ハーレムでもはじめるつもりかい」と、マグラスが問いただした。

「こんな連中じゃ、とても無理だよ」アンソニーは苦笑していった。「それに、彼女たちをよく見てごらん」

「見たとも。きみはだいぶ視力が衰えたのじゃないかと思ったのだが」

「ぼくの視力は相変わらずさ。べつに衰えちゃいないよ。いや、そんなことじゃなくて、これはキャッスル・セレクト旅行社の観光客なのだよ。つまり、おれがキャッスルなんだ――ま、ちゃちな、城《キャッスル》だけどね」

「どうしてまた、そんな仕事をはじめたんだ？」

「食うためには、やむを得ないよ。こんな商売はぼくの性に合わんけどね」

ジミーはにやりと笑った。「きみはまともな仕事には向いていないやつだからな」

アンソニーはその中傷を無視した。

「しかし、もうまもなく何か異変が起きるだろう」と、彼は望みありげにいった。「いつもそうなるんだ」

ジミーはくすくす笑った。「もし何かトラブルが起きかかっているとしたら、アンソニー・ケイドはきっと遅かれ早かれそれにまきこまれるだろうな。きみは騒動をかぎつける動物的な本能があるからね――しかも、猫みたいに命が九つもある。ところで、きみとゆっくり話したいのだが、きみのつごうは？」

アンソニーはため息をついた。「あのおしゃべりなメンドリたちをローズ（セシル・ジョン・ローズ。英国生まれの南アフリカの政治家）の墓の見物に連れて行かなきゃならないんだ」

「それはたいへんだ」ジミーは同情的にいった。「彼らはでこぼこ道の車のわだちにめちゃくちゃに揺すぶられて、青あざだらけになって帰り、足腰が立たなくなって寝込んじまうことになるぜ。それじゃ、そのあとで一杯飲みながらニュースを交換しよう」

「うん、そうしよう。じゃあ、またな、ジミー」

アンソニーは彼の羊の群れへもどった。一行のなかでいちばん若くて快活なミス・テイラーが、さっそく彼に襲いかかった。「ケイドさん、あれはあなたの古いお友だちですの？」

「そう、ぼくの品行方正な少年時代からの友人の一人です」

ミス・テイラーはくっくっと笑った。「とてもおかしな顔をしているのね」

「あなたがそういったと、彼に伝えておきましょう」

「まあ！　すぐそんな意地悪をいうんだから、ひどいわ！　彼はあなたを何やら妙な名前で呼んでいたわね」

「ジェントルマン・ジョーと呼んだこと？」

「そうそう。あなたの名前はジョーなの？」

「ほう、ぼくがアンソニーだということを、あなたは知らなかったのですか、テイラーさん」

「まあ、憎らしい！　あたしをからかってるのね！」と、ミス・テイラーはコケティッシュに叫んだ。

アンソニーはすでにもう案内役の仕事がすっかり板についていた。彼の仕事は旅行に必要なさまざまな手配をすること以外に、威厳をそこなわれて腹を立てている老紳士をなだめすかしたり、老婦人たちに絵葉書を買う機会をたっぷり与えたり、四十歳以下の御婦人ならば誰彼かまわず恋愛遊戯のお相手をすることも含まれていた。この最後の仕事は、相手の女性たちが彼の無邪気な言葉から微妙な意味を汲みとろうとする積極的な心構えを示したので、彼にとってはやりやすかった。

ミス・テイラーがふたたび襲いかかった。「それじゃ、彼はなぜあなたをジョーと呼んだの？」

「ま、それはぼくの名前じゃないからでしょうね」

「そんなら、なぜジェントルマン・ジョーなの？」

「同じような理由からです」

「まあ、ケイドさんたら」ミス・テイラーはとまどいながら抗議した。「そんなことをおっしゃるなんて、あなたらしくないわ。あたしの父がゆうべのあなたのマナーはじつに紳士的だと、感心していたのですよ」

「それは恐縮です」

「いいえ、あたしもお世辞でなく、ほんとにそう思うわ」

「王の情けは、貴族の宝冠にまさる……」アンソニーは口から出まかせにつぶやきながら、早く昼食の時間になってほしいと思った。

「あら、すてきな詩ですこと。あなたは詩をたくさん知っていらっしゃるみたい」

「ぼくはせっぱつまると、〝少年は燃えさかるデッキに立てり〟を暗誦するのです。

〝少年は燃えさかるデッキに立てり――他の者はすべて避難し、残るは彼のみ〟――それしか知らないんですけど、しかしお望みなら、演技をつけることもできますよ。〝少年は燃えさかるデッキに立てり〟――うわっ、あちちちっ！――〝他の者はすべて避難し、残るは彼のみ〟――さあ、たいへんだ――というわけで、犬みたいに駆けずり回る」

ミス・テイラーは声をあげて笑った。

「ちょっと、ケイドさんを見て！　面白い人ね」

「そろそろお茶の時間ですな」と、アンソニーは陽気にいった。「さあ、こちらへどうぞ。次の通りにしゃれたカフェがあります」

「その費用は旅費にふくまれているのでしょうね」と、コルディコット夫人が太い声で訊き返した。

「いいえ、これは別料金になっております」アンソニーは事務的な口調で答えた。

「まあ、けちね」

「まことにせちがらい世の中でございますので」

コルディコット夫人の目がきらりと光って、ダイナマイトを爆発させるような口ぶりでいった。「そうだろうと思って、あたしは今朝の朝食のときに、お茶を水筒に入れておきましたよ！　それをアルコール・ランプで温めればいいんですからね。さあ、行きましょう、あなた」

彼女は先見の明をほこるように肩をそびやかしながら、夫と腕を組んで意気揚々とホテルへひきあげて行った。

「やれやれ、世の中にはどうしてこうも変わった人が大勢いるのだろう」と、アンソニーはつぶやいた。

彼は一行を案内してカフェへ向かった。ミス・テイラーが彼のそばに寄り添って、また根掘り葉掘りたずねた。

「さっきのお友だちと会ったのは、久しぶりなのでしょう？」

「ざっと七年ぶりです」

「彼とはアフリカで知り合ったのですか？」

「ええ、この地方じゃありませんがね。ぼくがはじめてジミー・マグラスに会ったとき、彼はがんじがらめに縛られて、ぐらぐら煮立った大きな鍋に入れられるところでしたよ。この奥地に人食い部族がいましてね。われわれ救援隊の到着がやっと間に合ったわけです」

「それからどうしたの？」

「ちょっとした愉快な騒動が起きました。われわれが何人かやっつけると、あとのやつらは逃げていっただけのことです」

「まあー！　ケイドさんはさぞかし冒険に満ちた人生を送ってこられたのでしょうね」

「いやいや、のんびりと生きてきただけで」

しかし、彼女は信じられぬ様子だった。


その晩十時ごろアンソニー・ケイドは、ジミー・マグラスがさまざまな瓶を巧みに扱っている小さな部屋へ入って行った。「強いのを作ってくれ、ジェイムズ、酒でも飲まなきゃ、やりきれないよ」

「そうだろうと思った。おれならいくらもらったって、あんな仕事は引き受けないだろうな」

「それじゃ、何かほかの仕事を世話してくれないか。さっそくそっちへ鞍替えするよ」

マグラスは馴れた手つきで自分のグラスに飲物を注ぎ、それを一気に飲みほすと、べつのを作ってアンソニーに手渡してから、おもむろにいった。「それは本気か、きみ？」

「それとは？」

「ほかの仕事を世話したら、今のを辞めるっていう話さ」

「それはそうだが――しかし、まさか引き受け手のない仕事を世話しようというんじゃなかろうね。もし結構な仕事があるのなら、どうしてきみ自身が引き受けないのだ」

「引き受けたさ――でも、あまり気乗りがしないのだ。だから、もしよかったらきみに譲ろうかと思ってね」

アンソニーは疑った。「何か後ろめたいことがあるのか？　まさかきみを日曜学校の先生に雇ったわけじゃないんだろうね」

「冗談じゃない。おれにそんな仕事を頼むやつがいると本気で思うのか？」

「なるほど、きみをよく知っていれば、だれもそんなことは頼まないだろうな」

「何も後ろめたいことはないさ――りっぱな仕事だよ」

「それは南米での仕事じゃないのか？　ぼくは南米にかなり興味があるんだ。あの大陸のどこか小さな共和国で、まもなくかなりの革命が起こりそうな気配なんでね」

マグラスは苦笑した。「まったくきみは革命が好きだね――動乱のまっただ中に飛び込みたくて、うずうずしている」

「ぼくはそういうところでこそ才能を発揮できそうな気がするのだよ、ジミー。革命のさ中なら、ぼくはきっと大いに活躍できる――どちらかの側に非常に役立つことができると思うよ。平穏無事なまじめな生活よりも、そのほうがぼくの性に合ってるのだ」

「その気持ちは、いつかきみから聞いてよく知ってるけれども、あいにく、その仕事先は南米じゃなくて、イギリスなんだ」

「イギリス？ ヒーロー、ついに数年ぶりで故国の土を踏む、か。なあ、七年もたってたら、借金は払わなくていいだろうね、ジミー？」

「たぶんそうだろう。だけどきみは、まじめに話を聞いてるのか？」

「そうさ、大まじめだよ。しかし、納得のいかないのは、きみがなぜその仕事を自分でやらないのかということだ」

「それは——はっきりいうと——おれは金鉱を掘り当てようとしているのだ——ずっと奥地でね」

アンソニーは口笛を鳴らして彼をしげしげと眺めた。「きみははじめてぼくと会ったころからずっと、金鉱を探し回っているんだね。きみも凝り性だからな——それにしても、たいへんな道楽にとりつかれたものだ。危険なけもの道をたどって、人跡未踏の地をほっつき歩くなんて」

「そのうちきっと探し当ててみせるよ。見ていてくれ」

「ま、だれにも道楽はあるものさ。きみは金、ぼくは騒乱」

「とにかくその仕事のことだが――これにはちょっと複雑ないきさつがあるんだ。たぶんきみはヘルツォスロヴァキアのことに詳しいだろうね」

アンソニーは鋭く顔をあげた。「ヘルツォスロヴァキア?」と、奇妙な響きのこもった声で訊き返した。

「そうだ。知ってるだろう?」

かなり長い間をおいてから、アンソニーは答えた。

「だれでも知っているようなことしか知らないよ。バルカン諸国の一つだね。主要な河川も、主要な山も知らないけど、数はかなり多い。首都はエカレスト。人口の大半は山賊で、彼らの趣味は王様を暗殺して革命を起こすこと。最後の王はニコラス四世で、七年前に暗殺された。それ以来共和制になっている。まあ、概して非常に面白いところだ。ヘルツォスロヴァキアと関係のある話なら、最初からそういってくれればよかったのに」

「いや、そんな国はどうだってかまわないんだ」

アンソニーは腹を立てるより、あわれむようなまなざしで彼を見た。

「きみは通信教育講座か何かで、歴史を勉強したほうがいいぜ。もしきみが東ローマ帝国の黄金時代にそんなことをいったら、逆さまに吊されて足の裏を打たれる刑に処せられるか、とにかくひどい目にあわされただろうと思うよ」

ジミーはそんな非難にまったく頓着せずに話をすすめた。「きみはスティルプティッチ伯爵のことを聞いたことがあるかい」

「そりゃあいうまでもない。ヘルツォスロヴァキアをぜんぜん知らない人だって、スティルプティッチ伯爵という名前を聞けば、目を輝かしてうなずくだろう。バルカンの長老――現代の最も偉大な政治家――野放しの大悪党、それぞれの意見は読む新聞によって異なるけれども、これだけは確かだ――スティルプティッチ伯爵はきみやぼくが灰と土になってしまったあとあとまでも、長く語り伝えられるだろう。最近二十年間の近東におけるあらゆる変動の裏に、かならず彼が介在していた。彼は独裁者であり、愛国者であり、政治家であった――しかし、天才的な策略家であったこと以外に、彼がどんな人物であったかを、正確にはだれも知らない。で、彼がどうかしたのかい」

「彼はヘルツォスロヴァキアの首相だったのだ――だから、おれは彼の名前を挙げたのだよ」

「ジミー、きみはものの大小の見分けがつかないようだね、ヘルツォスロヴァキアはスティルプティッチに比べたらぜんぜん取るに足らんのだ。あの国は彼を生み、彼に公の地位を与えたにすぎないのさ。しかし、彼はたしか死んだはずだが？」

「そう、彼は二カ月ほど前にパリで死んだ。おれがきみに話そうとしているのは、数年前に起きたことなんだ」

「問題は、きみがぼくに何を話そうとしているのかということなんだが」と、アンソニーはなじるような調子でいった。

ジミーはその非難を受けいれて、話を急いだ。

「それは次のようなことなんだ。じつは、おれはちょうど四年前にパリにいたのだが、ある晩、人通りの少ない街を歩いていたとき、五、六人のフランス人のごろつきが品のいい老紳士を袋だたきにしているところへ通り合わせた。おれは不公平な勝負が大嫌いなたちなので、すぐさま割って入って、ごろつきどもを片っぱしから殴り倒してやった。やつらはそれまでにほんものの強いパンチを食らったことがなかったらしく、たちまち雪みたいに融けて消えちまった！」

「さすがだね、ジェイムズ。さぞかし見ものだったろうな」

「いや、ぜんぜんお粗末さ」と、ジミーは謙遜していった。「しかし、その老紳士は非常に感謝してくれてね。少し酒を飲んではいたようだったが、すっかり酔いが醒めた様子で、おれの住所を聞き、翌日お礼にやって来た――じつに丁重な気品のある態度だったよ。で、おれはそのときはじめて、その老人がスティルプティッチ伯爵であることがわかったわけさ。彼はブーローニュの森の近くに邸宅を構えていた」

アンソニーはうなずいた。「そう、スティルプティッチはニコラス王が暗殺された後、パリへ移住したのだ。国民は彼がもどってきて大統領になることを望んだが、彼は帰ろうとしなかった。彼はバルカン諸国の政界のあらゆる裏工作に関係していたといわれるけれども、彼自身は表面に出ず、陰の主役に甘んじていた。利口だったのだよ」

「ニコラス四世は女の好みがちょっと変わっていたらしいね」と、ジミーが唐突にいった。

「うん。それが彼の命取りにもなった。気の毒なやつさ。女はパリのミュージック・ホールに出演していた芸人で、最下層の出身だった――貴賤相婚《きせんそうこん》（王族、貴族の男と平民の女との結婚。位階・財産は継承されない）の相手としてさえふさわしくなかったのだよ。しかしニコラスは彼女にすっかり惚れこんで、女王に仕立ててしまったのだ。ちょっと信じられないようなことだが、なんとかごまかして格好をつけたわけさ――彼女をポポフスキ女伯爵とか呼んで、ロマノフ王家の血縁であるかのように見せかけたりしてね。とにかくニコラスはエカレストの大聖堂で、気乗りのしない二人の大司教に儀式をやらせて彼女と結婚し、彼女はヴァラガ女王の位についた。ニコラスは閣僚たちを買収し、それですべてが円満に解決したと思ったのだろう――だが、彼は国民のことを考慮に入れるのを忘れていたのだ。ヘルツォスロヴァキア人はきわめて貴族趣味の保守的な国民で、王や女王の毛並みがすぐれているることを好む。ところが、女王のそれはまがいものだという噂が流れはじめると、不満が高まり、それを抑えるためのおきまりの弾圧策がかえって火に油をそそぐようなことになり、ついに国民は蜂起して宮殿を襲い、王と王妃を殺し、共和制を宣言した。それ以来ヘルツォスロヴァキアは共和制がつづいているのだが、しかし国内の政情はかなり流動的だという話だ。大統領は反対派の手で一度ならず二度も暗殺されている。だが、話を本題にもどそう。きみはスティルプティッチ伯爵を救った恩人として、大いに感謝されたわけだね」

「そう。で、その話はそれで終わって、おれはアフリカへもどり、そんなことはすっかり忘れていた――ところが二週間前に、おれのあとを追ってあちこちへ転送されていたらしい疑わしい様子の小包を受け取ったのだ。スティルプティッチ伯爵が最近パリで亡くなったことは新聞で読んで知っていたのだが、その小包には彼の自叙伝、あるいは回顧録といったようなものが入っていたのだ。そして、もしおれが十月十三日までにその原稿をロンドンのある出版社へ届ければ、おれに一千ポンドを支払うように手配してあるという趣旨の手紙が同封されていたのさ」

「一千ポンドだって？　ほんとかい、ジミー」

「うん、一千ポンドだ。嘘かほんとかはわからんよ。君主や政治家を信用するなかれという格言もあることだしね。ま、とにかく手紙にはそう書いてあったよ。その原稿はおれのあとを追ってほうぼうへ回送されたために締切日が迫っていたので、おれは急いで出発の手続きをとった。ところがちょうどそのとき、残念ながら、前からすすめていた奥地への旅行計画がやっとまとまったのだ。で、おれは金鉱探しに行くことに決めた。こんなチャンスはもう二度とないだろうからな」

「まったく救いがたいやつだな、ジミー。現実に手の中にある一千ポンドは、どんな架空の黄金の山よりも価値があるということがわからんのかね」

「しかし、その話だってとんだ食わせものかもしれないぜ。とにかく、おれはおれの道を行くさ——せっかく船を予約して、ケープ・タウンへ行くばかりになっていたのだがね。ところが、そこへきみがひょっこり現われたってわけだよ！」

アンソニーは立ちあがってタバコに火をつけた。「なるほど、話はだいたいわかったよ。それじゃ、きみは計画どおりに金鉱探しに行きたまえ。ぼくはきみのためにその一千ポンドをもらってきてやろう。ぼくの分け前はいくらだ」

「四分の一でどうだい？」

「つまり、税金なしの二百五十ポンドというわけだな」

「そうだ」

「よし、決めた。じつはきみを歯ぎしりして悔しがらせるために告白すると、ぼくは百ポンドで引き受けるつもりだったのだよ！　ま、きみは預金残高でも勘定しながら、悔しさのあまりベッドの中で頓死しないように気をつけろよ」

「とにかく、これで話は決まったわけだね」

「そうとも。キャッスル旅行社には気の毒だがね」そして二人はきまじめに乾杯した。

2　狙われた女

「これで商談はまとまったわけだが——」アンソニーはテーブルにグラスをおきながらいった——「きみはどの船で出発する予定だったのだ？」

「グラナース・キャッスル号だ」

「たぶんきみの名前で予約していたのだろうから、ぼくはジェイムズ・マグラスになりすまして旅行することにしよう。ぼくらのパスポートについては少々厄介なことになってるからな」

「どっちでもかまわないよ。きみとおれはぜんぜん似ていないけど、人相書きは似たようなものになるだろうからな。身長は六フィート、髪は褐色で眼は青、鼻は普通、あごも普通——」

「そうやたらに普通といいなさんな。キャッスル旅行社はぼくの美貌とりっぱなマナーを見込んで、数人の応募者の中からぼくを選んだのだぞ」

ジミーは苦笑した。「きみのマナーのよさは、今朝、とくと拝見したよ」

「ちえっ、いやなやつだな」

アンソニーは立ちあがって部屋を歩き回った。軽く眉を寄せてしばらく考えにふけってから、ややだしぬけにいった。「ジミー、スティルプティッチはパリで死んだ。彼が原稿をパリからロンドンへ送るのにアフリカ経由で届けようとしたのは、なんのためだろう？」

ジミーは困惑したように首をふった。「それはわからん」

「なぜそれをきちんとした小さな小包にして、郵便で送らなかったのだろう？」

「うむ、たしかにそうするほうが道理にかなっているようだね」

「もちろん王や女王や政府の高官たちが儀礼上、何をするにも簡単率直なやり方ができないようになっていることは、おれも知っているよ。公文書送達吏とかなんとか、いろいろややこしいしきたりがあってね。中世の時代には、開けゴマという呪文の代わりに、印章付きの指輪を与えたらしい。〝おお、これは王の指輪でございますな。さあどうぞお通りください！〟ってわけさ。たいがいそいつは、指輪を盗んだほかの男だったそうだが。その模造品を一ダースほど造って一個百ダカットで売ることを、なぜだれも思いつかなかったのだろうかと、ぼくはいつも不思議に思うんだがね。中世時代の人々は進取の気性に欠けていたのかもしれんな」

ジミーはあくびをした。

「中世時代の話はきみには退屈なようだから、スティルプティッチ伯爵の話にもどろう。フランスからアフリカ経由でイギリスへというのは、いくら外交的手腕のすぐれた人物にしても、少し手がこみすぎていると思うよ。もし彼が、ただたんにきみに一千ポンド贈ることを保証したかったのなら、遺言書にそう書き残せばよかったはずだ。きみにしてもぼくにしても、遺産をもらうのを断わるほど高慢じゃないのだからね。スティルプティッチは頭がおかしくなっていたのじゃないかな」

「ほんとにそう思うかい？」

アンソニーは眉をひそめて歩きつづけた。「きみはそれを少しでも読んでみたのか？」と、いきなり訊いた。

「それとは？」

「原稿さ」

「いいや。そんなものをおれが読みたいと思うわけがないだろう」

アンソニーは苦笑した。「念のために訊いてみただけさ。回顧録というやつは往々にしてさまざまな問題をひき起こす場合がある。軽率に秘密を洩らしたりするからだ。生涯カキみたいに堅く口を閉ざしていた人たちに限って、安穏に死んだあとでいざこざをひき起こすことを好む傾向があるらしい。一種の悪趣味だね。ジミー、スティルプティッチ伯爵はどんな人柄だった？　きみは彼に会って話をしたわけだし、それにきみは人間のなまの性質を見抜く勘もすぐれている。彼は復讐心の強い、執念深い年寄りという感じはしなかったか？」

ジミーはとまどいながら首をふった。「それはなんともいえないな。最初の晩は、彼はかなり酔っていたようだったし、翌日は気品のある老人で、じつに丁重な態度でおれを誉め称えたので、おれは照れくさくて眼もあげられなかったんだ」

「彼が酔っていたとき、何か妙なことをいわなかったか？」

ジミーはまた眉を寄せながら記憶をたどった。やがておぼつかなげにいった。「なんでも、自分はコーイヌール（英国王室所蔵の世界最大のダイヤモンド）がどこにあるかを知っているとかいってたけど」

「それはだれだって知ってるよ。ロンドン塔の中だろ？　厚いガラスと鉄格子の奥に安置されていて、奇妙な衣裳を着た大勢の紳士たちが、そのまわりを厳重に警戒しているのだ」

「そう、そのとおりだ」と、ジミーが同意した。

「スティルプティッチは同じたぐいのことをほかに何かいわなかったかい？　たとえば、ウォレス・コレクションはどこの町にあるかを知ってるとか」

　ジミーは首をふった。

「ちえっ！」アンソニーはまたタバコに火をつけて部屋を歩き回りはじめた。それから、「きみは新聞をぜんぜん読んでいないらしいな、未開人？」と無造作にいった。

「ま、たまにしか読まんな」マグラスもあっさり答えた。「あまり面白いことも書いてないんでね」

「やれやれ、きみに比べれば、ぼくははるかに文明人だね。最近、ヘルツォスロヴァキアに関することがときどき報道されていて、王政復活のきざしが見られるというような記事もあったぞ」

「ニコラス四世は子息を遺さなかったが、オボロヴィッチ王家が絶滅したとは思えない。おそらくいとこや、またいとこや、またまたいとこなどの若い親族が大勢いることだろう」

「すると、国王を探し出すのはさほど難しくないわけだ」

「いたって簡単だろうよ」と、ジミーは答えた。「やつらが共和制に飽きているとしても不思議はないしね。ずいぶん血の気の多い勇ましい民族だから、長いあいだ王制に慣れてきたあとで大統領を選挙したりするのは、ひどくまだるっこく感じるだろう。そうそう、国王の話で思い出した――あの晩スティルプティッチ伯爵はある国王の名前をいっていたよ。彼をつけ狙っている一味は、キング・ヴィクターの手下だといったんだ」

「なんだと？」アンソニーは急にふり向いた。

マグラスの顔がにやりとして崩れた。「おや、ちょっとは興奮したようだね、ジェントルマン・ジョー」

「冗談じゃないぞ、ジミー。きみがいまいったことは、かなり重大なことなのだぞ」彼は窓ぎわへ行って外をのぞいた。「そもそも、そのキング・ヴィクターというのは何者なんだ。バルカンの王様の一人か？」

「違う」アンソニーはゆっくりと答えた。「彼はそういう種類のキングじゃないのだ」

「じゃ、いったい何者なんだ？」

アンソニーはやや間をおいてから、おもむろにいった。「泥棒だよ、ジミー。世界中でもっとも有名な宝石泥棒なんだ。じつに豪胆不敵な怪盗さ。キング・ヴィクターというのはあだ名で、パリではそれで通っている。やつの一味の本拠はパリにあるのだ。パリ警視庁が彼を逮捕して、軽いほうの罪状で数年間の刑を食らわせた。もっと重要な容疑のほうは、証拠をあげることができなかったのだ。彼はもうまもなく出所するところだ——いや、すでに出ているかもしれない」

「すると、スティルプティッチ伯爵はやつが警察にあげられたことに何か関係があったのではないだろうか？　だから、やつの子分どもが伯爵をつけ狙っていたのかもしれないぜ——復讐するために」

「さあ、その点はわからないけど、表面的に見れば、あまり可能性がないような気がするな。ぼくの知ってる限りでは、キング・ヴィクターはヘルツォスロヴァキアの王室の宝石を盗んだことは一度もないのだ。しかし、何やら暗示的なことばかりだね。スティルプティッチの死、回顧録、新聞紙上をにぎわせている噂話——すべてがあいまいだが、じつに興味深い。しかも、ヘルツォスロヴァキアで油田が発見されたという噂も流れている。なあジェイムズ、ぼくはさまざまな人間があのちっぽけな国に大きな関心を向けているような気がするよ」

「それはどんな人たちだ？」

「たとえばヘブライ人。あるいはイギリスの財界さ」

「いったいどういうことなんだ、それは」

「簡単な仕事を難しくしようとしているだけさ」

「まさか原稿を出版社に届けるのに難儀しそうだといおうとしているんじゃないだろう

ね？」

「いや、それは何も難しいことはないだろう。しかしね、ジェイムズ、ぼくが分け前の二百五十ポンドを持ってどこへ行こうと企んでると思う？」

「南米だろ？」

「いや、ヘルツォスロヴァキアさ。あの共和国のために働こうと思うんだ。そしてたぶん最後は、大統領になるかもしれない」

「いっそのこと、オボロヴィッチ王家の正統な末裔だと名乗り出て、国王になったほうが早いぜ」

「それはいかん。国王は終身制だからな。大統領なら四年かそこらの間に仕事をするだけですむ。ヘルツォスロヴァキアみたいな国を四年間統治するのは、きっと面白いだろうと思うよ」

「平均的な国王の在位期間は、もっと短いんじゃないかね」と、ジミーが異論をはさんだ。

アンソニーはそれを無視して話をつづけた。「一千ポンドの内のきみの取り分を着服したくなるかもしれないな。きみが金塊をどっさり持って帰ってきたら、そんな金はいらないだろうからな。ぼくがそれをきみのためにヘルツォスロヴァキアの石油株に投資してやろう。なあジェイムズ、まったくこいつは面白くなってきたぞ。きみがこの話を持ち出さなかったら、ぼくはヘルツォスロヴァキアのことなんか思ってもみなかっただろう。よし、ロンドンに着いたら、その日のうちにごほうびをちょうだいして、その足ですぐ海峡を渡ってバルカン行きの急行列車に乗ることにしよう！」

「そんなにあわてて行く必要はないだろう。じつは、言い忘れていたのだが、もう一つきみに頼みたいことがあるんだ」

アンソニーは椅子に腰をおろして、じろりと彼を見た。「どうもきみは何かを隠しているような気がしていたんだが、やっぱりそうか。この話には落とし穴があるんだな」

「とんでもない。ある女性を助けるために、ちょっとやってもらいたいことがあるだけだよ」

「これっきり、きみのいやらしい情事にまき込まれるのは、二度とごめんだぜ」

「情事じゃないよ。おれはその女に一度も会ったことがないんだ。いきさつを話そう」

「きみの昔話を聞かなきゃならないのなら、その前に飲物をもう一杯作ってくれ」

ジミーは快くその要求に応じてから、話をはじめた。「ウガンダにいたときのことだ。おれはある外人の命を助けてやったことがあってね――」

「もしぼくがきみなら、『私が命を助けてやった人たち』という本を書くだろうな。今晩、きみに聞かされる人命救助物語第二話は、どんなストーリーなんだ？」

「こんどは大したことじゃない。その男を川から引きあげてやっただけさ。外人はたいがいそうだが、そいつも泳げなかったのだよ」

「ちょっと待て。その話は例の仕事と何か関係があるのかい？」

「まったく関係はないのだが、いま思い出してちょっと奇妙な感じがするのは、彼がヘルツォスロヴァキア人だったことだ。しかし、われわれは彼をダッチ・ペドロと呼んでいた」

アンソニーはそっけなくうなずいた。「どんな名前だってかまわないさ。さあ、話の先を急いでくれ、ジェイムズ」

「で、その男はそのことを恩に着て、おれの腰ぎんちゃくみたいになっていたのだが、それから半年ばかりして熱病で死んだ。おれは彼を看病してやっていた。彼は息をひきとる前におれを呼び寄せて、何やら秘密を打ち明けるような調子で一言ささやき——よく聞きとれなかったが、金鉱があるといったようだった——そして、彼が肌身離さず持っていた油布でくるんだものをおれに渡した。それから一週間ほどたってから、おれはその包みを開けてみた。じつをいうと、おれはかなり好奇心をそそられていたのだ。ひょっとしたらなどとつい欲が出てね、ダッチ・ペドロみたいなやつが、金鉱を見てそれとわかるだけの知識を持っているはずはないのだが――しかし、幸運はいつどこに転がってるか分かるものじゃないと――」

「金鉱と聞いただけで、きみは胸がどきどきしてくるのだから、それを期待するのも無理はないだろうよ」と、アンソニーは口をはさんだ。

「いやあ、あんなにむかついたことはなかったよ。金鉱とはねえ！　たしかにあいつにとっては金鉱だったのかもしれないけど……。いったいそれは何だったと思う？　女の手紙さ――それもイギリス人の女の手紙なんだ。あの野郎はその女をゆすってやがったのだよ――しかも、その汚ないネタを、ずうずうしくもこのおれによこしやがったのさ」

「なるほど、潔癖なきみが憤慨する気持ちはわかるが、しかし悪党には悪党のやり方があるってことを、きみは理解してやらなきゃね。彼は善意でそうしたのだ。命を助けてもらった恩に報いるために、金をまきあげる有益なネタを遺産としてきみに贈ろうとしたのさ――きみの高邁な精神は、彼の思考や心情と範疇を異にしていたわけだな」

「とにかく、おれはその手紙の始末に困ってしまった。焼いてしまおうと、最初は思った。しかし、気の毒な相手の女性は手紙が焼き捨てられたことを知らずに、あの野郎がいつかまた現われるかもしれないという不安に、いつまでもおびえながら暮らさなければならないということに気づいたのだ」

「きみは案外想像力があるんだね」アンソニーはタバコに火をつけながらいった。「たしかにその件は最初に思ったよりも難しそうだな。それを彼女に郵便で送ったらどうだろう?」

「ところが、女はみんなそうらしいが、彼女もほとんどの手紙に日付も住所も書いていなかったのさ。住所のようなものが書いてあるのは一通だけ——それも、〝チムニーズ〟とただ一言しか書いていないのだ」

アンソニーはマッチの火を吹き消すのをやめ、驚いたような表情でジミーを見つめた。マッチの火が彼の指を焼きそうになり、彼はあわててそれを床に落とした。「チムニーズだって?　それはちょっと驚いたな」

「どうして?　知ってるのか」

「イギリスの最も豪壮な邸宅の一つだよ、ジェイムズくん。王や女王がそこで週末をすごしたり、各国の外交官が集まって、外交的手腕を競う場所だ」

「そうであればなおさら、おれの代わりに、きみにぜひイギリスへ行ってもらいたいよ。きみはそういう方面の心得があるからね。おれみたいなカナダの開拓森林地育ちの田舎者じゃ、へまばかりやるに決まってる。しかし、きみのようにイートンとハロー出身の者なら──」

「片方だけだよ」と、アンソニーは訂正した。

「とにかく、きみならうまくやってのけられるだろう。おれがなぜそれを彼女に郵送しなかったのかといえば、どうも危険な気がしたからだ。文面から察すると、彼女の亭主は嫉妬深いらしい。もし何かの手違いでその亭主が手紙を開けたら、彼女はどうなると思う？　あるいは、彼女は死んでいるかもしれない──あの手紙はかなり以前に書かれたものらしいのだ。まあ、そんなわけで、だれかがそれを持ってイギリスへ行って、彼女にじかに手渡す以外にないと判断したわけなのさ」

アンソニーはタバコを捨てて友人のそばへ行き、親愛の情をこめて肩をたたいた。

「きみはまことの騎士《ナイト》だよ、ジミー。カナダの開拓森林地の人々はきみを誇りに思うだろう。ぼくなんか、きみの足もとにも及ばないよ」

「じゃ、引き受けてくれるんだね？」

「もちろんだ」

マグラスは立ちあがって、机の引き出しから一束の手紙を取り出し、それをテーブルの上に投げた。「これだ。ちょっと読んでおいたほうがいいだろう」

「その必要があるのか？　いろいろ考えるとどうもあまり気が進まないな」

「チムニーズがきみのいうようなところだとすれば、彼女はそこに滞在していただけなのかもしれないのだ。だから、この手紙をひととおり読んで、彼女のほんとうの住まいはどこなのか、その手がかりを探したほうがいいと思うのさ」

「なるほど、それもそうだな」

彼らは注意深く手紙を読んでみたが、期待した手がかりはなにも発見できなかった。アンソニーはそれを整理しながら思案深げにいった。「かわいそうに、彼女はひどくおびえているようだね」

ジミーはうなずき、「うまく彼女を探し出せると思うかい」と、気づかわしげに訊いた。

「そうするまではイギリスを離れないつもりだ。きみはこの未知の女性のことをひどく気にしているようだね、ジェイムズ」

ジミーは彼女の署名をいとしげに指でなぞりながら、弁解するようにいった。「きれいな名前なんだよ――ヴァージニア・レヴェル」

3　権力者の悩み

「ああ、そのとおり。まったくそのとおり」と、ケイタラム卿はいった。早く話を切りあげて逃げ出したい一心で、もう何度もその言葉をくりかえしていた。彼の所属する高級なロンドンのクラブの入口の石段の上に立たされて、ジョージ・ロマックス閣下の雄弁をながながと聞かされるのが嫌だったのだ。

九代目のケイタラム侯爵であるクレメント・エドワード・アリステア・ブレントは小柄な男で、身なりもみすぼらしく、侯爵についての一般的な概念とはまったく似つかわしくなかった。眼は色あせた青、鼻は細く貧相で、態度はいんぎんだがあいまいで、重みがなかった。

ケイタラム卿の生涯の最大の不運は、彼の兄である八代目侯爵の跡を四年前に継がなければならなかったことだった。なぜなら、先代のケイタラム卿はイギリスじゅうの人々が日常的にその名を口にするほどの知名人だったからだ。ある時期には外務大臣として、イギリスの外交舞台でつねに華やかな活躍を示し、彼の別邸チムニーズは賓客《ゲスト》に対する手厚いもてなしで有名だった。パース公爵の娘である彼の妻が有能な補佐役を務めて、チムニーズ館で催される非公式な週末のパーティのさなかにさまざまな歴史が作られ、あるいは抹消された。イギリスの――いや、事実上は全ヨーロッパの――ほとんどあらゆる名士が少なくとも一度はそこに泊まっていた。

それはまったくすばらしいことであったから、九代目のケイタラム卿はそのような華やかな成功をおさめた彼の兄ヘンリーを心から尊敬し、その思い出を尊重もしてきた。ただし、ケイタラム卿にとってはなはだ気に食わないのは、チムニーズ館が個人の別邸というよりもむしろ国の所有物であると、当然のことのようにみなされていることだった。彼にとって政治ほどくだらなくて退屈なものはなかった――むろん、政治家もふくめてのことだが。したがってジョージ・ロマックスの長談義には、内心いらいらしていたのだ。目玉の突き出た赤ら顔、やや太りすぎの傾向はあるがたくましい体軀――その外見からもわかるとおり、ジョージ・ロマックスはおそろしく自己顕示欲の強い男だった。

「わかったかい、ケイタラム。われわれは今、いかなる種類のスキャンダルにも持ちこたえられないほど、非常に微妙な情勢になっているのだ」

「いつだってそうさ」ケイタラム卿はまぜっ返すような調子でいった。

「とんでもない。わしはあらゆる情報を知っとる立場にあるのですぞ」

「ああ、そのとおり、そのとおり」ケイタラム卿はまた先程の防衛線に後退しながらいった。

「このヘルツォスロヴァキアの問題が少しでも外に洩れたら、われわれはおしまいだ。石油利権がイギリスの会社の手に渡るようにすることが、きわめて重要なのだ。それはわかるだろう？」

「もちろんわかるよ」

「今週の末にミカエル・オボロヴィッチ王子がロンドンに到着し、チムニーズ館で狩猟パーティを装いながら、すべての取り決めを行なう段取りになっている」

「あいにく、わたしは今週、外国へ行く予定になっているんだよ」

「そんなばかな。十月初旬に外国へ行くなんて、どうかしてますぞ」

「医者がわたしの健康を気づかって、そう勧めるのだよ」ケイタラム卿はゆっくり通りすぎて行くタクシーをうらめしそうに横目で追った。しかし彼は逃げ出すことができなかった——ロマックスは重要な話をしているあいだ相手をつかまえておくという不快な癖があったからだ——おそらく長年の経験がそうさせたのだろう。いまはケイタラム卿の上着の襟をがっちりとつかんでいた。

「きみ、これは命令ですぞ。国家の危急存亡のときに、そのような無責任な態度を——」

ケイタラム卿は落ち着きなくそわそわした。そしてジョージ・ロマックスのお得意の演説をながながと聞かされるよりは、たとえ何十ぺんでもパーティを催したほうがましだと、とっさに思った。ロマックスが二十分間たてつづけにしゃべりまくることができるのを、彼は何度か経験して知っていた。「よし、わかった。やろう」と、彼は急いでいった。「ただし、あなたがすべての手はずを整えてくれるんだろうね」

「べつに手はずを整えるほどのことじゃありませんよ。チムニーズ館はその歴史的な背景は別として、じつに理想的な環境にある。わしは七マイルと離れていないウエストミンスター寺院にいることになるだろう。むろん、わしがそのパーティに出席するのはまずいだろうからな」

「もちろんそうだろう」と、ケイタラム卿は同意した。なぜまずいのかぜんぜんわからなかったが、そんなことにまったく関心もなかったのだ。

「しかし、ビル・エヴァズレーを呼んでもさしつかえないでしょうな。彼は使い走りの役に立つだろう」

「ああ、いいとも」ケイタラム卿はやや活気づいた調子でいった。「ビルは名射手だし、バンドルも彼のことが気に入ってるようだから」

「射撃なんかどうだってよろしい。それはいわば口実なんだから」

ケイタラム卿はまた浮かぬ顔になった。

「じゃ、それで出席者は全員決まったわけですな。王子と彼の側近、ビル・エヴァズレー、それからハーマン・アイザックスタイン――」

「えっ、だれだって？」

「ハーマン・アイザックスタインさ。さっき話した、シンジケートの代表者だ」

「全英シンジケートの？」

「そう。何か異論でも？」

「いや、べつに――ただちょっと訊いてみただけだ。変わった名前の団体だと思って」

「それから、もちろん部外者を一人か二人、招く必要がある――もっともらしくみせかけるためにな。レディ・アイリーンに頼めば、適当な人間を見つけてくれるでしょう――若くて、批判的でなく、政治に無関心な者を」

「そういうことは、バンドルがうまく取り計らってくれると思うよ」

「あっ、そうそう――」ロマックスは何か思いついた様子だった。「きみはさっきわしが話したことを憶えているだろうね」

「あんたはじつにさまざまなことについてしゃべっていたからな」

「ほら、例の思いがけない、まずい話さ――」彼は秘密をささやくように声を落とした。

「回顧録だよ――スティルプティッチ伯爵の回顧録さ」

「それはあんたの考え方がまちがっていると思うよ」ケイタラム卿はあくびを噛みしめながらいった。「だれだってスキャンダルが好きなんだ。わたし自身も回顧録はよく読むよ――面白いんでね」

「いや、問題は人々が彼の回顧録を読むかどうかということではなくて――そりゃ、大いに読むだろうが――この時期にそれを出版されると、すべてがふいになってしまうということだ――何もかも。ヘルツォスロヴァキアの国民は王政を復活させることを望み、わが国の政府の支持を得ているミカエル王子を即位させる準備をすすめている――」

「その王子は、王座を獲得するための資金百万ポンド前後の貸与を受ける見返りとして、アイキー・ハーマンスタイン社に利権を認める準備もすすめているわけだ――」

「ケイタラム、ケイタラム」ロマックスはうめくようなささやき声で頼んだ。「声が高いぞ。気をつけてくれなきゃ困るよ、きみ」

「で、問題は――」ケイタラム卿は相手の要求に従って声を低めたが、にわかに興味をそそられたような口ぶりで話をつづけた。「スティルプティッチの回顧録のある部分がその計画をぶちこわしてしまうかもしれないということだね？　歴代のオボロヴィッチ王家の独裁政治とか、不品行ぶりといった内容だろうな、たぶん。そこで議会できびしく追及される。現在の穏健で民主的な政体をなぜ退廃した専制政治にもどそうとするのか？　これは明らかに貪欲な資本家どもと結託した政策である。腐敗した保守内閣を打倒せよ――といったようなことになるわけだね」

ロマックスはうなずいて、「しかも、もっと悪いことになるかもしれないのだよ」と、ささやいた。「もしも、もし万が一、例の不幸な消失事件について少しでも書かれたりしたらね。その意味はわかるだろ？」

ケイタラム卿はきょとんとして彼を見つめた。「いや、わからないね。なんの消失事件なんだ？」

「その話はきみも聞いたことがあるはずだよ。チムニーズ館で起きた事件なのだからな。ヘンリーはもうすっかり取り乱してしまってね――無理もないよ。なにしろ彼の政治生命がいっぺんに崩壊してしまうところだったのだ」

「ほう、それはえらく面白いね。で、いったいだれが、あるいは何が消失したんだ？」

ロマックスは身を乗り出してケイタラム卿の耳に口を当てた。ケイタラム卿はあわててよけた。「ひえっ、くすぐったい」

「わしのいったことが聞こえたか？」

「ああ、聞こえたとも」ケイタラム卿はしぶしぶ答えた。「そう、思い出したよ。あの当時、たしかにそんな話を聞いたことがある。奇妙な事件だね。だれがやったのかな。結局それは見つからなかったわけか？」

「ああ。もちろん、われわれはその事件の捜査をきわめて慎重に、極秘のうちにすすめなければならなかったという事情もある。とにかく、その秘密が絶対に外部に洩れないように、万全の策を講じた。しかし、あのときスティルプティッチはそこに居合わせていたのだ。だから、ある程度のことはわかったはずだ。詳しいことは知らないにしてもね。われわれはちょうどトルコ問題について彼と論争していたのだ。もしも彼が意地悪くその事件のことを回顧録の中であばいていたら、どうなると思う？　大変な騒ぎになるぞ。それを読んだ人間はみなこういうだろう——なぜ事件を匿《かく》していたのかと」

「もちろんそういうだろうね」ケイタラム卿はさも面白そうにいった。

無意識に声の高まっていたロマックスは、やっと自制しながら、「これはいかん、冷静にならなければいかんな」と、つぶやくようにいった。「そこで、きみの意見を訊きたいのだが——もし彼がそんな人騒がせなことをする意志がなかったら、なぜ原稿をそのような遠回しな方法でロンドンへ送ろうとしたのだろうか」

「たしかにおかしいな。しかし、それは確かなことなのか？」

「明確な事実だ。われわれのパリにある情報機関が確認している。回顧録は彼の死の数週間前にこっそり持ち出されたのだ」

「ふーん、そいつは何かわけがありそうだな」ケイタラム卿はふたたび活気づいた調子でいった。

「その原稿はアフリカに在住しているカナダ人で、ジミーあるいはジェイムズ・マグラスと呼ばれている男のもとへ送られたこともわかっている」

「ほう、国際的な大事件の様相を呈してきたわけだな？」

「ジェイムズ・マグラスは明日の木曜日にグラナース・キャッスル号で到着するはずだ」

「それで、きみはどうするつもりなのだ？」

「そりゃもちろん、さっそく彼と交渉して、重大な結果を招く可能性のあることを説明し、回顧録の出版を少なくとも一カ月延期することと、公正な判断にもとづいて原稿に手を入れることを要請するつもりだ」

「もし彼が〝断わる〟とか、〝あんたがこっぴどい目にあうのを見たいものだ〟とかなんとか、威勢のいいたんかを切ったら？」と、ケイタラム卿は問いただした。

「わしが心配しているのはそれなんだ」ロマックスは端的に答えた。「それでだ、いまふと思いついたのだが、彼もチムニーズへ招待したらどうだろう？　ミカエル王子と同じ席に招かれたということになれば、当然彼は気をよくするだろうから、われわれも彼を扱いやすくなるだろう」

「気がすすまないな」ケイタラム卿はややあせって答えた。「ぼくはカナダ人は苦手なんだ――ましてアフリカに住んでいるカナダ人なんか、まっぴらだね！」

「案外すばらしい男かもしれないぞ――ダイヤの原石みたいな」

「よしてくれ、ロマックス。絶対に断わる。だれかほかのやつに頼んで、その男のお相手をさせるのならまだしもだが」

「ああそうだ、こういう場合は女性が役に立つかもしれんな。あらかじめ言いすぎない程度に耳打ちしておくのだ。女なら角が立たないようにうまくとりなすことができるだろう――つまり、相手を怒らせないようにして急所をつかむといった調子でな。いや、女が政治に口を出すことに賛成しているわけじゃないよ。しかし女性も自分の領域ではすばらしいことができる。ヘンリーの細君が彼のためにどんなに貢献したかを考えてみたまえ。マルシアはじつに如才ない、まれに見る、りっぱなホステスだった」

「あんたはまさかマルシアをそのパーティに出席させろといってるんじゃないだろうね」ケイタラム卿は恐るべき義理の姉の名を聞いて、やや顔を青ざめさせながら、気づかわしげに訊き返した。

「いやいや、誤解しちゃいかんよ。わしは女性一般の影響力について語っていたのだ。ま、欲をいえば、才色兼備の若い女がいいだろうな」

「バンドルはだめだよ。あいつはぜんぜん役に立たないだろう。その話を聞いただけで大声で笑い出してしまうぜ、きっと」

「わしの考えているのは、レディ・アイリーンじゃない。きみの娘はとても魅力的だが、しかしまだ子供だ。もっと分別のある、世情に通じた者が必要だ——そう、もちろんそれはわしのいとこのヴァージニアだよ」

「レヴェル夫人？」ケイタラム卿の顔が輝いた。楽しいパーティになるかもしれないという期待が彼の心を弾ませたのだ。「それはいい考えだ、ロマックス。ロンドンで最も魅力的な女性だからな」

「彼女はヘルツォスロヴァキアのことにも明るい。彼女の夫はあの国の大使館に勤務していたことがあるのだ。それに、きみのいうとおり、すばらしく魅力のある女性だ」

「人に悦びを与えるしね」と、ケイタラム卿はつぶやいた。

「それじゃ、そういうことにしたぞ」

ロマックスはケイタラム卿の上着の襟をつかんでいた手をゆるめた。ケイタラム卿はすばやくそのチャンスをつかんで、「じゃ、さようなら、ロマックス。準備はすべてあんたがやってくれるだろうね」というなり、タクシーの中へ飛びこんだ。

一人の高潔なキリスト教徒の紳士が、他の高潔なキリスト教徒の紳士を嫌うことが許される限度内において、ケイタラム卿はジョージ・ロマックスを嫌っていた。彼の肥満した赤ら顔や、もったいぶったところや、突き出たくそまじめそうな青い眼が嫌いだった。ケイタラム卿は来るべき週末のことを思うと、ため息が出た。まったく迷惑な話だ。それから、ふとヴァージニア・レヴェルのことを思い浮かべると、表情がやや明るくなって、「人に悦びを与えてくれる女だ」と、心の中でつぶやいた。

4　魅力的な女

　ジョージ・ロマックスはまっすぐホワイトホール（ロンドン中央部の官庁街）へもどった。彼が豪華な執務室へ入ったとき、あわただしく駆けるような足音が聞こえた。

　秘書のビル・エヴァズレーは熱心に手紙を整理していたが、窓の近くの大きな肘掛椅子にはまだ人の温もりが残っていた。愛すべき青年ビル・エヴァズレー――歳は二十五ぐらい、体は大きく、動きがややぎこちなく、不細工だが愛嬌のある顔立ちは白い歯並びが美しく、正直そうな茶色の眼をしている。

「リチャードソンは例の報告書を送ってきたか？」

「いいえ、まだです。彼に問い合わせてみましょうか」

「いや、かまわん。電話の伝言は？」

「それはほとんどミス・オスカーが扱っていますが、アイザックスタインさんが明日サヴォイであなたと昼食をいっしょにできるかどうかを、おたずねになっておられました」

「ミス・オスカーにわしの予約表を見てもらってくれ。もし予約がなかったら、彼女が電話で承諾の返事をするように」

「はい、かしこまりました」

「ところで、エヴァズレー、ちょっと電話をかけてくれ、電話帳を見て。ポント街四八七のレヴェル夫人だ」

「はい」ビルは電話帳をつかみ、Mの欄にすばやく目を走らせてから、パシッと電話帳を閉じて机の上の電話のほうへ行った。そして受話器へ手をのばしたとき、ふと思い出したように手を止めた。「あっ、そうそう。彼女の——レヴェル夫人の——電話は故障しているようです。さっきぼくが電話しようとしたのですが、かかりませんでした」

ジョージ・ロマックスは顔をしかめた。「そいつは弱ったな。はて、どうしようか」

彼はとまどいながらテーブルを指でたたいた。

「もし何か重要な用件でしたら、ぼくがすぐタクシーで行ってまいりましょうか。午前中のいま時分なら、きっと家にいらっしゃると思います」

ジョージ・ロマックスはためらい、思案した。ビルは同意の返答があり次第、すぐさま飛んで行こうと身構えながら待っていた。

やがてロマックスがいった。「うむ、それが最善の方法かもしれんな。よし、それじゃ、きみはタクシーを拾ってレヴェル夫人のところへ行って、わしが彼女に重要な用件でぜひ会いたいので、今日の午後四時に家にいるかどうか訊いてきてくれ」

「はい、行ってまいります」ビルは帽子をつかんで出て行った。

十分後にタクシーがポント街四八七番地で彼を降ろした。彼はベルを鳴らし、ノッカーをたたきつけるようにして大きな音を響かせた。ドアがしかつめらしい執事の手で開かれ、ビルはずっと以前からの知り合い同士の気安さで軽くうなずいた。

「おはよう、チルヴァーズ。レヴェル夫人はいらっしゃる？」

「はい。これからお出かけになるところのようでございます」

「あら、やっぱりビルなのね？」階段の手すり越しに女の声が呼びかけた。「あのすごいノックでわかったわ。さあ、こちらへいらっしゃいよ」

ビルは彼にほほえみかけている顔を見あげた。その顔はいつも彼を——いや、彼ばかりでなく多くの男を——魅惑して、しどろもどろな状態にすることが多かった。彼は階段を二段ずつ駆けあがって、差しのべられたヴァージニア・レヴェルの手を固く握った。

「ハロー、ヴァージニア！」

「ハロー、ビル！」

魅力というのは、とても独特なものだ。たとえヴァージニア・レヴェルよりも美しい若い女たちが、まったく同じイントネーションで「ハロー、ビル」といったとしても、何らの作用も及ぼさないかもしれない。だが、ヴァージニアの口から出たそのただ二つの単語は、ビルをぼうっとさせた。

ヴァージニア・レヴェルはちょうど二十七歳。高くすらりと伸びた優美な体はすばらしく均斉がとれていて——その美しい曲線だけでも一篇の詩になりそうだった。髪は金色に淡い緑を添えたほんもののブロンズ。きりっと引きしまった小さなあご。愛らしい鼻、半ば閉じられたまぶたのあいだからヤグルマギクの花の光がきらめく、やや目尻のあがった青い眼。一方の端がほんの少し傾いて、いわゆる〝ヴィーナス・サイン〟の形をしている、たとえようもなく優美な口もと。それはすばらしく表情に富んだ顔で、つねに人の目を惹く放射性の生命力のようなものを発散していた。ヴァージニア・レヴェルを無視することは、まったく不可能だった。彼女は牧草地の中に思いがけなく咲き乱れているクロッカスのような、薄紫や緑や黄に彩られた小さな応接間にビルを招き入れた。

「あなたがいないために外務省が困ってるんじゃないの？　あなたがいないと、仕事にさしつかえるでしょうからね」と、ヴァージニアがいった。

呼んだ。

「いや、〝鱈《コダーズ》〟からきみへの伝言を頼まれてきたのさ」ビルは横柄に上司をあだ名で
「ところで、ヴァージニア、もし彼から訊かれたら、今朝きみの電話は故障していたことにしておいてくれ」

「でも、故障なんかしていないわ」

「それは知ってるよ。しかし、ぼくは故障しているといったんだ」

「なぜ？　それが外務省の流儀なの？」

ビルはとがめるようなまなざしを彼女に投げた。「もちろん、ぼくが使いに出て、きみに会えるようにするためさ」

「まあ、あたしってなんて鈍いんでしょ！——あなたの親切な心づかいがわからないなんて」

「チルヴァーズはきみが出かけるところだといっていたけど」

「そう——スローン街へね。そこで新しいすてきなヒップ・バンドを手に入れるのよ」

「ヒップ・バンド？」

「そうよ、ビル。ヒップのバンド。ヒップの形を整えるためのバンド。肌に直接、着けるのよ」

「恥ずかしいよ、ヴァージニア。肉親でもない若い男に向かって、下着の説明なんかすることないじゃないか。つつしみってものがないんだから」

「でもねえ、ビル、ヒップはちっとも下品な話題じゃないでしょう。だれにでもヒップはあるんだから——まあ女性というのは、哀しいことに、ヒップなんてどこにもありませんよって振りをするけど。このヒップ・バンドは赤いゴムでできていて、穿《は》くとちょうど膝の上まで来るんだけど、ぜんぜん歩けなくなるのよね」

「おお、いやだ！」ビルはいった。「どうしてそんなものを穿く気になるんだろう？」

「それはね、自分の体のシルエットに悩まずにすんで、品のある気分にさせてくれるからよ。だけど、もうヒップ・バンドの話はやめて、じゃ、ジョージの伝言を教えて」

「今日の午後四時にきみが家にいるかどうか、知りたいそうだ」

「いないわ。ラネラへ出かける予定なの。その公式訪問の目的は何かしら。彼はあたしにプロポーズするつもりなの？」

「さあ、どうかね」

「もしそうなら、あたしは衝動的にプロポーズする男のほうがずっと好きだと、彼にいってちょうだい」

「ぼくみたいに？」

「あなたは衝動的じゃなくて、習慣的だわ、ビル」

「ヴァージニア、きみはいままでに——」

「だめ、だめ、昼前からそんな話はよして。あたしはもうそろそろ中年になりかけの、人のいい母親みたいな女だと思ってちょうだい。あなたが関心を抱いてくださるのはありがたいけど」

「ヴァージニア、ぼくはきみを心から愛しているのだよ」

「ええ、わかってるわ。よくわかってますよ。でも、あたしはただ、愛されることが好きなだけなの。ひどいといわれるかもしれないけど、あたしは世界中のすべてのすてきな男性に愛されたいのよ」

「きみを知っているたいがいの男は、きみを愛しているかもしれないな」ビルは憮然とした表情でいった。

「でも、ジョージには愛されたくないわ。その心配はないだろうと思うけど。彼は自分のキャリアにひどく執着しているから。で、彼はほかに何かいってなかった？」

「非常に重要な用件なのだといっただけ」

「あら、そう。何やら興味をそそられてきたわ。ジョージが重要だというからには、何かめったにない用件なのでしょうね。あたし、ラネラへ出かけるのはよそうかしら。どうせほかの日に行ってもかまわないのだから。それじゃ、四時におとなしく待っていると、ジョージに伝えてちょうだい」

ビルは腕時計を見た。「昼食前にもどらなければならない用事もないので、どう、いっしょに出かけて食事しないか、ヴァージニア」

「あたしはどこかで昼の食事をするために出かけるところだったのよ」

「それはちょうどいい。まあ、すべてを放棄して、一日をのんびりと楽しく暮らすことだね」

「ええ、そうできるといいわね」ヴァージニアはにっこり笑っていった。

「ヴァージニア、きみはほんとにかわいらしい人だ。ね、正直にいってくれ——きみはぼくをほかのだれよりも好きなんだろ？」

「ええ、大好きだわ。もしあたしがだれかと結婚しなければならないとしたら——たとえば、意地悪な中国の役人があたしに〝だれかと結婚しろ、さもなければ拷問にかけてなぶり殺しにするぞ〟といったら——あたしは即座にあなたを選ぶわ、きっと」

「だったら——」

「でも、あたしはだれとも結婚しなくていいのよ。あたしは意地悪な未亡人でいたいの」

「結婚したって、きみはいまとまったく同じようにして暮らせるんだよ。あちこち出歩くことも、何もかも。家にいても、ぼくに何の気がねもいらない」

「ビル、あなたはわかっていないのよ。あたしはもし結婚するなら、熱狂的な結婚をするタイプなの」

ビルはうつろなうめき声をあげて、「ぼくは自殺したくなってきた」と、憂鬱につぶやいた。

「だめよ、そんなことをいっちゃ。きれいな女の子を連れて夕食に行くほうが、あなたに似合ってるわ——ゆうべのように」

ビルは一瞬うろたえた。「ああ、ドロシー・カークパトリックのことか。あれはフックス・アンド・アイズの女の子で——ま、何ていうか、とても素直でまじめな子なんだ。彼女と夕食したって、べつに悪いことはないだろ」

「もちろんかまわないわ。あたしはあなたが楽しそうにしているのを見るのが好きなの。失恋のために死にそうなふりをするのは、いただけないわ」

ビル・エヴァズレーはもったいぶった顔でいった。「きみは全然わかっていないんだ、ヴァージニア。男ってものはね——」

「一夫多妻主義なのよ！　ちゃんとわかってるわ。ところがあたしは、自分は一妻多夫主義者じゃないだろうかと、ときどき疑ってみたくなることがあるのよ。でも、もしあなたがほんとにあたしを愛しているのなら、早くランチへ連れて行ってちょうだいな」

5 ロンドンでの最初の夜

用意周到な計画には往々にして穴があるものだ。ジョージ・ロマックスは一つ誤りを犯していた——彼の手はずには弱点があったのだ。その弱点はビルだった。

ビル・エヴァズレーはいたって好青年だった。クリケットはうまいし、ゴルフはハンディなしで、行儀もよく、快活な性格だが、しかし外務省における彼の地位は、才能によって獲得したものではなく、縁故関係によって与えられたのだった。彼はやるべき仕事はかなりうまくこなしていた。多かれ少なかれ彼はジョージの犬のようなもので、責任のある仕事も、頭脳的な仕事もする必要はなかった。彼の役目は、たえずジョージの脇にはべっていること、ジョージが会いたくない取るに足らぬ人々と面会すること、使い走りすること、その他いろいろと手伝いをすることだった。彼はそうした項目をすべて着実に果たしていた。ジョージが留守のときは、ビルはいちばん大きな椅子の中に寝そべって、新聞のスポーツ欄を読み、そうすることによって昔からの伝統を守っていたのだ。

ジョージはビルを走り使いに出すことに慣れていたために、グラナース・キャッスル号の入港予定時刻を調べるために彼をユニオン・キャッスル社へやったのだ。ところで、高等教育を受けたイギリス人の青年に共通したことだが、ビルも耳ざわりはいいけれど非常に聞き取りにくい声をしていた。発音の専門家でなくても、グラナースという言葉の彼の発音がまちがっていることに気づいただろう。それは聞きようによってなんとでも取れるような発音だった。係の事務員にはカーンフレーと聞こえた。

カーンフレー・キャッスル号はこんどの木曜日に到着する予定になっていたので、彼はそう答えた。ビルは礼をいって帰った。ジョージ・ロマックスは、彼の報告したその情報にもとづいて計画を立てた。ジョージはユニオン・キャッスルの定期船について何も知らなかったので、ジェイムズ・マグラスは木曜日に着くのだと思いこんでしまったのだ。

したがって、もしも彼が、水曜日の朝クラブの入口の石段の上でケイタラム卿を無理に引きとめて話しこんでいたとき、グラナース・キャッスル号がすでに前日の午後にサザンプトン港のドックに入っていたことを知らされたら、さぞびっくりしたことだろう。

ジミー・マグラスの名を借りて旅行していたアンソニー・ケイドは、その日の午後二時にウォータールー駅で汽船連絡列車から降りると、タクシーを拾い、ちょっと躊躇してから、ブリッツ・ホテルへ行ってくれと運転手に告げた。「たまにはぜいたくしてもいいだろう」アンソニーはタクシーの窓から興味深げに外を眺めながら、ひとりごとをつぶやいた。ロンドンは十四年ぶりだった。

ホテルに着いて部屋をとると、まもなくテムズ河岸通り《エンバンクメント》をちょっと散歩しようと思い立って外へ出た。久しぶりに帰ったロンドンは懐かしい思い出を誘った。もちろんほとんどすべてが変わっていたが、ブラックフライアーズ橋の少し先に、勉強に熱心な仲間たちといっしょにかなりひんぱんに食事をした小さなレストランが、昔のままにあった。

やがてホテルへ引き返してきて、通りを渡ろうとしたとき、一人の男が彼に衝突して、彼はあやうく転倒しそうになった。やっと踏みこたえると、男はどうも失礼とつぶやきながら、アンソニーの顔をじろりと探るように見た。背の低い、ずんぐりした体つきの労働者ふうの男で、その顔にはどこか外国人らしいところがあった。

なぜあんな探るような目つきで見たのだろうといぶかりながら、アンソニーはホテルへ入っていった。たぶん、べつに何の意図もなかったのだろう。濃く日焼けした自分の顔が、青白いロンドン人のあいだではちょっと異様に見えるために、あの男の目を惹いたのにすぎまい。彼は部屋へ上がって行くと、ふと衝動にかられて鏡の前に立ち、その中の自分の顔をしげしげと見てみた。ごく親しかった——数少ない——昔の友だちのだれかが、いま彼とばったり出会ったら、すぐに彼だとわかるだろうか？　彼は首を振った。

彼がロンドンを去ったのは十八歳になったばかりのころ——茶目っ気の多い天使のような表情をした、やや丸ぽちゃの色白な少年であった。いま茶褐色に日焼けした顔に思案深げな表情を浮かべている男が、かつてのその少年であるとは、ほとんどだれにもわからないだろう。

ベッドのわきの電話が鳴った。アンソニーは受話器を取った。「もしもし」

フロント係の声がそれに答えた。「ジェイムズ・マグラスさんですね？」

「そうだが」

「男の方があなたにお会いしたいといって、お見えになっています」

アンソニーは内心驚きながら、「ぼくに会いに？」とたずねた。

「はい、そうです。外国の方ですが」

「名前は？」

しばらく間を入れてから、フロント係がいった。「その方の名刺をボーイに持たせてやりましょう」

アンソニーは受話器をおいて待った。数分後にドアがノックされ、小さなボーイが名刺盆に名刺をのせて現われた。

アンソニーはそれを手に取った。ロロプレッティジル男爵と印刷されていた。

彼はフロント係が返答に困ってしばらく間をおいたわけがわかった。そして数秒間その名刺を見つめてから、心を決めた。「この人をここへよこしてくれ」

「はい、かしこまりました」

数分後にロロプレッティジル男爵が部屋へ案内されてきた。扇のような大きな黒い口ひげを蓄え、ひたいが高く禿げあがった大男だった。彼は踵をかちっと合わせて敬礼してから、「マグラスさん」といった。

アンソニーは相手の動作をできるだけそっくり真似して、「男爵」といってから、椅子を引きながら、「どうぞお掛けください。あなたにお目にかかるのは、はじめてですかな？」と訊いた。

「はい、そうです」男爵は椅子に腰をおろしながら同意して、「お目にかかれて光栄の至りです」といんぎんにつけ加えた。

「いいえ、こちらこそ」アンソニーは同じような口調で答えた。

「では、さっそく用件を申しあげたいと思います」と男爵はいった。「わたくしはロンドン駐在のヘルツォスロヴァキア王制擁護派の代表者です」

「さだめしごりっぱな活躍をなさっておられるのでしょうな」

男爵はそのお世辞にうやうやしく頭を下げて、「ありがとうございます」と、しかつめらしくいった。「マグラスさん、わたくしはあなたにいっさい隠しごとはいたしません。恐れ多くも、われらの最も偉大な名君ニコラス四世が、痛ましい最期を遂げられて以来途絶えていた王政の復古のときが、いよいよまいりました」

「アーメン」と、アンソニーはつぶやいた。「いや、それはおめでたいことで」

「ミカエル王子がイギリス政府の支持の下に即位されることになっております」

「ほう、それはそれは。わざわざそのようなことを知らせにきていただいて、まったく恐縮です」

「準備は万端ととのいました——ところがそこへ、あなたが悶着を起こしにいらしたのです」男爵はきびしい目で彼を見つめた。

「なんですって?」アンソニーは驚いて訊き返した。

「いや、わたくしはただ率直に申しあげているだけです。あなたは亡くなられたスティルプティッチ伯爵の回顧録を持っていらっしゃる」彼は非難のまなざしを投げた。

「持っていたらどうだというのです。スティルプティッチ伯爵の回顧録がミカエル王子とどんな関係があるのですか？」

「それはスキャンダルを巻き起こすでしょう」

「回顧録というやつはたいがいそういうものですよ」と、アンソニーはなだめるようにいった。

「しかし、伯爵は多くの秘密を知っておられた。もし彼がその四分の一を暴露しただけでも、ヨーロッパはたちまち戦場と化してしまうかもしれません」

「まさか。話が大げさすぎますよ」

「少なくとも、オボロヴィッチ王家に対する悪い評判が広まるでしょう。イギリス人は非常に民主的な国民ですからな」

「たしかにオボロヴィッチ王家はときどきやや横暴だったようですね。そういう血統なんでしょう。しかし、イギリス国民はバルカン諸国の人々がそのような気性であることを、当然のように思っていますよ。なぜなのか知らないけど、とにかくそうなんです」

「あなたはわかっていらっしゃらない」と、男爵は慨嘆した。「何もわかっていないのです。ああ、どう説明したらいいのだろう」彼はため息をついた。

「いったいあなたは、正確にいえば何を心配しているのです」と、アンソニーはたずねた。

「それはわたくしがその回顧録を読まなければわかりません」と、男爵はあっさり答えた。「しかし、重大なことがらが含まれていることは確かです。偉大な外交家は往々にして軽率なものです。ああ、われわれはいま一歩というところで、計画をだめにしかかっているのです」

「いいですか、どうもあなたは、ものごとを悲観的に見すぎるきらいがあるようですな」アンソニーは親切にいった。「ぼくは出版社のことをよく知っているのですが――やつらは原稿の上に坐りこんで、卵みたいに抱いて温めていますからね、あれを出版するのに少なくとも一年はかかりますよ」

「あなたは非常に不正直か、さもなければ非常に単純な青年らしい。その回顧録はすぐにある日曜新聞に掲載する手はずがととのっているのですぞ」

「へえっ！」アンソニーはそれにはいささか驚かされた。「しかし、あなたはすべてを否定することだってできるじゃないですか」

男爵は悲しげに首を振った。「そんなたわけた話はよして、ざっくばらんな取引をさせていただきましょう。あなたは原稿と引き換えに一千ポンドもらうことになっている――そうですね？　わたくしはちゃんとその情報をつかんでいるのです」

「なるほど。王制擁護派の情報部は大したものですな」

「では、わたくしはあなたに一千五百ポンドさしあげましょう」

アンソニーはびっくりして相手を見つめてから、悲しげに首を振った。「残念ながら、そういうわけにはいきません」

「そうですか。それなら、二千ポンドさしあげましょう」

「ほう、ずいぶん魅力的な話ですな、男爵。しかし、やはりその話に乗るわけにはいかないのですよ」

「それなら、あなたの値段をおっしゃってください」

「あなたはぼくの立場をわかっていないようですな。ぼくはあなたが天使の味方であることも、例の回顧録があなたの政治運動に支障をきたすかもしれないということも、素直に信じたい。しかしながら、ぼくはこの仕事を引き受けた以上、それをやり通さなければならないのです。わかりますか？　つまり、ぼくは敵側に買収されるようなことは、断じてできないのです。そんなことはもう、論外です」

男爵は注意深く耳を傾けていたが、やがてアンソニーの話が終わると、大きく何度もうなずいた。「よくわかりました。それがイギリス紳士の信義というものなのでしょうな」

「まあ、ぼくらはそんな言い方はしませんがね」と、アンソニーはいった。「しかし、語彙は違っても、いわんとするところは同じです」

男爵は立ちあがった。「わたくしはイギリス人の信義に対して心から敬意を捧げます」と、重々しくいった。「われわれはべつの方法をとらなければならないと思います。では、失礼いたします」

彼は踵をかちっと合わせて敬礼し、上体を固くまっすぐ立てたまま部屋を出て行った。

「はて、あれはどういう意味なんだろう」アンソニーは静かに考えた。「脅しだろうか。ふん、あんなロリポップ（棒キャンデー）野郎なんか、ちっとも怖かねえ。おっと、これはあいつには打ってつけの名前だぞ。これからはあいつをロリポップ男爵と呼ぶことにしよう」

彼はつぎの行動を決めかねて、部屋の中を二、三度歩き回った。原稿を届ける期限まで、まだ一週間以上あった。今日は十月五日だ、アンソニーは約束の期日のぎりぎりまでそれを渡すつもりはなかった。正直に言って、いまや彼はその回顧録を読んでみたいという興味を大いにそそられていた。こちらへ来る船の中でそうするつもりでいたのだが、発熱で体がへばっていたので、書体のひねくれた読みにくい手書きの原稿を判読する気になれなかったのだ。しかしいまは、いったい何を大騒ぎしているのか調べてみようという気持ちが、次第に強まっていた。

ほかにもう一つ仕事があった。

彼はふと思いついて電話帳を手に取り、レヴェルという名前を調べてみた。その電話帳にはレヴェルが六人記載されていた――ハーレー街の外科医エドワード・ヘンリー・レヴェル。馬具商のジェイムズ・レヴェル商会。ハムステッドのアボットバリー・マンションのレノックス・レヴェル。イーリングに住んでいるミス・メアリー・レヴェル。ポント街四八七番地のティモシー・レヴェル令夫人。カドガン・スクエア四二番地のウィリス・レヴェル夫人。この中から馬具商とミス・メアリー・レヴェルを除くと、四人調べればいいわけだが――しかし、例の女性がロンドンに住んでいると推定すべき理由はまったくなかった！　彼は首を短く振って電話帳を閉じた。「しばらく運に任せよう。たいがい何か手がかりがひょっこり現われるものだ」と、彼はつぶやいた。

アンソニー・ケイドの幸運はある程度、勘のよさに起因していたといえるかもしれない。彼はそれから三十分もたたぬうちに、ある大衆紙のページをめくっていたとき、探していたものを発見した。それはパース州の公爵夫人の主催したある催しものの報道で、中央の人物――東洋風なドレスを着た女性――の下にこう記されていた。

〝クレオパトラ役のティモシー・レヴェル令夫人。結婚前はエッジバストン卿の令嬢ヴァージニア・コスロン〟

アンソニーはまるで口笛を吹くようにゆっくり口をすぼめながら、しばらくその写真を眺めていた。それからそのページをそっくり切り取り、折りたたんでポケットにしまった。そしてまた階上の部屋へもどり、スーツケースを開けて手紙の束を取り出した。ポケットからさっきの折りたたんだ切り抜きを取り出して、手紙を結わえている紐の下にはさんだ。

そのとき突然、背後の物音にはっとして、さっとふり向いた。男が一人、通路に立っていた——アンソニーの想像では、喜歌劇の合唱隊にしかいないような男だった。凶暴な人相で、ずんぐりした獣のような頭をしており、唇がめくれて陰険な薄笑いを浮かべていた。

「そこで何をしている?」と、アンソニーは詰問した。「そもそもだれが入れといったんだ」

「おれが入りたいから入っただけさ」と、見知らぬ男は答えた。その英語はいかにもそれらしかったが、声は耳ざわりで、外国人臭かった。

また外国人かと、アンソニーはにがにがしく思いながら、「さあ、出て行け」とどなった。

男の目はアンソニーが手にしている手紙の束にそそがれていた。「おれがもらいにきたものをちょうだいしたら、出て行くさ」

「それは何だ？」

男は一歩近づいて、「スティルプティッチ伯爵の回顧録だ」と、険しい声でいった。「どう見たってきさまは舞台の悪役だ。きさまの芝居が気に入ったぜ。だれに頼まれてきたんだ。

「ふん、きさまの話をまじめに聞く気はないよ」と、アンソニーはいった。「どう見たってきさまは舞台の悪役だ。きさまの芝居が気に入ったぜ。だれに頼まれてきたんだ。ロリポップ男爵か？」

「男爵——？」男は一連の耳ざわりな子音を発声した。

「ほう、きさまたちはそんなふうに発音するのか。犬が喉を鳴らすのと吠えるのとの中間みたいな、変な言い方だね。おれには発音できそうもない——おれの喉はそんなふうにできていないんだ。仕方がないから、ロリポップと呼ぶことにする。やつがきみをよこしたのだな？」

しかし彼は過激な否定の応答を受けた。この訪問者ははなはだリアリスティックな態度で、その質問にぺっと唾を吐きつけたのだ。それから、ポケットから一枚の紙を取り出して、テーブルの上に投げると、「見てみろ」といった。「見て震えあがるがいい、この罰当たりなイギリス人め」

アンソニーはその命令の後半の部分を実行するまでには至らなかったが、多少の興味をもってそれを見てみた。その紙には人間の手の形が赤で粗雑に描かれていた。

「手みたいに見えるけど、もしきみがこれは北極の日没の絵だといったら、おれはそう思いたくなりそうだな」

「それはレッド・ハンド党の党員のしるしだ。おれはレッド・ハンド党の党員なんだ」

「それならそうと早く言えばいいのに」アンソニーは興味深げに相手を眺めた。「ほかのやつらもみんな、きみみたいな面をしてるのかい？　こいつはひとつ優生学の学会に問い合わせてみよう——面白いことがわかるかもしれないぞ」

男は怒ってうなり声をあげた。「この野良犬め。野良犬よりも低劣な、退廃した君主政治の奴隷め！　さあ、回顧録をおれによこせ。そうすればおまえを無事に生かしてやる。わが党はその点はじつに寛大なのだ」

「なるほど、それはありがたいが、しかし、きみもきみの党もちょっと誤解しているんじゃないのかね。おれの指示された原稿の届け先は、きみのお優しい党ではなくて、ある出版社なのだ」

相手は声をあげて笑った。「おまえは生きてその出版社へ行けると思ってるのか？　そんなばかげた話はいいかげんにしろ。さあ、早く原稿をよこせ。ぐずぐずしてると、ぶっ殺すぞ」

彼はポケットから拳銃を抜いて、威嚇的に振り回した。

だが、彼は相手のアンソニー・ケイドを見そこなっていた。彼は考えるのと同じ速さで——いや、むしろそれよりも速く行動できる男を、扱い慣れていなかったのだ。アンソニーは拳銃を向けられるまで待っていなかった。相手がそれをポケットから出すとほとんど同時に飛びかかって、相手の手から叩き落とした。その一撃は男をくるりと半転させ、敵に背を向けさせた。

この絶好のチャンスをアンソニーが見逃すわけがなかった。彼は狙い定めた強力な蹴りで、男を通路から廊下へ吹っ飛ばした。男はそこにどさっとつぶれるように倒れた。

アンソニーは男のあとを追って廊下へ出たが、さすがのレッド・ハンド党の豪傑も、いっぺんに戦意を失い、あわてて起きあがると、さっさと退散した。アンソニーは彼を追撃せずに部屋へもどった。

「レッド・ハンドの党員どもは、ひとまずこれで片づいたわけだ」と、彼はつぶやいた。「劇的な登場ぶりだったけど、直接行動によってたわいもなく撃退されちまった。しかし、おかしいな——いったいあいつはどうやって入ってきたのだろう？　とにかく、これではっきりしたことが一つある——この仕事は思っていたほど生易しいものじゃないってことだ。すでに王制擁護派と共和制支持派の両方が難癖をつけてきた。まもなく民族主義派や独立自由党などという連中が、代表者を送ってくるかもしれないぞ。ひとつ決めたぞ、今晩からあの原稿を読みはじめよう」

腕時計を見て九時近くになっていることを知ると、彼は部屋で食事をすることに決めた。これからまだ不意の訪問者が現われるかもしれないので、用心するに越したことはないと思ったのだ。階下のレストランへ行っている間にスーツケースを盗まれる恐れがあった。彼はベルを鳴らしてメニューを持ってこさせ、二皿を選び、シャンベルタン・ワインを一瓶注文した。ウエイターは注文を受けて引き下がった。

食事が運ばれてくるのを待っている間に、彼は原稿を取り出し、手紙の束といっしょにそれをテーブルの上においた。

やがてドアがノックされ、ウエイターが小さなテーブルに食事の品々を載せて入ってきた。アンソニーはぶらっと暖炉の前へ行き、テーブルのほうへ背を向けて立って、まっすぐ前にある鏡の中をのぞくと、奇妙なことに気づいた。ウエイターの目が原稿の包みに釘付けされたようにじっとそそがれているのだった。やがてウエイターは、身動きもせずに立っているアンソニーの背中へちちりと横目を走らせながら、そっとテーブルを回った。彼の手がけいれんするように小刻みに震え、舌は乾いた唇をなめていた。アンソニーはいっそう注意深く彼を観察した。長身だが、すべてのウエイターがそうであるように、身のこなしが軽く敏捷で、表情の変わりやすい顔はひげをさっぱりとそってある。フランス人ではなくて、イタリア人らしいと、アンソニーは思った。

アンソニーはきわどい瞬間をとらえて急に振り向いた。ウエイターははっとしたが、すぐさま食塩入れの容器の中をのぞいていたようなふりをした。

「きみの名前は？」と、アンソニーはだしぬけに訊いた。

「ジュゼッペです、ムシュー」

「イタリア人かね」

「はい、ムシュー」

アンソニーがイタリア語で話しかけると、男は流暢に答えた。やがてアンソニーはうなずいて彼を退室させ、給仕されたおいしい料理を食べながら考えをめぐらせた。おれの思い違いだろうか。あの原稿へのジュゼッペの興味は、たんなる好奇心にすぎなかったのだろうか。そうかもしれない。だが、あの男の妙に興奮したそぶりを思い出すと、アンソニーはそれを否定したくなった。彼はとまどいながら独り言をつぶやいた。

「くそっ、あのいまいましい原稿をすべての人が狙っているなんて、そんなことはありえないよ。おれの勘ぐりすぎだ」

食事がすみ、それが片づけられると、彼は回顧録の熟読に精を出した。しかし、故伯爵の筆跡が読みにくいために、その仕事は遅々としてはかどらなかった。あくびが不思議なほどの早さでつづけざまに出てきて、四章の終わりまでくると、彼はついに仕事を打ち切った。読んだ限りでは、回顧録はうんざりするほど退屈で、いかなる種類のスキャンダルもほのめかされてさえいなかった。

彼はテーブルの上に積み重ねられていた手紙をかき集め、原稿を包んでスーツケースに入れ、鍵をかけた。それからドアに鍵をかけ、用心に用心を重ねてドアに椅子を寄せかけ、さらに浴室から水差しを持ってきてその椅子の上においた。

それらの用心を満足げに眺めながら服を脱ぎ、ベッドに入った。それからまた伯爵の回顧録を取り出して、つづきをちょっと読みはじめたが、まもなく瞼が重くなってきたので、原稿を枕の下につっこみ、電灯を消すと、ほとんどすぐに眠ってしまった。

たぶん四時間ほどたったころ、彼ははっと目を覚ました。何が目を覚まさせたのかわからなかった——物音か、あるいは冒険に満ちた人生を送ってきた人々にはよく発達している、危険の直感にすぎなかったのかもしれぬ。

彼はしばらくじっと横になったまま、神経を研ぎ澄ましてあたりの気配をうかがった。ほんのかすかな衣ずれの音が聞こえ、それから彼と窓の中間のあたりに——スーツケースのそばの床の上に——黒い影がうずくまっているのに気づいた。アンソニーはさっと飛び起きると同時に電灯をつけた。スーツケースのそばにうずくまっていた人影が飛びあがった。

ウエイターのジュゼッペだった。彼の右手に長い細身のナイフが光った。彼はいきなりアンソニーに襲いかかった。すでにアンソニーは危険を充分に意識していた。彼は武器を持っていないのに対して、ジュゼッペが手にした武器の使い方に熟達していることは、一見して明らかだった。

アンソニーがひらりと横に身をかわすと、ナイフが空を突いてジュゼッペは前へのめった。つぎの瞬間、二人はぴったりと組み重なったまま床に転げた。アンソニーはジュゼッペがナイフを使うことができないように、相手の右腕をしっかと押さえ込むことに全力を傾けた。そしてその腕を逆にひねった。イタリア人の一方の手がアンソニーの喉笛をつかみ、はげしく絞めつけて窒息させた。アンソニーは苦しみをこらえながら、満身の力をふりしぼって相手の右腕をひねった。

ちゃりんと鋭い音がしてナイフが床に落ちた。同時にイタリア人は敏捷に身をねじって、腕を押さえつけているアンソニーの手から逃れ、体を突き離した。アンソニーもぱっと立ちあがったが、敵を逃すまいとしてドアのほうへ走ったのがまちがいだった。椅子と水差しが彼の仕掛けておいたままになっているのに気づいたときには、もう遅かった。

ジュゼッペは窓から入ったのだった。そして彼がいま突進して行ったのも、その窓のほうだった。彼はアンソニーがドアのほうへ走った一瞬のすきに、窓からバルコニーへ飛び出し、隣りのバルコニーへ飛び移り、そこの窓から姿を消した。

アンソニーは彼を追跡してもむだなことをすぐに悟った。彼の退路はあらかじめ用意されているにちがいなかったからだ。跡を追っても、アンソニーはみずからごたごたに巻きこまれるだけだろう。

彼はベッドへもどって、枕の下に手をつっこみ、回顧録を取り出した。それをスーツケースの中に入れておかなかったのが幸いだった。彼は手紙を取り出そうと思ってスーツケースのそばへ行き、中をのぞいた。それから、あっと低くうめいた。手紙がなくなっていたのだ。

6　おだやかなゆすり

ヴァージニア・レヴェルが健全な好奇心にせかされて、約束の時間を守ってポント街の家へ帰ってきたのは、四時きっかり五分前だった。持っている鍵でドアを開け、広間へ入ったとたんに、いつも無表情なチルヴァーズと顔を合わせた。

「あの、マダム、お客さまが――あるお方が――お見えになっておりますが――」

彼女はチルヴァーズが特別な意味を込めていった微妙な言いまわしに、注意を払わなかった。

「ロマックスさんね？　どこにいるの。応接間？」

「いいえ、違います。ロマックスさんじゃございませんよ」チルヴァーズの声にはとがめるような調子がかすかに混じっていた。「あるお方で――わたくしはお入れするのは気が進まなかったのですが、重大な用件だとおっしゃるのです――亡くなられた大尉に関係のあることだそうで。ですから、たぶん、その方にお会いになりたいだろうと思いましして、書斎へお通しいたしました」

ヴァージニアはその場に立ったまま、しばらく考えた。彼女は未亡人になってから数年たっていた。その間、めったに夫のことを語ろうとしなかった。その事実は、彼女の無頓着な態度の裏で悲しみの傷がまだ癒えていないことを示しているのだと解釈する者もいたが、それとは正反対の見方もあった——つまり、ヴァージニアはティム・レヴェルをぜんぜん愛していなかったので、心にもない悲しみを語るのは不謹慎だと思っているのだという解釈だった。

「申し遅れましたが——」チルヴァーズは話をつづけた——「その男の方はどこか外国の人のようです」

彼女の関心がちょっと高まった。彼女の夫は外交官で、彼ら夫妻はヘルツォスロヴァキアの王と王妃のショッキングな殺害事件の直前まで、その国にいたこともあった。いま訪ねてきた男は、ひょっとするとヘルツォスロヴァキア人で、あれ以来不幸な境遇に苦しんできた使用人か何かかもしれない。

「ええ、わかったわ、チルヴァーズ」彼女は軽くうなずいていった。「その人は書斎にいらっしゃるわけね」彼女は快活な足どりで広間を通り抜け、食堂に接した小さな部屋のドアを開けた。

　来客は暖炉のそばの椅子に坐っていた。彼女が部屋に入ると立ちあがって、彼女をじっと見つめた。ヴァージニアは人の顔についての記憶が非常にすぐれていたので、その男には一度も会ったことがないと、すぐさま確信できた。長身で髪は黒く、敏捷そうな体つき、一見して外国人だとわかったが、スラヴ系には見えなかった。イタリア人かスペイン人だろうと、彼女は推測した。

「あたしを訪ねていらっしゃったのですね。あたしがミセス・レヴェルです」

　何秒かたっても男は答えなかった。まるで彼女を厳密に評価しようとしているかのように、しげしげと眺めていた。彼の態度の陰に傲慢さが隠れていて、彼女はすばやくそれを感じとった。

「どうぞ、ご用件をおっしゃって?」彼女はややいらだたしげにいった。

「あんたはレヴェル夫人?　つまり、ティモシー・レヴェル夫人ですな?」

「ええ、たったいま、そういったばかりですわ」

「なるほど。レヴェル夫人、あんたがわたしに会うことを承諾したのは、なかなか賢明だった。もしそうしなければ、わたしはあんたの執事にいったとおり、ご亭主と取引しなければならなくなっただろうからね」

　ヴァージニアは驚いて彼を見たが、ある衝動が彼女の喉から出かかった反駁を抑えた。

彼女はさりげなくこういって、自己満足した――「それはちょっと無理だったでしょうよ」

「そうは思わないね。わたしはねばり強いからな。ま、とにかく本題に入ろう。たぶんあんたはこれに見憶えがあるだろうね？」

彼は手に持っているものを見せびらかすように振った。ヴァージニアはあまり興味なさげな顔でそれを見た。

「これがなんだかわかるかい、マダム？」

「手紙みたいだけど」どうやらこの男は頭のぐあいがおかしいらしいと思いながら答えた。

「それで、これがだれに宛てられているか、わかるだろうな」男はそれを彼女のほうへ差しのべながら意味ありげにいった。

「読めるわ」彼女は愛想よくいった。「宛て先はパリのケネル通り一五番地のキャプテン・オニール」

男は彼の発見できないものを探しでもするように、彼女の顔をまじまじと見つめた。

「これをちょっと読んでみてくれ」

ヴァージニアは彼から封筒を受け取り、中身を取り出してほんの一目だけ見てから、すぐ堅苦しい態度になってそれを彼へ差しもどした。「これは個人的な手紙だわ――あたしに読ませるために書いたものじゃないでしょ」

男はあざけるような声で笑った。「なかなか芝居がうまいね、レヴェル夫人。みごとな演技だ。しかしながら、署名を否定することはできないだろうぜ！」

「署名？」

彼女は手紙を開き直した――そして唖然として目を見張った。斜めに傾いた美しい筆跡で書かれた署名は、ヴァージニア・レヴェルとなっていた。彼女は口から洩れそうになった驚きの声を押しとどめ、改めてその手紙を冒頭から末尾まで丹念に読んだ。それから、しばらく考えふけった。その手紙の性格は、男が何をたくらんでいるのかをはっきりと示していた。

「どうだ、マダム、それはあんたの名前じゃないのか？」と、男はいった。

「ええ、そうよ。あたしの名前だわ」――でも、あたしの筆跡じゃないと、彼女はつけ加えるべきだったかもしれない。しかし彼女は、その来訪者にこぼれるような笑みを投げて、「じゃ、腰かけて話し合わない？」と、甘ったるく話しかけた。

男はとまどった。彼女がそんなふうにふるまうとは、まったく予期していなかったのだ。彼は彼女が少しも彼を怖がっていないことを直感的に知った。

「まず第一に、あなたがどうやってあたしを探し当てたのかを知りたいわ」

「そりゃあ簡単さ」彼は大衆紙から切り取ったページをポケットから出して、彼女に手渡した。アンソニー・ケイドが見たのと同じ写真だった。

彼女はそれを見て、思案深げに眉を寄せながら彼に返した。「なるほど、とても簡単だわね」

「もちろんあんたもわかっているだろうが、レヴェル夫人、手紙はこれだけじゃないぜ。ほかにも何通かある」

「あらまあ、あたしってほんとうに軽率だったのね」彼女の快活な口調が彼をとまどわせたのを、彼女は見逃さなかった。いまや彼女はすっかり調子に乗って芝居を楽しんでいた。「いずれにせよ」と、甘い微笑を投げながらいった。「それをあたしに返してくださるためにわざわざ訪ねていらっしゃるなんて、あなたはずいぶん親切な方ね」

彼は間をおいて咳払いした。「わたしはね、貧乏なんだよ、レヴェル夫人」と、深い意味を込めていった。

「それじゃ、あなたはきっと天国へ行くのが容易でしょうね――あたしがしょっちゅう聞かされている話からすれば」

「わたしはこれらの手紙を、ただであんたにやるわけにはいかねえんだよ」

「あら、あなたは思い違いしているんじゃないのかしら。それらの手紙はそれを書いた人の所有物なのよ」

「法律はそうなっているかもしれないけど、しかし、この国にはこんな諺があるじゃないか――〝預りものは自分のもの〟という。それとも、あんたは法律の助太刀を頼むつもりかね？」

「法律はゆすりにはきびしいのよ」と、ヴァージニアは彼をたしなめた。

「ま、とにかくわたしはそんな間抜けじゃないよ。わたしはこれらの手紙を読んでみた――女が愛人に送った手紙だ。どれもこれも、二人の秘密が亭主にばれることの不安と恐怖がにじみ出ている。あんたはそれをご亭主に見せてもらいたいのかね」

「あなたは一つの可能性を見逃してるわ。それらの手紙は何年か前に書かれたものなのよ。その後、もしかしたらあたしは未亡人になっているかもしれないわよ」

彼は自信ありげにきっぱりと首を振った。「もしそうなら――もしあんたが何も恐れるものがなかったら――あんたはわたしと折り合いをつけるために、ここに坐ってなんかいないだろうぜ」

ヴァージニアはにっこり笑って、「値段はおいくら？」と、事務的にたずねた。

「一千ポンドで、そっくり全部あんたに渡そう。けちな要求額だが、我慢するよ」

「一千ポンドなんて、とても払えないわ」彼女はきっぱりいった。

「マダム、これはびた一文負けられないぞ。一千ポンドだ。それと引き換えに手紙をそっくりあんたの手に渡す」

彼女は思案した。「少し考えさせてくださらない？　そんな大金を都合つけるのは容易じゃないもの」

「それじゃ、内金として少し——ま、五十ポンドほどもらっておこうか。そして、また出直してくることにしよう」

ヴァージニアは時計を見た。四時五分過ぎ。ベルの音が聞こえたような気がした。

「いいわ」彼女は急いでいった。「それじゃ明日またきてちょうだい。もっと遅い時刻に——六時ごろね」

彼女は壁ぎわの机へ行って、一つの引き出しの鍵を開け、「乱暴に重ねた紙幣を一つかみ取り出した。「ここに四十ポンドばかりあるわ。これでいいでしょ」

彼はそれをひったくるようにして取った。

「じゃ、すぐ帰ってちょうだい」と、彼女はいった。

彼は素直に部屋を出て行った。開けたドア越しに、ジョージ・ロマックスがチルヴァーズに案内されて広間を通り、二階へ向かうのがちらっと見えた。玄関のドアが閉まったとき、ヴァージニアは彼に呼びかけた。

「こっちへいらっしゃいよ、ジョージ。チルヴァーズ、お茶を持ってきてね」

彼女は二つの窓を開け放った。部屋に入ってきたジョージ・ロマックスは、彼女が髪を風になびかせ、目をキラキラさせながら立っているのを見た。「しばらくしたら窓を閉めるわ。部屋の空気を入れ替えたかったの。あなた、広間でゆすり屋に出会わなかった？」

「えっ、何だって？」

「ゆすり屋よ、ジョージ。ブ・ラ・ツ・ク・メ・イ・ラー。ゆすりをやる人」

「おい、ヴァージニア、ふざけるのもいいかげんにしなさい！」

「あら、あたしふざけてなんかいないわ」

「しかし、そいつはいったいだれをゆすりにきたというんだ」

「あたしをよ」

「じゃ、あんたは何か悪いことをしていたのかね」

「とんでもない。あたしは何も悪いことはしてないわ。あの人はあたしをほかのだれかと思い違いしていたわけなの」

「で、あんたは警察へ電話したろうね、もちろん」

「いいえ、しなかったわ。そうすべきだったとおっしゃるの？」

「いや、それは――」ジョージは深刻そうに考えこんだ。「いや、そうじゃない――たぶん電話しないほうがいいだろう。事件に関連した不快な風評に巻きこまれて、真実を証明しなければならなくなったりするかも――」

「そうなってみたいわ」と、ヴァージニアはいった。「法廷に召喚されて、裁判官がほんとに新聞や雑誌に書かれているようなこっけいなことをやるのかどうか、この目で見たいわ。さぞかし面白いだろうと思うわ。あたしいつか紛失したダイヤのブローチのことでヴァイン街へ行ったら、とてもすてきな警部さんがいたわ。それはもう最高にすばらしい男性で――」

ジョージはいつものように、当面の問題と無関係なことはすべて無視した。

「しかし、あんたはその悪党に対してどんな処置をとったのかね？」

「あたし、結局、彼にやらせちゃったみたい」

「やらせた？　何を」

「あたしをゆすることを」

ジョージの驚きの表情があまりにも強烈だったので、ヴァージニアは思わず下唇を嚙みしめた。

「ということは――つまり――あんたはその男が思い違いしていることを、ちゃんと教えてやらなかったわけか？」

ヴァージニアは彼をちらっと流し目で見ながら首を振った。

「まったくあきれたね。ヴァージニア、あんたは気が狂ってるんじゃないのかい」

「あなたにはそう見えるでしょうね」

「だけど、いったいなぜそんなことをしたんだ。なぜ？」

「理由はいくつかあるわ。まず、彼はそれを――ゆすりを――すばらしい手法でやろうとしていたからなの。あたしは芸術家がすてきな仕事をしているときに、その邪魔をしたくなかったのよ。それから、あたしはいままで一度もゆすられたことがなかったので――」

「そんなことはないほうがいい」

「でも、あたしはそれがどんな気分のものなのか、経験してみたかったの」

「いやはや、あんたという人はまったく理解しがたいね、ヴァージニア」

「でしょうよ」

「そいつに金は渡さなかったろうね？」

「ほんの少しやっただけ」と、彼女はいいにくそうにして答えた。

「いくら?」

「四十ポンド」

「ヴァージニア!」

「イヴニング・ドレス一着分にすぎないわ。新しい経験を買うのは、新しいドレスを買うのと同じように——いえ、もっとそれ以上に楽しいのよ」

ジョージ・ロマックスは首を振った。そのときチルヴァーズがティーポットを持って現われたので、彼は憤慨の気持ちを表わさずにすんだ。お茶が運ばれてくると、ヴァージニアは慣れた手さばきで重い銀のティーポットを扱いながら、ふたたび問題の説明をつづけた。

「あたしはほかにもう一つ動機があったのよ、ジョージ——もっと上等な、すてきな動機がね。あたしたち女性は意地悪なものだとされているけど、あたしは今日はほかの女のために親切なことをしてあげたわけなの。あの男はカモを捕まえたと思いこんでいるのだから、もう一人のヴァージニア・レヴェルを探し回るようなことはしないと思うわ。かわいそうにその女は、びくびくしながらあの手紙を書いていたのよ。だから、もしあのゆすり屋が彼女を捕まえたら、きっとボロい稼ぎができたでしょうよ。でも、いまや彼は、そうとは知らずに大変な相手をつかんじゃったわけよ。あたしは潔白に生きてきた有利な立場を大いに活用して、あいつをさんざん手玉にとって、ぐうの音も出なくしてやれるわ――いろいろと悪知恵を働かしてね」

ジョージは依然として首を振りながら、「どうも感心できないね、それは。感心できませんよ」と、ぼやいた。

「平気、平気、心配いらないわ。ところで、あなたはゆすりの話をするためにいらっしゃったわけじゃないわね。ご用件は？　正解は〝あなたに会いに！〟でしょ。あなたのところにアクセントをつけて、意味ありげに彼女の手をとってね。たまたまバターをこってりと塗ったマフィンを食べている場合は、それを眼でやる以外にないでしょうけど」

「そう、わしはあんたに会いにきたのだ」と、ジョージはまじめに答えた。「あんたと二人きりになれて、大変嬉しい」

「〝まあ、ジョージ、それはあまりにも唐突だわ〟――と、彼女は干しブドウを飲み込みながらいう」

「あんたに頼みたいことがあるのだ。日ごろからあんたをすばらしい魅力のある女性として、目をつけていたのだよ、ヴァージニア」

「まあ、ジョージ！」

「知性のある女性としてもだ！」

「ほんとかしら？　でも、さすがに目が高いわ」

「ヴァージニア、じつは明日、ある若い男がイギリスに到着するので、ぜひとも彼に会ってほしいのだ」

「いいわ。でも、それはあなたのパーティなのよ――そのことをはっきりさせておかなくちゃ」

「とにかく、あんたはその気になりさえすれば、すばらしい魅力を発揮できる――それを見込んで頼んでいるのだ」

ヴァージニアは首を横にちょっとかしげた。「ねえ、ジョージ。あたしは職業として魅力を発揮するわけじゃないのよ。あたしはしばしば相手の人が気に入る――すると、その人もあたしが気に入るだけのことよ。故意に初対面の人を魅惑するような芸当は、あたしにはできないわ。もしそんなことをお望みなら、あたしよりはるかにうまくやれる職業的な妖婦たちがいるでしょ」

「とんでもない。もちろんそんなことじゃないよ。ところでその青年のことだが――カナダ人で、名前はマグラス――」

「〝スコットランド系のカナダ人ね〟——と、彼女はみごとに言い当てた」

「たぶん、イギリスの上流階級のことを知らないだろう。そこで真のイギリス淑女の洗練された魅力を、彼に鑑賞させたいのだ」

「それ、あたしのこと?」

「もちろんそうさ」

「なぜなの?」

「なんだって?」

「なぜなのかと訊いたのよ。あなたはわが国に上陸するあらゆるカナダ人の放浪者に、真のイギリス淑女を宣伝しようというわけじゃないでしょ。ほんとの目的は何なの、ジョージ? 俗な言い方をすれば、あなたはどんな得をするわけ?」

「そんなことは、べつにあんたと関係ないだろう、ヴァージニア」

「あたしは理由と目的のすべてを知らなければ、一晩がかりで人を魅惑する気にはなれないわ」

「あんたは妙な言い方をするね。ほかの人が聞いたら——」

「ほかの人のことなんかどうでもいいのよ! さあ、もう少し情報を教えて」

「じつは中央ヨーロッパのある国の政治情勢が、最近ちょっと緊迫しているのだ。で、さほど深い理由があるわけではないが、とにかくその、ミスター……アー……マグラスに、ヘルツォスロヴァキアの王政の復古がヨーロッパの平和にとって絶対に必要であることを認識させなければならないのだよ」

「ヨーロッパの平和がどうのこうのという話はばかげているけど、でもあたしは王政に賛成だわ。とくにヘルツォスロヴァキア人みたいな生き生きと魅力に富んだ国民には、それが似合っていると思うわ。するとあなた方は、ヘルツォスロヴァキアの国王を擁立しようとしているわけなのね。だあれ、それは？」

ジョージは返答をしぶったが、それを避ける方法を思いつかなかった。この会談はぜんぜん彼の計画どおりに進んでいなかった。彼は、ただはいはいとなんでも承諾して、困った質問などはいっさいしない、素直なお人形みたいなヴァージニアを予想していた。それがまるっきり狂ってしまったのだ。彼女はこの話に関係のあるすべてのことを知ろうと決意しているように見えた。女性の思慮分別について根強い不信を抱いているジョージは、いまやなんとかして深入りするのを避けようとひそかに決心していた。彼は相手をまちがえたのだ。ヴァージニアは適材ではなかった。とんでもないことをやらかして、困った事態を引き起こしかねなかった。ゆすり屋への彼女の応対ぶりは、彼に大きな懸念を与えた。重大なことがらをまじめに扱おうともしない、まったく信頼のおけない女なのだ。

「ミカエル・オボロヴィッチ王子だ」彼はヴァージニアが彼女の質問に対する返答を待っているのを見て、仕方なく答えた。「しかし、その話はこれだけにしよう」

「まあ、あきれた。そんなことはもうとっくに新聞でいろいろ取り沙汰されているじゃないの。たいがいの論評はオボロヴィッチ王朝を誉めそやして、殺害されたニコラス四世のことを、まるで聖者か英雄のように扱ってるわね――三流の女優にうつつをぬかしたばかな男のことを」

ジョージは眉をひそめた。ヴァージニアの助けを借りようとしたのは誤りであったことを、ますます確信させられたのだった。こうなったら、さっさと彼女から逃げ出す以外にない。

「そう、あんたのいうとおりだよ、ヴァージニア」彼は彼女に別れを告げるために立ちあがりながら、急いでいった。「あんたに頼むべきではなかったらしいな。しかし、われわれはカナダ自治領がこのヘルツォスロヴァキアの危機について、われわれと意見が一致することを切望しているのだ。しかもマグラスはジャーナリスト界に大きな影響力を持っているそうなのだ。熱烈な王制支持者でもあり、またあの国についてかなりの知識のあるあんたを彼に会わせたら、何か有益な結果が得られるだろうと思ったのだがね」

「それがいつわりのない話なの？」

「そう。しかし、はっきりいって、彼はあんたには気に入らんだろう」

ヴァージニアはしばらくじっと彼を見つめてから、急に笑い出した。「ジョージ、あなたはずいぶんへたな嘘つきね！」

「ヴァージニア！」

「へたもいいところだわ！　もしあたしがあなたほどの経験を積んでいたら、もっとましな嘘を考え出せるだろうと思うわ——少なくとも、信用させる可能性のある嘘をね。でも、あたしはきっと見抜いてしまうでしょうね、あなたの嘘なら。謎のミスター・マグラスってわけね。ま、どうせこんどの週末に、チムニーズで、ヒントの一つや二つはつかめるでしょうよ」

「チムニーズで？　あんたはチムニーズへ行くことになっているのかい？」

ジョージは動揺を隠しきれなかった。急いでケイタラム卿に連絡して、招待状を出すのをやめさせようと思ったが、もう間に合わないのではなかろうか？

「バンドルが今朝、電話であたしに頼んだのよ」

ジョージは最後の努力をしてみた。「しかし、きっと退屈なパーティだよ。あんたには向かないよ、ヴァージニア」

「おばかさんね、ジョージ。なぜあたしにほんとのことをいって、あたしを信頼しないの。まだ遅くないわ、どう？」

ジョージは彼女の手を握ってから、力なく落とした。

「わしはほんとのことをいったんだ」と、冷ややかにいった——恥ずかしげもなく。

「こんどのは少しはましだわ」と、ヴァージニアは誉めた。「でも、まだだめね。まあ、元気を出して、ジョージ。あたしはきっとチムニーズへ行って、あなたのいったとおり、大いに魅力を発揮するわよ。ああ、人生が突然いっそう面白くなってきたわ。最初にゆすり屋。つぎに外交上の難問題をかかえたジョージ。はたして彼は、ひたすらに彼の信頼を乞い求める美女に、すべてを語るであろうか？　否《いな》、彼は最後の章まで何一つ打ち明けないであろう。さようなら、ジョージ。帰る前にせめて一度だけでも、やさしい顔を見せて。だめなの？　まあ、こんなことですねなくてもいいじゃないの！」

ジョージが重い足どりで玄関を出るとすぐ、ヴァージニアは電話へ駆け寄った。まもなく申し込んだ番号の電話が通じると、彼女はアイリーン・ブレントを呼び出した。

「バンドル？　あたし、明日かならずチムニーズへ行くわ。なあに？　あたしが退屈するって？　とんでもない。ねえバンドル、荒馬どもがあたしを放っておくわけがないじやないの。じゃ、明日ね！」

7 招待状

手紙がなくなった！

アンソニーはそれが盗まれたのだという事実を認めざるを得なかった。しかし、ブリッツ・ホテルの廊下を駆け回ってジュゼッペを追跡するわけにはいかなかった。そんなことをすれば、自分自身のことが大勢の人に知れ渡るという好ましくない結果を招くだけで、手紙を取りもどすことは失敗に終わる可能性が強かったからだ。

手紙の束は回顧録の原稿と同じような包み紙でくるんでいたので、ジュゼッペは勘違いをしたのだろうと彼は思った。したがって、ジュゼッペはそのことに気がついたら、ふたたび回顧録を手に入れようと企てるにちがいない。アンソニーはその企てを厳重に警戒する心構えを固めた。

それからもう一つ——手紙を取りもどすために慎重な工夫をこらした広告を出すことを思いついた。おそらくジュゼッペはレッド・ハンド党の回し者か、さもなければ王制擁護派に雇われているのだろう。とすれば、あの手紙はどちらの雇い主にとっても無用なものであるはずだから、ジュゼッペはたとえ金額はわずかでも、それを返して金を手に入れようとするだろう。

アンソニーはそう思い決めると、ベッドへもどって朝までぐっすり眠った。ジュゼッペがその晩二度目の襲撃をする勇気があるとは、とうてい思えなかったのだ。

アンソニーはベッドの中で作戦計画を充分に練ってから起き出した。朝食をたっぷり食べ、ヘルツォスロヴァキアの油田発見の記事で埋まっている新聞にざっと目を通し、それからホテルの支配人に面会を求め、おだやかな調子で強引に話をつける才能を生かして、その要求を通した。

物腰のきわめて柔らかなフランス人の支配人は、彼を支配人室に招き入れた。「ところで、どんなご用件でしょうか、ミスター……アー……マグラス？」

「ぼくは昨日の午後このホテルに着いて、夕食を部屋へ運んでもらったわけです——ジュゼッペというウエイターがそれを持ってきました——」彼は間をおいた。

「はい、たしかにそういう名前のウエイターがおります」と、支配人は無関心な口ぶりで答えた。

「ぼくはそのウエイターの態度がちょっと異常なことに気づいたのですが、そのときはあまり気にとめませんでした。ところがそのあと、夜半に、だれかが部屋の中をすばやく動き回る音に目を覚まして、明かりをつけて見ると、そのジュゼッペというウエイターがぼくの革のスーツケースを盗もうとしていたのです」

いまや支配人の無関心な態度ががらりと変わった。「しかし、そのようなことは何も聞いていませんでしたが、なぜもっと早く知らせてくださらなかったのでしょうか？」

「あの男はぼくとちょっと格闘しましてね――彼はナイフを持っていたのです――で、結局、窓から逃げ出すことに成功しました」

「それで、あなたはどうなさったのですか、マグラスさん？」

「スーツケースの中身を調べました」

「何か盗まれていたのでしょうか？」

「それは大して――大事なものじゃなかったのです」と、アンソニーはゆっくり答えた。

支配人はため息をついて椅子の背に上体をもたれかけた。「それは幸いでした。しかし、こんなことを申しあげるのは恐縮ですが、その事件に対するあなたの態度が、わたくしにはどうも理解できませんな。あなたはホテルの係の者にすぐ知らせようとなさらなかった。泥棒を追いかけることもしなかったわけでしょう？」

アンソニーは肩をすくめた。「さっきいったとおり、金目のものは何も盗まれなかったのでね。もちろん、厳密にいえば、これは警察を呼ぶべき事件でしょうが――」彼は間をおいた。

支配人は気乗りのしない口ぶりでつぶやいた。「警察を呼ぶべき――ええ、それはもちろん――」

「しかし、どっちみち、あの男はもう姿をくらましているでしょうし、くだらないものが盗まれただけですから、警察の手をわずらわす必要はありませんよ」

支配人は微笑を洩らした。「マグラスさん、あなたもお気づきのようですが、わたくしは警察を呼ぶのはまったく気が進まないのです。それは災厄を招くようなものでしてね。新聞はこういう近代的な大ホテルと関係のあるネタを手に入れたら、それがほんとうはごく些細なことでも、重大なことのように書き立てるのです」

「そうですとも」と、アンソニーは同意した。「ところで、ぼくはさっき、金目のものは何も盗まれていないといいましたね。それはある意味ではほんとうです。泥棒にとって価値のあるものは、何も盗まれなかったのです。しかし、彼が盗んだものは、ぼくにとっては大事なものだったのです」

「ほう?」

「手紙なんですよ」

フランス人にしかできない超人的に慎重な配慮の表情が、支配人の顔に浮かんだ。

「なるほど、それでよくわかりました。確かにそれは警察沙汰にすべき事件ではないようですな」

「その点では、ぼくたちは意見が一致したわけですね。しかし、だからといって、ぼくはあきらめたわけじゃない――なんとかしてあの手紙を取りもどしたい。ぼくの住んでいた地方では、人々はたいがいなんでも自分でやることになっているのです。ですから、ぼくがあなたにお願いしたいのは、そのジュゼッペというウエイターに関するできるだけ詳しい情報を教えていただきたいということです」

「それは差し支えございません」と、支配人はしばらく間をおいてからいった。「もちろんいま即座にはその情報を提供できませんが、三十分後にまたいらしていただければ、すぐにお渡しできるように用意しておきましょう」

「どうもありがとう。それではお願いします」

アンソニーが三十分後に支配人室へもどると、支配人は約束どおりに資料を用意していた。ジュゼッペ・マネリについてわかっているあらゆる関連事項が、一枚の用紙に書きとめられていた。

「彼は三カ月ほど前にこのホテルへきました。熟練したウエイターで、申し分のない仕事ぶりでした。約五年前にイギリスへ渡ってきたらしいですな」

二人はいっしょに、そのイタリア人の働いていたホテルやレストランの名簿を点検した。アンソニーはある事実が重要な意味を持っているように思われた。それは二つのホテルで、ジュゼッペが雇われている時期に重大な盗難事件が発生していることだった。いずれの事件も彼はまったく嫌疑をかけられていなかったが、この事実はいかにも暗示的だった。

ジュゼッペは巧妙なホテル荒らし専門の泥棒にすぎなかったのだろうか？　彼がアンソニーのスーツケースを盗もうとしたのは、窃盗常習犯の仕事の一つにすぎなかったのだろうか？　もしかすると、アンソニーが明かりをつけたちょうどそのとき、たまたま彼は手紙の包みを手に持っていて、その手を自由にするために反射的にポケットにつっこんだだけなのかもしれない。もしそうなら、これは単なる窃盗事件にすぎないことになる。

しかし、前の晩に彼がテーブルの上にある原稿を見たときのあの異常な興奮ぶりは、それではとても説明がつかない。テーブルの上には普通の泥棒の欲望をそそるような現金も、金目の品物もまったくなかったのだ。やはり、ジュゼッペは何か外部の機関の手先として行動していたのだと、アンソニーは確信した。支配人から提供された情報から、ジュゼッペの個人的な生活に関することがわかり、それを手がかりにして彼をつきとめることができるかもしれなかった。彼はその紙をたたんで立ちあがった。

「どうもありがとう。これは訊くまでもないことでしょうが、ジュゼッペはもうホテルにいないのでしょうね？」

支配人は苦笑した。「彼のベッドは寝た形跡がなく、持ち物はそのまま残されていました。あなたの部屋から逃げ出したその足で、どこかへ高飛びしたのでしょう。たぶんわたしたちは、二度と彼と会う機会はないだろうと思いますよ」

「ぼくもそんな気がしますけど……。とにかく、情報を提供していただいてありがとうございます。ぼくは当分、ここに泊まっていることになるでしょう」

「あなたのお仕事の成功を祈っていますが、正直なところ、それは難しそうですな」

「ぼくはいつも万事うまくいくことを期待しているのです」

アンソニーの最初の捜査活動は、ジュゼッペと親しかったほかの何人かのウエイターに尋問することだったが、手がかりらしいものはほとんど得られなかった。つぎに彼は計画どおりの広告原稿を書いて、最も多く読まれている五紙の新聞に掲載を依頼した。それから、ジュゼッペが以前に働いていたレストランを訪ねるために出かけようとしていた矢先に、電話のベルが鳴った。彼は受話器をとった。「もしもし、どなた？」

のっぺら棒な声が答えた。「マグラスさんですか？」

「そうですが、あなたはどなた？」

「こちらはボールダーソン・アンド・ホジキンズ社です。恐れ入りますが、ちょっとお待ちください。ボールダーソンへ電話をつなぎますから」

わが敬愛すべき出版社かと、アンソニーは心の中でつぶやいた。心配でたまらなくなったのかな？　その必要はないのに。締切りまでまだ一週間もあるのだぞ。

親しげな声がいきなり彼の鼓膜を突いた。「やあ！　マグラスさんか」

「そうです」

「わたしはボールダーソン・アンド・ホジキンズのボールダーソンだ。例の原稿はどうしましたか、マグラスさん？」

「どうしたとは？」

「のんびり構えてるなあ。あんたは南アフリカからイギリスに着いたばかりだから、事情を知らないのも無理はないが、じつはあの原稿をめぐって、大変なことが起きているのだよ。マグラスさん、おおごとなんだ。わたしは気がもめて、そんなものを引き受けなければよかったと思うこともあるくらいだ」

「へえっ、そうですか？」

「ほんとうだとも。そんなわけで、その原稿のコピーを二つ作っておくために、できるだけ早くそれを手に入れたいのだ。そうしておけば、たとえ原稿が破り棄てられても、支障はないわけだからね」

「おやおや、驚いたな、それは」と、アンソニーはいった。

「たしかに、あんたにはばかげたことのように聞こえるだろう。しかしそれは、あんたが事態を知らないからだ。じつは、その原稿がわが社へ届けられるのを阻止しようとして暗躍している一味がいてね。正直にいうと、もしあんたが自分でそれを持ってこようとしたら、十中八、九まで、あんたはここにたどり着けないような情勢なのだ」

「それは信じられないな」と、アンソニーはいった。「ぼくはどこかへ行きたいと思ったら、いつもかならず行けるんですから」

「いや、非常に危険なやつらが大勢あんたを狙っているのだよ。わたしも一ヵ月前までは、こんなことはとても信じられなかった。とにかく、大勢のやつらが入れ替わり立ち替わり押しかけてきて、われわれを買収しようとしたり、脅迫したり、だまそうとしたりで、どうしたらいいのか全くわからないような状態なんだ。だから、あんたはその原稿を自分でここへ届けようとするのはやめてほしい。社の者をそのホテルへやって、あんたから原稿を受け取ることにしよう」

「もし敵がその人を殺したら？」と、アンソニーは訊き返した。

「その場合は、責任はわれわれにある——あんたの責任じゃない。あんたはわれわれの代理人に原稿を渡して、解任状を受け取るわけだ——つまり、小切手さ——あんたに渡すように指示されている一千ポンドの小切手だ。これは故人の——つまり著者の——遺言執行人とわれわれとの合意にもとづいて、来週の水曜日までは使えないようになっているのだが、もしあんたがそれじゃ困るとおっしゃるのなら、使いの者に同額のわたし自身の小切手を持たせてやってもいいが」

アンソニーはしばらく思案した。彼は伯爵の回顧録がなぜこんな物議をかもし出しているのかを自分で調べたかったので、ぎりぎりの日までそれを手もとにおいておくつもりだった。しかし、出版社側の申し出は筋が通っているように思われた。

「わかりました」と、彼は軽いため息まじりにいった。「あなたの好きなようにしてください。あなたの社の人をよこしてください。もし差し支えなかったら、すぐ使える小切手がほしいですね——ぼくは来週の水曜日の前にイギリスを離れるようになるかもしれませんから」

「じゃ、そうしよう。わたしの代理人は明日の朝一番であんたを訪ねる。会社からじかに使いの者をやるのは、あまり賢明じゃなさそうだ。うちの社のホームズ君はサウス・

ロンドンに住んでいるので、彼が出勤の途中でそちらへ立ち寄って、原稿と引き換えにあんたに小切手を渡すようにしよう。それから、ちょっと思いついたのだが、今夜はその包みをホテルの支配人の金庫に預けておいたほうがいいかもしれないな。たぶんそれが敵の耳に入って、やつらは今夜あんたの部屋を襲うのをやめるだろうからね」

「なるほど。あなたの指示どおりにしましょう」

アンソニーは思案顔で受話器をおいた。それから、中断されたジュゼッペの行方探しの計画を続行するために出かけて行った。しかし、かいもく手がかりがなかった。ジュゼッペは問題のレストランでたしかに働いていたのだが、彼の私生活や仲間については、だれも何一つ知らないようだった。

「しかし、きっときさまを捕まえるぞ」と、アンソニーはひそかに誓った。「かならず捕まえる。それはもう時間の問題にすぎないんだ」

彼のロンドンでの第二夜は、まったく平穏無事だった。

翌朝の九時に、ボールダーソン・アンド・ホジキンズ社のホームズ氏の名刺が届けられ、つづいてホームズ氏がやってきた。物腰のおだやかな、金髪で色白の小柄な男で、アンソニーは彼に原稿の包みを手渡し、引き換えに一千ポンドの小切手を受け取った。ホームズ氏は持ってきた茶色の紙袋に原稿を入れ、アンソニーに別れの挨拶をして立ち去った。すべてがきわめて単調だった。

「しかし、たぶんあいつは途中で殺されるだろうよ」アンソニーははっきりと、こうつぶやくと、ぼんやりと窓の外を眺めた。「これでよかったんだろうか——とても心配だ」

彼は小切手を封筒に入れ、数行の文書を同封して、注意深く封をした。ジミーはブラワーヨ（ジンバブエの地名）でアンソニーに出会ったとき、かなりの資金を持っていて、相当な金額を前払いしたのだが、その金はまだ手をつけずに残っていたのだった。

「これで一つの仕事は終わったとはいえ、もう一つの仕事が残ってるんだぞ」と、彼は自分にいって聞かせた。「いままでのところはへまばかりやってきたが、しかし、弱音を吐くんじゃない。さて、それでは適当に変装して、ポント街四八七番地の家を見に行ってみよう」

彼は持ち物を荷造りしてから階下へ行き、勘定を払って、荷物をタクシーに積んでくれと頼んだ。そして彼の通り道に立っている者たちに——その大半は彼のために何一つ実質的な役には立たなかったのだが——それぞれに適当な報酬をやり、タクシーに乗ってまさに出発しようとしたとき、小柄なボーイが手紙を持って石段を駆け降りてきた。

「たったいま、あなたへの手紙が届きました」

アンソニーはため息といっしょに、また一シリングを差し出した。タクシーはうなり声をあげ、ギヤの砕けるようなすさまじい音をひびかせて走り出した。アンソニーは手紙を開いた。

何やら奇妙な文書だった。彼はその内容を理解するために四度も読み直さなければならなかった。わかりやすくいえば（その手紙はわかりやすい言葉ではなく、官僚の発行する文書に共通な妙にこねくり回した文体で書かれていたのだが）、それはマグラス氏が今日——木曜日に——南アフリカからイギリスに到着することを予測して、スティルプティッチ伯爵の回顧録について遠回しに触れ、ジョージ・ロマックスと秘密の会見を持つまではその原稿をどこへもやらないでほしいと、マグラス氏に頼んでいるのだった。それはまた、明日の金曜日にケイタラム卿の賓客としてチムニーズ館へおいで願いたいという、明確な招待状でもあった。謎めいた、まったくあいまいな通信だったが、アンソニーはそれがすっかり気に入った。

「やっぱりイギリスだなあ」と、懐かしそうにつぶやいた。「相変わらず二日も時間が遅れている。ちょっと残念だが、まさかごまかしてチムニーズへ行くわけにもいくまい。ところで、どこか手頃な宿屋はないかな？　ミスター・アンソニー・ケイドはだれにも知られないような宿屋に泊まりたいのだ」

彼は身を乗り出してタクシーの運転手に新たな指示を与えた。運転手は軽蔑的に鼻を鳴らして了解した。やがてタクシーはロンドンの場末の宿屋の前に停まった。彼はアンソニー・ケイドの名前で部屋をとると、薄汚い書き物部屋に入って、伝統あるブリッツ・ホテルのマークのついた便箋を取り出し、走り書きした。

彼は去る火曜日に到着したことや、問題の原稿はボールダーソン・アンド・ホジキンズ社へ渡してしまったことを説明し、これからすぐイギリスを離れなければならないので、残念ながらケイタラム卿の丁重な招待を辞退せざるを得ないと記し、最後に――敬具。ジェイムズ・マグラス――と、署名した。

彼は封筒に切手を貼りながらつぶやいた。「さて、仕事に出かけるか。ジェイムズ・マグラスは退場し、代わってアンソニー・ケイドの登場だ」

8 死んでいる男

同じ木曜日の午後、ヴァージニア・レヴェルはラネラでテニスをしていた。そしてポント街へ帰る途中はずっと、長い豪華なリムジンの中で身を横たえて唇に微笑をただよわせながら、これからの会談で演じる彼女の役の予行練習をしていた。むろん、あのゆすり屋が今日は現われない可能性もあったが、彼女は彼がやってくることを確信していた。昨日、彼女はいいカモになって見せたのだから。しかしこんどはたぶん、彼を少し驚かせてやることになるだろう!

車が家の前に停まると、彼女は石段を上る前に運転手を振り返って話しかけた。「訊くのを忘れていたけど、奥さんの具合はどう、ウォルトン?」

「よくなってきたようです。医者が六時半ごろ往診にくるといっていました。車をまたお使いになりますか?」

ヴァージニアはちょっと考えた。「週末は出かけることになってるの。パディントンから六時四十分発の列車に乗るつもりだけど、でもあなたはもう帰っていいわ——タクシーで行くから。あなたはお医者さんに会ってちょうだい。もし奥さんを週末にどこかへ連れて行ったほうがいいとお医者さんがいったら、そうしてね。費用はあたしが持つわ」

彼女は運転手の感謝の言葉を気短にうなずいて遮ると、石段を駆け上り、鍵を取り出そうとしてハンドバッグの中を手さぐりしてから、鍵を持たずに出かけたことを思い出し、急いでベルを鳴らした。

しばらく応答がなかった。しかし、彼女がそこで待っていると、一人の青年が石段を上ってきた。みすぼらしい服装で、チラシを一束持っていた。彼はその標題がはっきり見えるようにして、ヴァージニアに一枚差し出した——〃なぜ私は祖国に奉仕したか?〃左手に募金箱を抱えている。

「あたしそんなものすごい詩を、一日に二つも買えないわ」と、ヴァージニアは言い訳した。「今朝一枚買ったのよ。心からの敬意を払ってね」

青年は頭をのけぞらせて笑った。彼女もつられて笑った。なにげなく彼を眺め回しながら、よくいるロンドンの失業者より好感のもてる男だと彼女は思った。褐色の顔と、ひきしまった体つきが気に入った。彼を何かの仕事に雇いたい気持ちさえした。

しかし、ちょうどそのときドアが開いて、ヴァージニアはすぐさまこの失業者の問題を忘れてしまった——なぜなら、驚いたことに、ドアを開けたのは彼女の付添いメイドのエリーズだったからだ。「あら、チルヴァーズはどこへ行ったの？」彼女は広間へ入りながら問いただした。

「どこへって、もちろん、ほかの人たちといっしょに出かけましたわ」

「ほかの人たちと？　いったいどこへ出かけたの？」

「そりゃ、ダチェットへですよ、マダム——別荘へ行きましたわ、あなたの電報どおりに」

「あたしの電報？」ヴァージニアは呆然と訊き返した。

「マダムは電報を打たなかったのですか？　そんなはずはありませんわ。つい一時間ほど前に届いたんですもの」

「あたしは電報なんか打たないわ。どんな電報なの、それは」

「きっとまだ、向こうのテーブルの上にあると思いますわ」

エリーズは奥へ飛んで行き、電報をひっつかんで、誇らしげに駆けもどってきた。

「ほら《ヴワラ》、マダム！」

それはチルヴァーズ宛てにこう記されていた。〝家中そろってすぐさま別荘へ行って、

週末のパーティの支度を頼む。五時四十九分の列車に乗って〃

それはいつもと変わったところが少しもなかった。彼女はこれまでもたびたび、急に河畔の別邸でパーティを開く計画を立てて、同じような電報を打っていたのだ。いつもある年寄りの女性に留守番をさせて、家中の者を呼び寄せたのだった。したがってチルヴァーズは、その電報をいささかも不審に思わず、忠実にその命令を実行したのだろう。

「わたくしはマダムの荷造りをしなければならないことを知っていましたから、残りました」と、エリーズは説明した。

「こんなばかげたいたずらにひっかかるなんて！」ヴァージニアは腹立たしげに電報を床に投げつけて叫んだ。「エリーズ、あなたはあたしがチムニーズへ行くことになっているのを、ちゃんと知っていたでしょうに。今朝そういっておいたのだから」

「でも、マダムは気が変わったのだろうと思いましたわ。ときどきそんなことがありますもの」

ヴァージニアは苦笑して、その非難が当たっていることを認めた。彼女はこのひどいいたずらの理由を探し当てようとして、考えをめぐらせていた。エリーズが意見を述べた。「まあ、大変だわ！」と、両手を握りしめて叫んだ。「ひょっとすると、これは泥棒のしわざかもしれませんよ！　にせの電報を打って、この家の使用人をぜんぶ追っ払ってから、荒らし回ろうという魂胆ですよ」

「そうかしらね」ヴァージニアは疑わしげにいった。

「そうですとも。そうに決まってますよ。そんなことが毎日のように新聞に出てますもの。マダム、さあ早く警察へ電話してくださいよ——早く早く——やつらがやってきて、わたしたちの喉を掻き切らないうちに！」

「ちょっと、エリーズ、そうむやみに興奮するのはよしてちょうだい。泥棒が午後の六時にやってきて、あたしたちの喉を掻き切ろうとするわけがないじゃないの」

「いいえ、お願いです、マダム——これからすぐ走って行って、お巡りさんを連れてきますから、行かせてください」

「何をばかなことをいってるの、エリーズ。それより、まだだったら、二階へ行ってチムニーズに持って行くあたしのものを荷造りしてちょうだい。新しいイヴニング・ドレスと、白のクレープのと、それから——そうそう、黒のビロードのもね。黒のビロードって、とても政治的な感じじゃない？」

「マダムは暗い緑色《オー・ド・ニール》のサテンがとてもお似合いですよ」と、エリーズが勧めた。

「あれはよすわ。さあ、急いで。あまり時間がないのよ。あたしはダチェットに行ってるチルヴァーズへ電報を打って、それからパトロールのお巡りさんに、この家を留守にするのでとくに目を配ってもらうように頼んでおくわ。そんなふうに目玉をきょろきょろ動かすのは、もうよしてちょうだいよ。ほんとにしょうがないわね。何も起きないうちからそんなに脅えているんじゃ、もし男が暗がりから飛び出してきて、あなたにナイフを突き刺したら、いったいどうするの？」

エリーズはきゃあっと悲鳴をあげて、左右の肩越しに不安なまなざしを投げながら、あたふたと階上へ逃げて行った。ヴァージニアは遁走する彼女の背中へ向けてしかめ面をしてから、広間を通り抜けて電話のある小さな書斎へ向かった。警察署へ電話しろといったエリーズの提案はいい考えのように思えたので、さっそくそうしようと決心したのだ。

彼女は書斎のドアを開けて、電話機のほうへ行き、受話器をとろうとしてから、急にその手を止めた。男が大きな肘掛椅子の中に、奇妙な格好でうずくまって坐っていた。ついさっきのにせ電報騒ぎに心を奪われて、彼女は予期していた訪問客のことをすっかり忘れていたのだった。どうやら彼は、彼女を待っている間に居眠りしてしまったらしい。

彼女はいたずらっぽい微笑を浮かべながら、まっすぐその椅子に近づいて行った。それから突然、微笑が消えた。

男は眠っていたのではなかった。死んでいた。

彼女にはそれがすぐにわかった。床に落ちている小さなぴかぴか光るピストルや、彼の左の胸の、赤黒いしみが周りににじんでいる小さな穴や、無気味に垂れ下がっている彼のあごなどが目にとまる前に、本能的にわかったのだ。

彼女は両手を腰にあてがったまま、じっと立ちつくしていた。その静寂を破って、階段を駆け降りてくる、エリーズの足音が聞こえた。

「マダム！　マダム！」

「何なの？」

彼女はすばやくドアのほうへ走った。彼女の本能がこの出来事を――少なくとももうしばらく――エリーズから隠そうとしたのだ。そうしなければ、エリーズは一瞬にしてヒステリー状態に陥ってしまうだろう、ヴァージニアには、そうなることが充分に予期できた。そして、この出来事を慎重に検討してみるためには、落ち着きと静けさが絶対に必要であると感じていたのだ。

「マダム、玄関のドアに鎖を掛けておいたほうがいいんじゃありません？　泥棒どもがもうすぐ来るかもしれませんよ」

「ええ、いいわ。あなたの好きなようにして」

鎖のがちゃがちゃ鳴る音が聞こえ、やがてエリーズはふたたび二階へ上って行った。ヴァージニアは長い安堵のため息をついた。

彼女は椅子の中を見てから、電話機を見た。彼女のとるべき行動は明らかだった――すぐさま警察へ電話しなければならないのだ。

だが、彼女はなかなかそうしなかった。驚きと恐怖と、頭の中を駆けめぐる矛盾したさまざまな想念のために、全身がしびれたようにじっと立ちつくしていた。にせの電報！　それがこれと何か関係があるのだろうか？　もしエリーズがこの家に残っていなかったら、どうなっただろう。かりに彼女がいつものように鍵を持っていたら、彼女は自分でドアを開けて入り、そして家の中にいるのはこの殺害された男と――昨日彼女をゆすりにきた男と――彼女自身と、二人きりであることを発見しただろう。むろん彼女はゆすり事件のことを釈明できる。だが、その釈明のことを考えると、不安な気持ちにかられた。彼女はジョージがそれをまったく信じなかったことを思い出した。ほかの人たちも同じだろうか。あの手紙のこともある――もちろん、それは彼女が書いたものではない。しかし、それを証明するのは容易だろうか？

彼女はひたいに両手をやって、頭をしぼった。あたしは考えなければいけない。もっとよく考えてみるのだ。

だれがあの男を家に入れたのだろう？　エリーズでないことは確かだ。もし彼女がそうしたのなら、そのことをすぐに告げただろう。考えれば考えるほど、事件はますます謎めいてくるばかりだ。なすべきことはただ一つしかなかった——警察へ電話することだ。

彼女は受話器へ手をのばした。そのときふとジョージの顔が思い浮かんだ。男——彼女がいま必要なのはそれだった。ものごとを的確に整理してみて、彼女のとるべき最善の道を指摘できる、良識と分別のある冷静な男。

だが、彼女は首を振った。ジョージはだめだわ。ジョージがまっ先に考えることは、彼自身の立場だろう。彼はこのような問題に巻きこまれることを嫌うにちがいない。おそらく何の役にも立たないだろう。

やがて彼女の顔が和らいだ。そうだ、ビルがいい！　彼女は飛びつくようにしてビルに電話した。彼は三十分前にチムニーズへ出かけたという返事が返ってきた。

「ああ、もうっ！」ヴァージニアは受話器をたたきつけた。話しかける相手がなく、死体といっしょに黙らされていることが、たまらなく怖くなってきた。

そのとき玄関のベルが鳴った。彼女は飛びあがった。二、三分おいて、またベルが鳴った。エリーズは二階で荷造りしていて、聞こえないのだろう。ヴァージニアは広間へ出て行って、鎖をはずし、エリーズが熱中して掛けたあらゆる差し錠をはずした。それから、深く息を吸うと、さっとドアを開けた。石段の上にさっきの若い失業者が立っていた。

ヴァージニアは極度に緊張していた神経がいっぺんにゆるんだ。「さあ、お入りなさい。もしよかったら、あなたに頼みたい仕事があるのよ」

彼女は彼を食堂に案内し、椅子を勧め、彼と向かい合って腰をおろし、しげしげと彼を見つめた。「失礼だけど、あなたは――つまり――」

「イートン・アンド・オクスフォードです」と、青年はいった。「あなたがぼくに訊きたかったのは、そういうことでしょう?」

「ええ、まあね」と、彼女は認めた。

「まともな仕事をつづける能力がないので、すっかりおちぶれてこのありさまですがね。あなたがぼくに勧めようとしているのも、定職じゃないといいんですが?」

彼女の唇に一瞬微笑がただよった。「ええ、とても変則的だわ」

「それはよかった」青年は満足げにいった。

彼女は彼の日焼けした顔と背の高いひきしまった体を、いかにも気に入ったようなまなざしで見た。

「じつはあたし、とても困ってるのよ。しかもあたしの友人はたいがい、ま、お偉方ばかりで、それぞれ失いたくないものを持っているわけなの」

「ぼくは何も失うものはありません。で、困った問題というのはどんなことです？」

「隣の部屋で男が死んでるのよ。殺されたらしいの。あたし、それをどうしていいのかわからないのよ」彼女はそれらの言葉を子供みたいに無邪気にしゃべった。彼女の話に応じているこの青年の明けっぴろげな態度が、彼女の評価を大いに高めた。彼はまるで毎日そのような供述を聞かされてきたかのようだった。

「それは面白い」彼は声をはずませた。「ぼくはずっと、素人探偵のような仕事をやりたいと思ってました。じゃ、さっそく死体を見に行きましょう。それとも、その前にまず事実を話していただきましょうか？」

「まず事実を説明したほうがいいと思うわ」彼女はしばらく間をおいて、彼女の話をどのようにしてうまく要約するかを考えてから、静かに簡潔に語りはじめた。

「その男は昨日はじめてこの家へきて、あたしに会いたいといったのよ。彼はある種の手紙を持っていて――それはあたしの名前が署名されているラブレターだったのだけど――」

「しかしそれは、あなたが書いたものじゃなかった」と、青年が静かに言葉を差しはさんだ。

ヴァージニアはびっくりして彼を見た。「どうしてそれを知ってるの？」

「いや、推測しただけですよ。さあ、話をつづけて」

「彼はその手紙をネタにあたしをゆすろうとしたのよ。で、あたし――あなたに理解できるかどうかわからないけど――彼にそうさせたわけなの」

彼女は訴えるようなまなざしで彼を見た。彼は大きくうなずいた。「もちろんぼくには理解できます。あなたはそれがどんな気持ちか、経験してみたかったのですね」

「まあ、すごく勘がいいのね！　まさしくそのとおりだわ」

「たしかにぼくは勘がいいほうです」と、青年はいった。「しかし、そのような考え方を理解できる人間は、そうざらにはいないということを、肝に銘じておく必要がありますよ。たいがいの人は想像力がないのですから」

「ええ、そうでしょうね。とにかくあたしはその男に、今日の六時ごろまた来るようにといったわけなの。そして今日、あたしがラネラから帰ってみたら、にせの電報が使用人たちをぜんぶ家からおびき出して、あたしの付添いメイドが一人残っているだけなのよ。それから、あたしは電話をしようと思って書斎へ入って、その男が射殺されているのを発見したわけなの」

「だれが彼を家に入れたのです？」

「知らないわ。メイドがそうしたのなら、あたしにそういうでしょうからね」

「彼女は何が起きているのかを知っているのですか？」

「あたしは何もいってないわ」

青年はうなずいて立ちあがった。「それじゃ、死体を見に行きましょう」彼はてきぱきといった。「その前に一つ、いっておきたいことがあるのですが——それは、真実を語るほうがたいてい最善の結果をもたらすということです。一つの嘘はあなたを多くの嘘の中に巻き込む——しかも、嘘をいいつづけることは、恐ろしく単調で退屈なものです」

「じゃ、あなたは警察へ電話しろと、あたしに忠告したいわけ？」

「たぶんね。しかし、その前にまず、その男をちょっと見ておきましょう」

ヴァージニアは先に立って部屋を出るとき、敷居の上でちょっと立ちどまり、彼を振り返った。

「そうそう、あなたのお名前をまだ聞いていなかったわね？」

「ぼくの名前？　アンソニー・ケイドといいます」

9　死体を始末する

アンソニーはほくそ笑みながら、ヴァージニアのあとにつづいて部屋を出た。事態はまったく予期しない方向へ転換していた。だが、書斎の椅子の死体の上に身をかがめたとき、彼はまた真剣な表情になって、「この男はまだ温かい」と、鋭くいった。「殺されてから三十分もたっていないらしい」

「じゃ、あたしが家へ入る直前かしら？」

「そういうことになりますね」

彼は眉をしかめながら上体を起こした。それから彼は、ヴァージニアが質問の意図をすぐに理解しかねるようなことを問いかけた。「あなたのメイドはこの部屋にはいなかったのでしょうね、もちろん」

「ええ」

「あなたがここに入ったことを、彼女は知っているのですか？」

「それは――ええ、知ってるわ。あたしはそのドアをちょっと開けて、彼女と話をしたのですもの」

「あなたがこの死体を発見したあとで？」

「ええ、そうよ」

「死体のことは何もいわなかったわけですか？」

「いったほうがよかったのかしら。でも、あたしは彼女がヒステリーを起こすんじゃないかと思ったものだから。彼女はフランス人で、気が転倒しやすいたちなのよ。あたしはこれをどうしたらいいのか、よく考えてみたかったの」

アンソニーはうなずいたが、何もいわなかった。

「まずかったかしら？」と、彼女は訊いた。

「まあ、ちょっと運が悪かったのですよ、レヴェル夫人。もしあなたが帰ってきた直後に、あなたとメイドがいっしょに死体を発見していれば、問題ははるかに簡単だったでしょう。それなら、この男はあなたが帰宅する前に殺されていたことがはっきりしているわけですから」

「ところがいまは、あたしが帰ってきたあとで殺されたともいえるわけね……なるほど」

彼はそういって考えこんでいる彼女を見守りながら、この家の前で彼女に話しかけられたときの第一印象がいっそう強まってくるのを感じた。美貌のなかに、彼女は勇気とすぐれた頭脳を持ち合わせていた。

ヴァージニアは、彼女に提出された難解な謎にすっかり心を奪われていたので、この見知らぬ青年が彼女の名前をまるでずっと以前からの知り合いのような調子で無造作に呼んだことを、不審に思わなかった。「エリーズはなぜ銃声が聞こえなかったのかしら？」と、彼女はつぶやいた。

アンソニーは、ちょうどそのときに通りかかった車のバックファイヤーの音の響いてくる、開いた窓のほうを指さした。「あのとおりです。ロンドンは銃声に気づきにくい町なのですよ」

ヴァージニアは椅子の中の死体を振り返って、かすかに身震いした。「彼はイタリア人みたいだけど」と、いぶかしげにいった。

「そう、イタリア人です。彼の普段の仕事はウエイターで、ゆすりは内職みたいなものにすぎなかったのでしょうな。名前はおそらくジュゼッペでしょう」

「まあ驚いた！」と、彼女は叫んだ。「この人はシャーロック・ホームズかしら？」

「いや、とんでもない」アンソニーは気がとがめたような口ぶりでいった。「ごく簡単な、ありふれた手品みたいなものですよ。それについてはいずれ説明しましょう。ところで、この男はあなたに手紙を見せて金を要求したそうですが、あなたは金をやったのですか？」

「ええ、やったわ」

「いくら？」

「四十ポンド」

「そいつはまずいな」と、アンソニーはいったが、さほど驚いた様子ではなかった。

「それでは、例の電報を見せていただけますか」

ヴァージニアはテーブルの上からそれを取って、彼に渡した。そして、それを見ている彼の顔の表情が次第にきびしくなったのに気づいた。

「どうしたの？」

彼はそれを彼女のほうへ差しのべて、発信局名を指さした。「バーンズです。あなたは今日の午後、ラネラへ行っていた。あなた自身がこれを打つのは、いたって簡単だったでしょう」

ヴァージニアは彼の言葉に魅せられたような心地だった。彼女の周りをとりまいた網が次第にせばまってくるのを感じた。彼は彼女が心の奥でぼんやり意識していたあらゆるものを、むりやり彼女に見せつけているのだった。

アンソニーはハンカチを取り出して手に巻きつけてから、ピストルを拾い上げた。

「われわれ犯罪者は慎重でなければいけませんからね。つまり、指紋です」

彼女は、彼の全身が突然こわばるのを見た。彼がこういったとき、その声はいままでとはがらりと変わって、異様に鋭くきびしかった——「レヴェル夫人、あなたは以前にこのピストルを見たことがありますか？」

「いいえ」ヴァージニアはけげんな口ぶりで答えた。

「それは確かですか？」

「ええ、確かだわ」

「あなたはご自分のピストルを持っていますか？」

「いいえ」

「以前に持っていたことは？」

「ないわ、ぜんぜん」

「確かですね、それは？」

「確かよ」

彼はしばらくじっと彼女を見つめていた。ヴァージニアは彼のきびしい言葉の調子に驚いて、呆然と彼を見た。

やがて、彼はほっとため息をつくと、緊張を解いた。「それは妙だな。あなたはこれをどう説明しますか？」

彼はピストルを差し出した。それはほとんどおもちゃみたいに小さく、かわいらしくて、人を殺すような残酷なことができるとは思えないようなしろものだったが、その柄にはヴァージニアという名が刻まれてあった。

「まあ！　信じられないわ！」と、ヴァージニアは叫んだ。

彼女のはげしい驚きにはあまりにも実感があふれていて、疑いようもなかった。「坐って」と、彼は静かにいった。「これは最初思ったよりも、かなり話が込み入っているようだ。そこでまず、仮説を立ててみましょう。可能性のある仮説は二つしかないと思います。その一つは、いうまでもなく、あの手紙のほんとうの筆者であるヴァージニアです。彼女は何らかの方法で彼を尾行して、ここで射殺し、ピストルを放り投げ、手紙を奪って逃げた。こういうことも大いにあり得ますね」

「そうかもね」ヴァージニアは気乗りのしない返事だった。

「もう一つの仮説は、それよりもはるかに面白いのですよ。だれにしろ、ジュゼッペを殺そうとしたやつらは、同時にまたあなたを罪に陥れようとした——実際の話、そのほうがやつらの主な目的だったのかもしれません。やつらはどこででも容易に彼を殺せたのに、ここで殺すために大変な苦心と労力を払ったわけです。しかもやつらはダチェットのあなたの別荘や、あなたがいつも使用人をぜんぶ呼び寄せることや、今日の午後あなたがラネラにいることまで、あなたのことをすべて詳しく知っていたのです。妙な質問かもしれないけど、あなたには敵がいますか、レヴェル夫人？」

「いいえ、敵なんて――そんなものはいないわ」

「ところで、問題はわれわれがこれからどうすべきかということです。これにも二つの選択肢があると思います。まずA――警察に電話して、すべてをありのままに説明し、あなたのりっぱな社会的地位とこれまでの非のうちどころのない生涯を頼りに身をゆだねる。Bは――ぼくに頼んで死体をうまく処理する。ぼくの個人的な好みからすれば、当然Bを選びたいところです。ぼくはかねがね、いろいろと策をこらして犯罪を完全に隠しとおすことができるかどうか、一度試してみたいと思っていたのですが、ぼくの潔癖な性格が血を流すことを嫌がるものですから、できなかったのですよ。しかし、結局のところ、Aが最も健全でしょうな。ただし、同じAでも、不穏当な箇所を削除したAもあるわけです。警察へ電話して説明するまでは同じですが、ピストルやゆすりのネタとなった手紙は隠す方法です――もしそれを彼がまだ身に着けていたらの話ですがね」

アンソニーは死人のポケットを手早く探ってみた。

「やっぱりすべて奪われてしまっている」と、彼は報告した。「何もない。いざというときにあの手紙で汚いことをやる可能性がまだ残っているわけだ。おっと、これは何だろう。縫い目が裂けて――何かにひっかかったのか――中に紙きれが残っていますよ」

彼はそういいながら紙きれを取り出し、明るいところへ持って行った。ヴァージニアが彼に寄り添った。

「この残りの部分がないのは残念だが」と、彼はつぶやいた。「〝チムニーズ――木曜日十一時四十五分〟――何やら会合の約束みたいですね」

「チムニーズ?」と、ヴァージニアは叫んだ。「まあ驚いた!」

「どうして驚くんです? こんな低俗な男には高級すぎるから?」

「あたしは今晩チムニーズへ行くことになっているのよ。少なくともその予定だったわ」

アンソニーはくるりと振り向いた。「何ですって? もう一度いってください」

「あたしは今晩チムニーズへ行く予定だったの」と、ヴァージニアはくり返した。

アンソニーは彼女を見つめた。「なるほど、見えてきましたよ。まちがっているかもしれないけど、少なくとも一つの筋書きが。もしかしたら、あなたがチムニーズへ行くのを、だれかが妨害したがっていたのではないですか？」

「あたしのいとこのジョージ・ロマックスが引き留めようとしていたけど」ヴァージニアは苦笑した。「でも、ジョージが殺人犯だなんて、疑ってみる気にもなれないわ」

アンソニーはにこりともしなかった。しばらく考えにふけった。「もしあなたが警察に電話したら、今日じゅうに——いや明日でさえも——チムニーズへ行くことは無理になるでしょうね。しかし、ぼくはあなたにチムニーズへ行ってもらいたい。そうすれば、きっとわれわれの未知の相手どもをうろたえさせることでしょう。レヴェル夫人、あなたの身をぼくの手に託す気はありませんか？」

「ということは、プランBになるわけ？」

「そう、プランBでいきましょう。それにはまず、あのメイドをこの家から出さなければならないわけですが、うまくできますか？」

「ええ、簡単よ」

ヴァージニアは広間へ出て、二階へ呼びかけた。「エリーズ、ちょっと来て」

「はい、マダム」

アンソニーの耳にしばらく早口の会話が聞こえ、やがて玄関のドアが開いて閉まる音がした。ヴァージニアが部屋へもどってきた。「出かけたわ。ある特別な香水を買いにやったの。その店は八時まで開いているはずだといってね——もちろん閉まってるでしょうけど。でも、彼女はここへもどらずに、つぎの列車であたしのあとから向こうへ行くことになってるわ」

「たいへん結構」アンソニーは満足げにいった。「それじゃ、いよいよあの死体の始末にとりかかろう。古臭い手だけど、やむを得ない——この家にトランクのようなものがありませんか？」

「あるわよ、もちろん。地下室へ行って、あなたの好きなのを選んできてちょうだい」

地下室にはさまざまなトランクがあった。彼はちょうどいい大きさの頑丈なやつを選んだ。

「この部分の仕事はぼくがやりますから、あなたは二階へ行って、出かける支度をしてください」

ヴァージニアは素直にそれに従った。テニスのための服装から、落ち着いた茶色の旅行着に着替え、小粋なオレンジ色の帽子をかぶって階下へ降りて行くと、アンソニーがきちんとベルトで縛ったトランクをわきにおいて広間で待っていた。

「ぼくの身の上話をあなたに聞かせたいところですが、しかし今夜は忙しくて、そんな暇はなさそうですね。それじゃ、あなたのやるべきことをいいましょう。タクシーを呼んで、このトランクといっしょにあなたの荷物を積み込む。そのタクシーでパディントンへ行く。トランクを駅の手荷物預り所においてもらう。ぼくはプラットホームにいます。あなたはぼくのそばを通りがかりに、手荷物預り所のチケットを落とす。ぼくはそれを拾ってあなたに返すふりをするけれども、実際は返さない。そしてあなたはそのままチムニーズへ向かい、あとはぼくに任せるのです」

「あなたって、すごく頭がいいのね」と、ヴァージニアはいった。「でも、赤の他人にそんなふうに死体を押しつけてしまうなんて、気がひけるわ」

「いやいや、ぼくはこういうことが好きなんです」アンソニーは無頓着に答えた。「もしぼくの友人のジミー・マグラスがここにいたら、ぼくが生まれつきこういう仕事に向いていることを、保証してくれるでしょうよ」

ヴァージニアはちょっと驚いたような目で彼を見つめていた。「ジミー・マグラス？　そういったわね」

アンソニーは彼女の視線を鋭くはね返した。「ええ。どうして？　あなたは彼のことを聞いたことがあるのですか？」

「そう――ごく最近ね」彼女はためらいの間をおいてから、話をつづけた。「ケイドさん、あなたにぜひ話したいことがあるのよ。チムニーズへ来てくださらない？」

「あなたはいずれ近いうちにぼくに会うでしょう――きっと。さて、それでは、陰謀家Aは裏口からこそこそ退場して、陰謀家Bが脚光を浴びながらさっそうと正面玄関から出てタクシーに乗りこむことにしましょう」

その計画は滞りなく推し進められた。アンソニーは、べつのタクシーを拾って行き、プラットホームで待ち受けて、筋書きどおりに落とされたチケットを回収した。それから、彼の計画に必要な場合に備えてその日の早い時刻に手に入れておいたおんぼろの中古車を取りに行き、それに乗ってパディントン駅へもどり、荷物係にチケットを渡してトランクを受け取ると、それを車の後ろにしっかと詰めこんで出発した。

彼の目的地はロンドンの外にあった。ノッティング・ヒルからシェパード・ブッシュを抜けてゴールドホーク・ロードへ出て、ブレントフォードやハンスローを通り過ぎ、やがてハンスローとステインズの中間にある長いバイパスに入った。その道は車の往来が絶え間なくて、足跡もタイヤの跡も残りそうもなかった。彼はある地点で車を停めた。車から降りると、まず泥でナンバー・プレートを隠した。それからしばらく待機して、どちらの方向からも車の音が聞こえなくなったとき、トランクを開けてジュゼッペの死体を持ち出し、それを道路の脇に――というよりも、通る車のヘッドライトが死体を照らし出さないようなカーブの内側に、きちんと横たえておいた。

それからまた車を走らせた。すべての作業に要した時間は、正確に一分半だった。彼は右へ迂回し、バーナム・ビーチズを通ってロンドンへ向かった。途中のバーナム・ビーチズでふたたび車を停め、森の中の一本の巨木を選んで慎重に登った。アンソニーにとってさえ、これはちょっとした離れ業だった。彼はてっぺんの一本の枝に小さな茶色の紙包みをつなぎ、幹に近い小さなくぼみの中にそれを隠した。

「ピストルを始末する方法としては、最高だろうな」アンソニーは誇らしげにつぶやいた。「だれでも地上を捜し回ったり、池の底をさらったりする。しかしこの木のてっぺんまで登れるやつは、イギリスにはそうざらにはいまい」

それから、ロンドンへ引き返し、パディントン駅へもどった。そしてこんどは、着車側のべつの手荷物預り所にトランクをおいた。ぶ厚いビーフステーキや、肉汁たっぷりのチョップや、大盛りのフライド・ポテトなどが恋しかったが、彼は腕時計を見て、悲しげに首を振った。そして車に新鮮なガソリンをたっぷり食わせただけで、ふたたび出発した。こんどは北へ向けて。

彼がチムニーズ館の大庭園に接した道路に車を休めたときは、十一時半をちょっと過ぎていた。彼はひとっ飛びで塀を越えて、館へ向かった。思ったよりも距離が遠かったので、まもなく駆け出した。巨大な灰色の影が前方の暗闇からそそり立っていた——それは由緒あるチムニーズの大建造物だった。遠くで厩舎の時計が四分の三点鐘を鳴らした。

十一時四十五分——あの紙きれに記されていた時刻だ。アンソニーはそのときテラスに立って、建物を見上げていた。すべてが暗く、ひっそりと静まり返っていた。「政治家どもは早く寝るものらしいな」と、彼はひとりごとをつぶやいた。

そのとき突然、ある音が——一発の銃声が——彼の鼓膜を打った。彼はくるりとそのほうを振り向いた。銃声は家の中から聞こえた——それは確かだった。しばらく待った。しかし、あらゆるものが死んだように静かだった。やがて彼は銃声が聞こえてきたとおぼしい高いフランス窓の一つへ近づいた。把手を回してみた。鍵がかかっていた。彼は絶えず耳を研ぎ澄まし、あたりの気配をうかがいながら、ほかの窓をつぎつぎに試してみた。しかし、静寂は二度と破られなかった。

あの銃声は空耳だったのかもしれない——結局、彼はそう思うことにした——でなければ、たまたま森の中の密猟者の射った銃声を聞き違えたのだろう。しかし彼はなんとなく納得のいかぬ、気がかりな思いのままきびすを返し、庭園を横切って引き返しはじめた。

その途中で家のほうを振り返り、じっと眺めていたとき、二階の窓の一つがぱっと明るくなった。それは、しばらくするとまた消えて、建物全体がふたたび闇に閉ざされた。

10 チムニーズ

執務室の中のバジャリ警部。時刻は午前八時三十分。背丈が高く、恰幅のいい体格で、重い軍隊調の足どりで歩き、職業的な緊張の瞬間に呼吸が荒くなる傾向がある。そばに仕えているジョンソン巡査はまったくの新米で、ひよこみたいにうぶな、見るからに未熟な顔だ。

テーブルの上の電話がけたたましく鳴り、警部はいつもの大げさなまじめくさった動きで受話器をとった。「はい。マーケット・ベイジング警察署のバジャリ警部だが。はあ？」

警部の態度がちょっと変わった。彼がジョンソンよりも偉いように、その相手はバジャリ警部よりも偉いらしい。「はっ、バジャリ警部です。すみません、もう一度おっしゃっていただけませんか、閣下。よく聞こえなかったものですから」

長い間があった。警部はその間じっと耳をすましていて、いつもは感情の表われない顔をさまざまな表情がよぎった。最後に、「はい、さっそくまいります、閣下」と、短くいって受話器をおいた。

彼はもったいぶった顔でジョンソンを振り返った。「閣下からだ――チムニーズで、殺人事件だ」

「殺人事件」ジョンソンはそれにふさわしい感動を込めて復唱した。

「そうだ、殺人事件だぞ」と、警部はすこぶる満足げにいった。

「うわっ、それはすごい――ここでは一度も殺人事件が起きたことがありませんからね――少なくともぼくは聞いたことがないですよ。トム・ピアスが愛人を撃ったくらいのもので」

「あれは、いってみれば、殺人事件なんかじゃなくて、ただ酔っ払っただけだ」と、警部は軽蔑的にいった。

「彼は絞首刑になりませんでしたからね」と、ジョンソンは浮かぬ顔で同意した。「しかし、こんどはほんものなんでしょ？」

「そうだとも。閣下の賓客の一人が――ある外国人が――射殺死体となって発見されたのだ。窓が開いていて、外に靴の跡があるそうだ」

「ちえっ、外国人か」ジョンソンは残念そうにいった。殺されたのが外国人であることは、殺人事件の重みをやや減少させたように思われた。外国人はしょっちゅう射殺されているような気がしたのだった。

「閣下はめずらしく興奮しておられた」警部は話をつづけた。「ただちにカートライト先生をつかまえて、いっしょに連れて行こう。現場の足跡が荒されなければいいがな」

バジャリは無上の幸福にひたっていた。殺人事件！　チムニーズ館で！　事件の捜査を担当するのはバジャリ警部。警察は手がかりをつかむ。世間をあっといわせるような解決。昇進と栄誉。

「それはしかし——」警部は心の中でつぶやいた——「ロンドン警視庁が割りこんでこなければの話だが」

それを思うと気がふさいだ。情況から推して、そうなりそうな気がしてならなかった。

彼らはカートライト医師のところに立ち寄った。比較的若いその医師は、強い関心を示した。彼の態度はジョンソンとほとんど同じだった。

「それは大変だ！」と、彼は叫んだ。「トム・ピアスの事件以来、ここでは殺人事件に巡り合えなかったですからね」

三人は医者の小さな車に乗りこみ、勇んでチムニーズへと向けて出発した。この村の宿屋ジョリー・クリケッターズの前を通り過ぎるとき、医師はその通路に一人の青年が立っているのに気づいた。

「よそ者だ。なかなかの美男子だね。いつから来てるんだろう。クリケッターズに泊まって、何をしてるのかな。いままでぜんぜん見かけなかったから、ゆうべ着いたのかもしれないな」

「彼が列車で来たのでないことは確かです」と、ジョンソンはいった。彼の兄は駅の赤帽だったので、乗り降りした客に関する情報に詳しかったのだ。

「昨日チムニーズへ来たのは、どんな人たちだ？」と、警部が訊いた。

「レディ・アイリーン——彼女は三時四十分の列車で来ました。アメリカ人の紳士と若い軍人がいっしょで、どちらも従者を連れていませんでした。閣下は外国の紳士とその従者を連れて、五時四十分の列車でいらっしゃったのですが、殺されたのはその外国人じゃないかと思います。エヴァズレー氏も同じ列車で来ました。レヴェル夫人は七時二十五分の列車で来ました。もう一人、頭の禿げたかぎ鼻の外国人らしい紳士も同じ列車で。レヴェル夫人のメイドは八時五十六分の列車で着きました」

ジョンソンは息が切れて間をおいた。

「で、クリケッターズの客は一人も来なかったのだな？」

ジョンソンは首を振った。

「じゃ、彼は車で来たのだろう」と、警部はいった。「ジョンソン、帰りにクリケッターズに寄って調べてくれ。よその人間はすべて詳しく調べておく必要がある。彼はひどく日焼けしていたから、外地から来たのかもしれんな」警部はまるで自分の判断力をほのめかすかのように大きくうなずいた――抜け目がなく、決して不意を突かれるようなことはないのだ。

車はやがてチムニーズ館の庭園の門を通り抜けた。この歴史的な名所に関する説明は、いかなる旅行案内書にも記載されている。そこはまた、定価二十一シリングの、『イギリス史上の有名な家』ではナンバー3の順位にある。毎週木曜日には観光バスがミドリンガムからはるばるやってきて、公開されている部分を見物して回る。こうしたあらゆる便宜が尽くされていることを思えば、ここでチムニーズ館について詳述することはむしろ蛇足というべきだろう。

立居振舞いの完璧な白髪の執事が玄関で彼らを迎え入れた。その態度はこういっているかのようだった――この館の中で殺人が行なわれるというのはもってのほかだが、これはまったくの不運。われわれはこの災厄に冷静に対処し、息を殺して何も変わったことが起こらなかった振りをしよう。

「閣下がお待ちでございます。どうぞこちらへ」と、執事がいった。

彼はケイタラム卿にとってこの館の豪壮華美からの隠れ場所になっている、居心地のいい小さな部屋へ彼らを案内し、大声で客の来着を伝えた。「閣下、警察の方とドクター・カートライトでございます」

ケイタラム卿は目に見えるほどの興奮状態で部屋を歩き回っていた。「やあ、警部、やっと現われたか。どうもありがとう。おはよう、カートライト。いやはや、どえらいことになっちまったよ」

ケイタラム卿はとり乱したようにかきむしっていた髪がぼさぼさに突っ立って、いつもよりいっそう上院議員らしからぬ風采になっていた。

「死体はどこですか？」医師がきびきびした事務的な口調で訊いた。

ケイタラム卿はまるで率直な質問を受けることによって気が楽になったかのように、嬉しそうに振り向いた。「会議室だ――そこで発見されたのだ。何も触れずにそのままにしてある――そうするのが正しいと思ってね」

「はい、そのとおりです、閣下」と、警部が満足げにいった。

彼は手帳と鉛筆を取り出した。「それで、死体を発見したのはどなたですか。閣下ですか？」

「冗談じゃないよ」と、ケイタラム卿はいった。「きみはわたしがいつも朝のこんな途方もない時刻に起きると思っているのかね？　いや、メイドが見つけたのだ。大声で悲鳴をあげたようだが、わたし自身は聞こえなかった。それから、家の者たちが報らせに来たので、もちろんわたしは起きて、下へ降りてみた——すると、報らされたとおりだったわけさ」

「あなたはその死体があなたのゲストの一人であることを、確認なさったのですね？」

「そのとおり」

「お名前は？」

このきわめて単純な質問が、突然ケイタラム卿をうろたえさせたように見えた。彼は口を二、三度ぱくぱくさせてから、また閉じてしまった。それからやっと、しどろもどろに訊き返した。

「それはつまり——きみのいう意味は——彼の名前だろ？」

「そうです、閣下」

「そうか」ケイタラム卿はまるで霊感が浮かぶのを期待しているかのように、ゆっくりと部屋の中を見回した。「彼の名前は——スタニスラウス伯爵だった——そう、だったというべきだろうな」

ケイタラム卿の態度があまりにも異様だったので、警部は鉛筆をおいて彼を見つめた。

しかしちょうどそのとき、困惑した上院議員にとってきわめて歓迎すべき方向転換が起きた。ドアが開いて、一人の若い女性が入って来たのだ。ほっそりした長身で、髪は黒く、魅力的なボーイッシュな顔立ちで、態度はとてもきびきびしていた。一般にはバンドルと呼ばれているケイタラム卿の長女、レディ・アイリーン・ブレントだった。彼女はほかの者たちにうなずいてから、父親のほうに向き直って、「彼を捕まえたわ」と告げた。

一瞬警部は、この若いご婦人が殺人犯人を現行犯で捕まえたのかと思い、びっくりして飛びあがるところだったが、すぐさまそれはぜんぜん違う意味らしいことに気づいた。

ケイタラム卿は安堵のため息をついた。「それはよかった。彼はどういってた？」

「すぐこちらへ来ますって。わたしたちは〝極度に慎重に対処しなければならない〟といってたわ」

彼女の父親は腹立たしげに鼻を鳴らした。「ばかばかしい――ジョージ・ロマックスのいいそうなことだ。しかし、彼がやって来たら、わたしはこの事件からいっさい手を引くよ」彼はその見通しがついたので、やや元気をとりもどしたようだった。

「あの、被害者の名前はスタニスラウス伯爵だったわけですね？」と、医師が訊いた。

父と娘のあいだですばやいまなざしが交わされ、それから父親のほうがやや威厳をつくろっていった。「そう。わたしがさっきいったとおりだ」

「さっきは何やらあいまいな感じでしたので、お訊きしたのです」と、カートライトは釈明した。

ケイタラム卿の目がきらっと光り、とがめるように彼を睨んでから、「では、会議室へ案内しよう」と、てきぱきといった。

彼らはケイタラム卿について行った。警部はしんがりになって、額縁やドアの背後にある手がかりでも探し出そうとするかのように、鋭い視線を周囲に投げながら歩いていた。

ケイタラム卿はポケットから鍵を出して、ドアの錠をはずし、力いっぱいにドアを押し開けた。彼らはオーク材の鏡板を張りめぐらされた、テラスに面して三つの高いフランス窓のある大きな部屋へ入って行った。大きくて細長い会食用テーブル、たくさんの古いオーク材でできた戸棚やたんす、それに古風で優美な椅子がいくつか並べられ、壁にはケイタラム家の祖先の肖像画やその他さまざまな絵が飾られていた。そして左手の壁の近くの床、ドアと窓の中間あたりに、一人の男が両腕を開いて仰向けに横たわっていた。

カートライト医師はそこへ行って、死体のそばにひざまずいた。警部は大股で窓のほうへ行き、窓を一つずつ調べた。中央の窓は閉じられていたが、錠はかかっていなかった。外側の石段に、窓へ向かって来る足跡と、ふたたび立ち去った足跡があった。

「これは申し分なくはっきりしている」警部はうなずきながらいった。「しかし、家の中にも足跡があるはずだな。この寄せ木細工の床なら、はっきり残るでしょう」

「それはあたしが説明できるわ」と、バンドルが口をはさんだ。「今朝、家政婦が死体を見つける前に、床を半分磨いてしまったのです。彼女がここへ入ったときは、まだ暗かったので。彼女はまっすぐ窓へ行って、カーテンを開け、床を磨きはじめたのですけど、部屋のそちら側からはテーブルの陰になって死体が見えなかったのです。それで、彼女は死体のすぐそばへくるまで気がつかなかったわけです」

警部はうなずいた。

「さて、それでは」と、ケイタラム卿は早く逃げ出したくてそわそわしながらいった。「警部、あとはきみに任せるよ。もしも、その――わたしに用があれば、いつでも会えるから。しかし、まもなくジョージ・ロマックスがワイヴァーン・アビーからやって来るし、わたしよりは彼のほうがはるかによくきみに説明できるだろう。実際のところ、これは彼の問題なんだからね。わたしにはうまく説明できないけど、彼がきたらそうするだろう」

ケイタラム卿は返事も待たずにあわただしく退却をはじめた。「ロマックスはひどいやつだ」と、愚痴った。「わたしをこんな目にあわせるなんて……。どうしたんだ、トレドウェル？」

白髪の執事が彼のすぐ横でかしこまっていた。「わたくしの一存で、閣下の朝食の時間を少し早めました。食堂にすっかり用意がととのっております」

「わたしは何も喉を通らないような気がするよ」ケイタラム卿は憂鬱な調子で答えながら、そのほうへ足を向けると、「少しのあいだはな」と付け加えた。

バンドルは彼の腕に手をやって、いっしょに食堂に入った。サイドボードの上に十組ほどの重い銀の食器類が新式の装置で保温されて並べられていた。

「オムレツか」ケイタラム卿は一つずつふたを持ちあげながらいった。「エッグズ・アンド・ベーコン、羊の腎臓《キドニー》、鳥肉の辛味炒め、タラ、コールド・ハム、キジ肉の冷製。どれもこれもほしくないね、トレドウェル。コックに頼んでポーチド・エッグを作ってくれないか」

「はい、かしこまりました」

トレドウェルはひきさがった。ケイタラム卿はうわの空でキドニーとベーコンをごっそり皿に取り、カップにコーヒーを注いで、長いテーブルの前に腰をおろした。バンドルはすでに皿いっぱいに盛ったエッグズ・アンド・ベーコンをせっせと食べていた。「あたし、すごく飢えてるのよ」バンドルは口いっぱいにほおばりながらいった。「だって、強烈な刺激だもの」

「それもおまえにはいいだろうよ」彼女の父親は愚痴っぽくいった。「おまえのような若い者は刺激が好きだからね。しかし、わたしは体が弱っているのだ。心配ごとはすべて避けろと、アブナー・ウィリス卿にいわれている。ハーレー街の診察室にふんぞり返って、そんなことをいっておれるのんきな身分がうらやましいよ。あのロマックスの野郎がわたしをこんな目にあわせているというのに、どうして心配ごとを避けることができるというのかね。あのとき、わたしはもっと断乎たる態度をとるべきだったよ」

ケイタラム卿は悲しげに首を振りながら立ちあがって、自分でハムを皿によそった。

「さすがのコダーズも、こんどはまいったらしかったわよ」と、バンドルは陽気にいった。「電話の返事がしどろもどろだったもの。彼はもうすぐここへ飛んできて、慎重に対処しろとか、口止めしろとかって、のべつまくなしにわめき立てるわよ、きっと」

ケイタラム卿はその予想に顔をしかめて、「彼は起きていたのか？」と、訊いた。

「とっくに起きてて、七時からずっと、手紙や覚書を口述筆記させていたのだといってたわ」

「そんなことを自慢してやがるんだから、政治家ってのはまったく自分勝手だな。くだらないことを口述筆記させるために、哀れな秘書をそんな途方もない時刻にたたき起こすんだからな。もしやつらを朝の十一時までベッドに縛りつけておく法律ができたら、国家にとってどんなにか有益だろうよ！　連中があんなくだらないおしゃべりをする暇がなくなったって、ちっともかまわないよ。ロマックスはいつもわたしの〝身分〟のことをいうけどね——まるでわたしが何かの身分でも持っているかのようにさ——しかし、当節だれが貴族になどなりたがるものか！」

「だれもなりたがらないわね」と、バンドルはいった。「それより、繁盛する宿屋でも経営したがるでしょうよ」

トレドウェルがポーチド・エッグを二つ盛った小さな銀の皿を持って、ふたたび静かに現われ、それをケイタラム卿の前のテーブルの上においた。「何だ、これは？」ケイタラム卿は軽い嫌悪の目でそれを見ながらいった。

「ポーチド・エッグでございます、閣下」

「わたしはポーチド・エッグは大嫌いなんだよ」ケイタラム卿は不機嫌にいった。「味もそっけもない。こんなものは見るのも嫌だ。さっさと片づけなさい、トレドウェル！」

「はい、かしこまりました、閣下」トレドウェルと卯は、来たときと同じように静かにひきさがった。

「やれやれ、この家ではだれも早起きしないので、助かったよ」と、ケイタラム卿はしみじみといった。「もしみんなが早起きしていたら、わたしはこの事件を説明して回らなければならなかったろう」彼はほっとため息をついた。

「だれが、なぜ、彼を殺したのかしら」と、バンドルがいった。

「ありがたいことに、それはわれわれの知ったこっちゃない。それを見つけるのは警察の仕事だ。バジャリが何かを発見するとは思えないがね。ま、いろいろ考え合わせると、アイザックスタインが怪しいね」

「だれですって？」

「例の全英シンジケートさ」

「アイザックスタインさんは彼と会談するためにここにいらっしゃったのに、なぜ殺さなければいけないの？」

「高度の財政問題さ」と、ケイタラム卿は漠然といった。「そうそう、それで思い出したのだが、たとえアイザックスタインが早起きだとしても、ぜんぜん驚かないよ。彼はもうすぐひょっこり現われるかもしれないぞ。それはロンドンの習慣なのさ。どんなに金持ちでも、いつもちゃんと九時十七分の列車で――」

猛烈なスピードで走ってくる車の音が、開いている窓から聞こえてきた。「コダーズだわ」と、バンドルが叫んだ。

車が正面入口の前に停まったとき、父と娘は窓から身を乗り出して、車の主に大声で呼びかけた。「こっちだ。ここだよ」ケイタラム卿はほおばったハムを急いで飲み込みながら叫んだ。

ジョージはフランス窓から入ろうとはしなかった。いったん玄関に姿を消し、トレドウェルに案内されてまた姿を現わした。執事はすぐひきさがった。

「まあ、朝食を食べたまえ」ケイタラム卿は握手を交わしながらいった。「キドニーでもどうだ?」

ジョージはいらだたしげにキドニーの皿を押しのけた。「ああ大変だ。まったく大変なことになったものだ」

「それはそうだが、ま、タラでも少し食べたら?」

「いや、いらん。それよりもこれは絶対に口止めをせねばならんぞ――なんとかして外に洩れないようにしなければ――」

バンドルの予言したとおりに、ジョージはさっそくわめきはじめた。

「あんたの気持ちはわかる」と、ケイタラム卿は同情するようにいった。「しかし、まあ、エッグ・アンド・ベーコンかタラでも少し食べてからにしたら」

「まったく予想もつかぬ不慮の事態だ——国家の不祥事だぞ——いまやわが権益は危機に瀕しておる——」

「まあまあ、そうあわてないで、少し食事でもしたまえ。きみに必要なことは、落ち着いて考えるために食事をすることだ。そうそう、ポーチド・エッグはどうだ？　さっきここにポーチド・エッグがあったはずだが」

「食べものはいらん」と、ジョージはいった。「もう朝食はすませた。たとえ食事をしていなかったとしても、そんなものはほしくない。われわれは何をなすべきかを考えなければならないのだ。きみはまだだれにもしゃべってないだろうね？」

「そうだな、知ってるのはバンドルとわたし。それに地元の警察、カートライト医師。それからもちろん使用人はみな知っている」

ジョージはうめいた。

「しっかりしたまえ」と、ケイタラム卿はやさしくなだめた。「何か食べたほうがいいと思うが。あなたは死体をもみ消すことはできないということが、わかってないようだからね。それは埋葬するとか、なんとかしなきゃならないんだよ。はなはだ都合の悪いことだが、やむを得ないのだ」

ジョージは急に冷静になった。「うむ、きみのいうとおりだ。きみは地元の警察を呼んだといったな？　それはうまくないな。こんな場合は、バトルに限る」

「えっ、戦争《バトル》と殺人事件と、どういう関係があるのかね」ケイタラム卿はあっけにとられて訊き返した。

「いやいや、それはきみの誤解だ。わしはロンドン警視庁のバトル警視のことをいってるのだ。非常に思慮分別のある男でね。彼は党の基金をめぐる例の不祥事件をうまく片づけてくれたのだ」

「何だい、それは？」と、ケイタラム卿は興味深げにたずねた。

しかしジョージの目は、半分身を乗り出して窓に腰かけているバンドルのほうへ向けられていたため、彼はきわどいところで慎重であるべきことを思い出した。彼は立ちあがった。「時間をむだにしているときじゃない。さっそく電報をいくつか打たなくちゃ」

「あなたが電文を書けば、バンドルがそれを電話で送ってあげるよ」

ジョージは万年筆を取り出し、驚くべき速さで書きはじめた。そして最初の電文をバンドルに手渡すと、彼女は非常に興味深げにそれを読んだ。

「あら、へんてこりんな名前」と、彼女はいった。「この男爵の名前はどう読むの？」

「ロロプレッティジル男爵だ」

バンドルは目をぱちくりさせた。「わかったわ。でも、郵便局に伝えるのにちょっと手間どりそうね」

ジョージは電文を書きつづけた。そして書きあげたものをバンドルに手渡すと、この家の主人に話しかけた。「ケイタラム、きみのできる最善のことは――」

「何かね？」ケイタラムは気づかわしげに言葉をはさんだ。

「それは、すべてをわしに任せることだ」

「ああ、いいとも」ケイタラム卿は急に活気づいていった。「わたし自身もそうしようと思っていたのだ。警察の者とカートライト医師は会議室にいるはずだ――つまり、死体といっしょにね。それじゃ、ロマックス、このチムニーズを無条件であなたに提供しよう。自由に、好きなように使ってくれたまえ」

「ありがとう」と、ジョージはいった。「もしわしがきみと相談したいことがあったら――」

しかし、ケイタラム卿は奥のドアからこっそり姿を消してしまっていた。

彼が退却するのを苦笑しながら眺めていたバンドルは、ジョージを見ていった。「じや、さっそくこの電報を打ってくるわ。あなたは会議室への行き方を知ってらっしゃるわね?」

「ありがとう、レディ・アイリーン」

ジョージは急いで部屋を出た。

11　バトル警視到着

ケイタラム卿はジョージに相談ごとを持ちかけられるのが心配なあまり、午前中ずっと彼の荘園内をさまよい歩いた。しかし、やがてはげしい空腹感が彼の足を家のほうへ向けさせた。いまごろは最悪の事態は過ぎ去っているだろうと思ったせいもあった。

彼は狭い裏口から家の中にこっそり忍びこんだ。そこから彼の私室へ首尾よくもぐりこんで、彼が帰ってきたことをだれも気づかなかったにちがいないと得意に思ったのだが、それは考え違いだった。注意深いトレドウェルは何一つ見逃さなかった。彼はすぐさま部屋の通路に現われた。「恐れ入りますが、閣下——」

「何だ、トレドウェル？」

「ロマックスさまが書斎で、あなたがおもどりになり次第、お会いしたいといっておられます」トレドウェルはその微妙な言い回しによって、もしケイタラム卿がそうしたければ、まだもどっていないことにするという意思を伝えたのだった。

ケイタラム卿はため息をついた。そして立ちあがった。「遅かれ早かれ、会わなければならないだろう。書斎だね？」

「はい、閣下」

またため息をつきながら彼は先祖伝来の家の広い空間を通り抜けて、書斎のドアにたどり着いた。ドアには錠がかけられていた。彼が把手をがちゃがちゃ鳴らすと、内から錠がはずされて少し開き、その隙間からジョージ・ロマックスの顔が現われて、疑わしげに外をのぞいた。

相手がだれであるかがわかると、彼の表情が一変した。「ああ、ケイタラム、さあ入ってくれ。きみはどうしたのだろうと、みんなが心配していたところだ」

ケイタラム卿は荘園の管理や借地人のための手入れのことなどをぶつぶつぶやきながら、照れ臭そうにして中へ入った。部屋の中にはほかに二人いた。一人は州警察本部長のメルローズ大佐。もう一人はがっちりした体格の中年の男で、とくに表情をまったく表に出さないことが個性をひき立てているような顔をしていた。

「バトル警視が三十分ほど前に到着して、バジャリ警部といっしょに現場を見て回ったり、カートライト医師に会ったりしていた。今からわれわれに事情を訊こうとしているところなんだ」と、ジョージは説明した。

ケイタラム卿がメルローズと挨拶し、バトル警視に紹介された後、みんなが腰をおろした。

ジョージがいった。「バトル、いうまでもないことだが、これはきわめて慎重な配慮を必要とする事件なのだよ」

バトル警視は無造作にうなずいた――その態度がケイタラム卿には好ましく映った。

「その点は充分承知しています。しかし、われわれに隠しごとをなさってはいけませんよ。被害者はスタニスラウス伯爵と呼ばれていたようですが――少なくとも使用人たちにはその名前で知られていたそうですが、それは彼の本名なのですか？」

「いや、そうじゃない」

「では、本名は？」

「ヘルツォスロヴァキアのミカエル王子です」

バトルの目がほんの少し大きく開いたが、それ以外は何一つ動かなかった。「で、ぶしつけな質問かもしれませんが、彼がここを訪問されたわけは何でしょうか。単に遊びにいらしただけですか？」

「それ以上の目的があったのだ。もちろんこれはすべて極秘だよ」

「ええ、ロマックスさん」

「メルローズ大佐もいいね？」

「はい、わかりました」

「では——じつはミカエル王子はハーマン・アイザックスタイン氏と会談する特別な目的があったのだ。ある融資協定の条件を取り決めることになっていたのだよ」

「その内容は？」

「詳細な点はよく知らない。実際のところ、それはまだ取り決められていなかったのだ。しかし、ミカエル王子は王位についた場合は、ある石油利権をアイザックスタイン氏の関係している会社に与えることを誓約していた。イギリス政府は王子が声明したイギリスとの協調政策に同意して、ミカエル王子の王政復帰の運動を支持する準備をすすめていたのだ」

「なるほど」と、バトル警視はいった。「その件については、それ以上深く立ち入る必要はないでしょう。要するにミカエル王子は金がほしかった。アイザックスタイン氏は石油がほしかった。そしてイギリス政府は金持ちの父親らしく振る舞おうとしていたわけですな。もう一つ質問があります。ほかにだれかがそれらの利権を狙っていたのですか？」

「アメリカの財界グループが王子に申し出をしたらしい」

「で、蹴られたわけですか？」

しかしジョージは誘い込まれるのを避けた。「ミカエル王子の協調政策はイギリスを最優先したものだったのだ」

バトル警視はその点は追及しなかった。「ケイタラム卿、これは昨日のことですが——あなたはロンドンでミカエル王子に会われて、ごいっしょにここにもどって来られた。王子は従者のボリス・アンチューコフというヘルツォスロヴァキア人を連れていたが、侍従武官のアンドラーシ大尉はロンドンに残った。王子はここに到着すると、非常に疲れたといって、用意されていた彼の部屋に引きこもったまま、夕食もそこで給仕されて、この家のパーティのほかの招待客とは会わなかった。以上のことは、まちがいありませんな？」

「正確にそのとおりだ」

「今朝、だいたい七時四十五分ごろ、メイドが死体を発見した。カートライト医師が死体を調べて、死因は拳銃から発射された弾丸によるものであることがわかったが、拳銃は発見されず、家の中の者はだれも銃声が聞こえなかったらしい。一方、被害者の腕時計が倒れたときに壊れていて、犯行時刻が正確に十一時四十五分であったことを示していました。ところで、昨夜あなた方がお休みになるために部屋へもどられたのは、何時ですか？」

「早かったね。どういうわけか、パーティは調子が出なくてね。われわれは十時半ごろには階上へ引き揚げてしまったよ」

「ありがとうございました。それではケイタラム卿、こちらに泊まっているすべての人々について、簡単に説明してくださいませんか」

「しかし、犯人は外部の者じゃないのかね？」

バトル警視はにっこり笑った。「それは外部の者でしょう、たぶん。しかし、家の中にいた人たちのことも知っておく必要があるのです。捜査の常道なのですよ」

「それでは——ミカエル王子と彼の従者とハーマン・アイザックスタイン氏。この三人はあなたも知っているわけだ。それからエヴァズレー氏——」

「それはわしのところで働いている男だ」と、ジョージが恩着せがましく口をはさんだ。

「ということは、ミカエル王子がここに来たほんとうの理由を知っていた者でもあるわけですね？」

「いや、そうではない」と、ジョージは重々しくいった。「むろん、彼は何かひそかに計画されていることを感づいてはいただろうが、わしは彼にすべてを打ち明ける必要があるとは思わなかった」

「なるほど。では、ケイタラム卿、お話をつづけてください」

「えーと、ほかにはハイラム・フィッシュ氏がいたね」

「ハイラム・フィッシュ氏とは、どんな人物ですか？」

「アメリカ人だ。ルーシャス・ゴット氏の紹介状を持ってきたのだ——あなたはルーシャス・ゴットの名を聞いたことがあるだろ？」

バトル警視は微笑してうなずいた。世界的に有名な億万長者ルーシャス・C・ゴットの名を知らぬはずはなかった。

「彼はわたしの初版本のコレクションに特別な関心を持っていたのだよ。もちろんゴット氏のコレクションは無類だが、わたし自身も非常に貴重なものをいくつか所有している。このフィッシュ氏は稀覯本のマニアなんだ。ちょうど、ロマックス君がこの週末のパーティをもっともらしく見せかけるために、エキストラを一人か二人招待してほしいといったので、その機会を利用してフィッシュ氏を呼んだわけさ。男のほうは以上。女性のほうは、レヴェル夫人だけだ——たぶんメイドかなにかもいっしょだろうがね。あとはわたしの娘とその妹たち、その子守りや家庭教師、それから使用人たち。これでぜんぶだ」ケイタラム卿は間をおいて一息入れた。

「ありがとうございました。きまりきったことですが、いちおううかがっておく必要がありましてね」と、警視。

「しかし、犯人が窓から入ったことは、疑う余地がないんじゃないのかね？」と、ジョージが重々しくたずねた。

バトルはしばらく間をおいてからゆっくりと答えた。「窓へ近づいてきた足跡と、そこから遠ざかって行った足跡が残っていました。昨夜十一時四十分に、一台の車が庭園の外に停まりました。それから十二時に、一人の青年が車でジョリー・クリケッターズに到着し、そこに泊まったわけですが、彼はブーツを磨いてもらうために部屋の外におおいたのですが――それはぐっしょり濡れて、泥だらけで、まるで彼が庭園の高い草の中を歩いていたことを物語っているようでした」

ジョージは熱心に身を乗り出した。「そのブーツと足跡を照合したらどうかね」

「そうしました」

「それで？」

「ぴったり合いました」

「おお、それで事件は解決したわけだ」と、ジョージは叫んだ。「犯人はその青年に決まってる――そいつの名前は？」

「宿帳では、アンソニー・ケイドとなっています」

「それじゃ、そのアンソニー・ケイドをただちに追跡して、逮捕したまえ」

「追跡する必要はないようです」と、バトル警視はいった。

「なぜ？」

「彼はまだそこにいるからです」

「なんだと？」

「奇妙ですな」

メルローズ大佐は鋭く彼を見つめた。「どういうことです、警視？」

「いや、ただ奇妙だといっただけですよ。当然逃げ去るべき青年が、逃げようとしない。ここにじっとしていて、しかもわれわれが足跡と彼のブーツを照合できるように、あらゆる便宜をはかったのですからね」

「それで、あなたの考えは？」

「わたしは何をどう考えたらいいのか、わかりません。わたしもそれで、はなはだ頭を悩ませているのです」

「ということは――」と、メルローズ大佐がいいかけたが、ちょうどそのときドアを響かせた慎重なノックが、それを遮った。

ジョージが立ちあがってドアのほうへ行った。そのような卑屈なノックの仕方をしなければならないことに内心抵抗を感じていたトレドウェルは、敷居上で威厳をつくろって、もったいぶった調子で主人に呼びかけた。「閣下、お邪魔をいたして申しわけございませんが、ただいまあるお方が、今朝の事件と関係のある緊急の重大な用件で、閣下にお目にかかりたいといっておられます」

「その人の名前は?」と、バトルがだしぬけに訊いた。

「はいっ、お名前はアンソニー・ケイド氏ですが、しかし、それはどなたにも何の意味も持っていないだろうとおっしゃっています」

それはそこにいる四人にとって、かなりの意味を持っていたようだった。彼らはそれぞれに程度の異なった驚きに打たれて、一斉に立ちあがった。

ケイタラム卿はくすくす笑い出した。「どうやら面白くなってきたぞ。トレドウェル、その方をお通ししろ。早くお通ししろといってるんだ」

12　アンソニーは語る

「アンソニー・ケイドさんです」と、トレドウェルが大声で告げた。「村の宿屋からきた疑惑のよそ者が入ります」と、アンソニーがいった。

彼はよそ者らしからぬ直観でまっすぐケイタラム卿のほうへ進んで行った。同時に、心の中ではほかの三人も見抜いていた――1、ロンドン警視庁。2、地方の高官――たぶん州警察本部長だろう。3、脳卒中を起こしそうなほど悩んでいる紳士は、たぶん政府関係者だろう。

「突然お邪魔してすみません」と、アンソニーはケイタラム卿に向かっていった。「じつはジョリー・ドッグとかいうあの宿屋の人たちから、ここで殺人事件が起きたという噂を聞いて、もしかしたらぼくはその事件に光明を投げかける情報を提供できるのではないかと思って、やって来た次第です」

しばらくだれも口をきかなかった。バトル警視は非常に経験が豊かなので、できるだけほかの人間たちにしゃべらせるほうが有利だということを知っていたからだった。メルローズ大佐はもともと無口な人だったし、ジョージは質問の予告を受けるならわしに染まりすぎていたからだった。ケイタラム卿は何をいうべきかをまったく思いつかなかったからだった。しかし、ほかの三人が沈黙していることと、直接彼に向かって話しかけられたという事実は、まず彼が口をきかざるを得なくしていた。「ああ――そうですか、なるほど」と、彼は神経質にいった。

「ま、とにかく、どうぞお掛けください」

「ありがとうございます」と、アンソニーは答えた。

ジョージは大げさに咳払いした。「えーと――あなたはこの事件に光明を投げかけるような情報を提供できるとおっしゃったが、その意味は――？」

「それは、ぼくが昨夜十一時四十五分ごろケイタラム卿の所有地に無断で侵入していて（そのことはどうかお許しください）、この耳で銃声を聞いたということです。したがって、犯行時刻を断定することができます」

彼は三人の顔をひとりずつ見回した。バトル警視の顔の無表情なことが気に入ったためか、いちばん長く見つめていた。「しかし、それはもう新しい情報ではないようですな」と、静かにつけ加えた。

「という意味は？」と、バトルが訊き返した。

「それは、つぎのようなわけです。今朝ぼくは起きがけに靴をはき、そのあと、磨いておくように頼んであったブーツを持ってきてもらおうとしたのですが、だめでした。若い巡査が調べにきて、それを持って行ったというのです。で、当然ぼくはあれこれ考え合わせて、もしできればぼくの役柄を明らかにしたいと思い、急いでここへ来たのです」

「ごもっともな動機ですな」バトルはあいまいにいった。

アンソニーの眼がきらっと光った。「あなたの控えめなところが気に入りましたよ、警視。あなたは警視でしょう？」

ケイタラム卿が口をはさんだ。彼はアンソニーに好感を抱きはじめていたのだった。

「そう、ロンドン警視庁のバトル警視です。こちらは州警察本部長のメルローズ大佐、それからロマックス氏」

アンソニーはジョージを鋭く振り返った。「ジョージ・ロマックスさん？」

「そうです」

「昨日、あなたからお手紙をいただいて、恐縮いたしました」と、彼はいった。

ジョージは彼を見つめた。「そうでしたかな」と、冷ややかに答えた。

しかし彼は、ミス・オスカーがここにいてくれたらよかったのにと思った。ミス・オスカーは彼のあらゆる手紙を書いていて、だれに宛てて、どんな内容のものだったかをちゃんと憶えていた。ジョージのような偉い人は、そのようなわずらわしいこまごましたことは憶えておれないのだ。「そんなことよりも、さっきの話はどうなったのです――昨夜の十一時四十五分ごろ、あなたはここで何をしていたのかを、説明するためにいらっしゃったのでしょう?」

それがどんな説明であっても、われわれは信じないだろうといわんばかりな口ぶりだった。

「そうそう、ケイドさん、あなたはいったい何をしていたのです?」ケイタラム卿ははげしい興味を顔に表わしてたずねた。

「ええ、話せば長い話になるのですが」アンソニーはいいにくそうにしながら、シガレット・ケースを取り出した。「喫ってもよろしいでしょうか?」

ケイタラム卿はうなずいた。アンソニーはタバコに火をつけ、きびしい試練に立ち向かう勇気を奮い起こした。

彼は危地に立たされていることを充分承知していた。わずか二十四時間のあいだに、彼は二つの別々の犯罪に巻きこまれたのだ。最初の犯罪に関連した彼の行動は、第二の犯罪を予期したものではなかった。ある死体を慎重に片づけ、法の趣旨に背いたあとで、第二の犯罪が行なわれたまさにその瞬間に、漠然とした好奇心から現場に足を踏み入れたのだった。好んでトラブルを探し求めている青年にとって、これは願ってもないことだった。南アフリカでは、とうていこんな具合にはいかない！　そこで彼はこの危地から脱出するための行動方針を、すでに決めていた。それは真実を語ることだ——ただし、一つだけちょっとした修正を加え、もう一つ重大な事実を削除した。

「話は三週間ほど前にさかのぼって、ブラワーヨではじまります」と、アンソニーはいった。

「ロマックスさんはもちろんそれがどこにあるかご存じでしょう——イギリス帝国の植民地——〝イギリスしか知らない者にイギリスのことはわからない〟といわれる理由になっているところです。ぼくはそこである友人と会談していました。ジェイムズ・マグラスという友人ですが——」彼はジョージに思わせぶりな眼を向けながら、ゆっくりとその名前を持ち出した。ジョージは椅子にしがみついて、やっとのことで驚きの声を抑えた。

「その会談の結果、ぼくはマグラス君から委託されたある小さな仕事をするために、イギリスへやって来ました——彼はほかの用事があって、自分で来ることができなかったのです。船が彼の名前で予約されていたので、ぼくはジェイムズ・マグラス名義で旅行しました。それがどういう種類の法律違反になるのか、ぼくは知りません——警視は説明できるでしょうし、もし必要なら、ぼくを何カ月間か刑務所にぶちこむこともできるでしょうが」

「ま、話をつづけていただきましょう」と、バトルはいったが、その眼はきらりと冷たく光っていた。

「ロンドンに着くと、相変わらずジェイムズ・マグラス名義でブリッツ・ホテルに部屋をとりました。ぼくの頼まれた仕事というのは、ある原稿をロンドンのさる出版社へ届けることでした。ところが、ホテルに入るとすぐに、ある外国の二つの政党がその原稿を入手するために、ぼくのところへ代表者を送ってきました。片方はきわめて合法的でしたが、もう片方は暴力的手段に訴えようとしました。ぼくはそれぞれにふさわしい方法で追い返しました。しかし、ごたごたはそれでおしまいにはなりませんでした。その晩、ホテルのウエイターの一人がぼくの部屋に侵入して、盗もうとしたのです」

「警察はそんな報告を受けていなかったと思いますがね」と、バトル警視がいった。

「そのとおりです。報告しませんでした。何も盗まれなかったものですから。しかし、ホテルの支配人にはその出来事を報告しておきましたから、お訊きになれば、彼はぼくの話を裏づけて、それからまた、問題のウェイターが夜中にあわただしく姿をくらましてしまったことも話してくれるでしょう。翌日になると、出版社から電話があって、社の者をぼくのところへやるから原稿を渡してもらいたいといってきました。ぼくはそれに同意し、翌朝そのとおりにしました。その後ぼくは何も聞いていませんから、たぶん原稿は無事に出版社へ届けられたのでしょう。昨日、ぼくがまだジェイムズ・マグラスであったときに、ロマックスさんからお手紙をいただきました——」アンソニーは間をおいた。彼は次第に愉快な気分になってきたのだった。ジョージは落ち着きなく体を動かした。

「そう、思い出した」と、彼はつぶやくようにいった。「かなり長い文面だったね。名前が違うので、いままで思い当たらなかったのだが、しかし——」ジョージの声が道徳的な安定感に支えられて落ち着きをとりもどし、やや高まった——「そんなふうに偽名を使って他人になりすますというのは、はなはだけしからんと思うが。それはきみ、かなり重い罰則に抵触するはずだよ」

アンソニーはかまわずに話をつづけた。「その手紙の中で、ロマックスさんはぼくが預っていた原稿のことで、さまざまな提案をなさっていらした。それからまた、この家で催されるパーティに参加してほしいというケイタラム卿のぼくへのご招待についても、書いてありました」

「それはそれは、ようこそいらっしゃった」と、その貴族はいった。「遅れたって、ぜんぜん来ないよりははるかにいい」

ジョージは彼に顔をしかめて見せた。

バトル警視はじっとアンソニーを見つめたままたずねた。「それは、昨夜あなたがここへ来たことの説明になるわけですかな？」

「もちろん違います」と、アンソニーは力を込めて答えた。「ぼくは別荘に招待を受けたら、夜中に塀を乗り越えて庭園を踏み荒らしたり、階下の窓を開けようとしたりはしませんよ。正面入口に車を乗り入れ、ベルを鳴らし、マットで靴をよく拭きます。さっきの話をつづけましょう。ぼくはロマックスさんの手紙の返事に、原稿はぼくの手から離れてしまったので、残念ながらケイタラム卿のご招待を辞退すると書いて出しました。しかし、あとになって、そのときまで記憶に浮かばなかったことを思い出したのです」

彼はちょっと間をおいた。いよいよ薄氷を踏まなければならない時が来たのだ。「じつは、ぼくがホテルでジュゼッペというウエイターと格闘した際、何か走り書きされた紙の切れはしを彼から奪いました。それをまだ持っていて、チムニーズ館という名前でふと思い出したのです。そこでぼくは、その紙きれを取り出して、もう一度読み直しました。やはり思ったとおりでした。これがその紙きれです。どうぞごらんください。これに、〝チムニーズ館、木曜日十一時四十五分〟と書いてあります」

バトルはその紙きれを注意深く調べた。

アンソニーは話をつづけた。「もちろん、それがはたしてこの家に関係があるのかどうかはわかりませんでした。しかし、そのジュゼッペという男は悪辣な泥棒でした。それで、試しに昨夜ここへ車を走らせ、もし何ごともなかったらそれで満足して宿屋にもどり、翌朝ケイタラム卿をお訪ねして、あの悪党が週末に何か悪事を企んでいるかもしれないので警戒するようにと、ご忠告するつもりだったわけなのです」

「なるほど。そうでしたか」と、ケイタラム卿ははげますようにいった。

「ぼくがここに到着したのは、予定よりも遅くなって、ほとんどあの時刻ぎりぎりでした。そこで、道路に車を駐めると、塀を乗り越え、庭園をまっすぐ横切って走りました。テラスにたどり着いたときは、この家はどこもぜんぶまっ暗で、静まり返っていました。で、ぼくが引き返そうとしたそのとき、銃声が聞こえたのです。家の中から聞こえたような気がしたので、駆けもどってテラスを横切り、窓を開けようとしました。しかし、どの窓も鍵がかかっていましたし、家の中からはなんの物音も聞こえませんでした。しばらく待っていたのですが、家全体が墓地のように静まり返っていたので、あれはぼくの思い違いで、じっさいは道に迷った密猟者かなにかが撃った銃声だったのだろうと判断しました——あの情況では、それがごく当然の結論だったろうと思います」

「そう、当然でしょうな」と、バトル警視は無表情にいった。

「で、さっき申しあげたように、ぼくは宿屋へ行って泊まり、そして今朝、事件のニュースを聞き、あの情況ではぼくに嫌疑がかけられると気づき、手錠をかけられないうちに事情を説明しようと思ってやって来たわけです」

少し間があいてから、メルローズ大佐は横目でバトル警視を見て、「話は明白に筋が通っているように思いますが」と感想を述べた。

「ええ、そうですな」と、バトルはいった。「いずれにせよ、今朝はまだ手錠を使うことにはならないでしょう」

「何か質問は、バトル？」とメルローズ大佐が促した。

「知りたいことが一つあります。その原稿というのはなんですか？」

彼はジョージのほうを見た。ジョージはややためらい気味に答えた。「亡くなったスティルプティッチ伯爵の回顧録です。それは——」

「わかりました。それ以上何もおっしゃる必要はありません」バトルはアンソニーを振り返った。「あなたは撃たれたのがだれか、ご存じですか、ケイドさん？」

「ジョリー・ドッグで聞いた話によると、スタニスラウス伯爵とかいう人だそうですが」

「彼に説明してください」バトルはジョージに向かって簡潔にいった。

ジョージは気乗りしない様子だったが、仕方なくいった。「スタニスラウス伯爵という変名でここに泊まっていたのですが、じつはヘルツォスロヴァキアのミカエル王子なのです」

アンソニーは口笛を鳴らした。「それは厄介なことになりそうですな」

アンソニーを見守っていたバトル警視は、何ごとかに満足したようにうなずき、だしぬけに立ちあがった。

「ケイド氏に二、三質問があるのですが、彼を会議室へ連れて行ってよろしいでしょうか?」

「ええ、かまいませんよ」と、ケイタラム卿はいった。「どこへでもあなたの好きなところへ連れて行ってください」

アンソニーと警視はいっしょに部屋を出た。

死体は悲劇の現場から移されていた。それが横たわっていたところの床の上に黒ずんだしみが残っていたが、惨劇の起きたことを示すものはそれ以外に何もなかった。三つの窓から陽が射し込んで部屋に光が満ちあふれ、古い鏡板の美しい木目を浮き立たせていた。アンソニーはほれぼれとあたりを見回した。「すばらしいな。古いイングランドの美は格別ですな」

「あなたは最初、この部屋から銃声が聞こえてきたような気がしたのですか?」警視はアンソニーの賛美の言葉を無視してたずねた。

「ちょっと待ってください」

アンソニーはフランス窓を開けてテラスへ出て、家を眺めた。「そう、やはりこの部屋です。この部屋は張り出していて、建物の一角を占めていますね。ですから、もしほかのどこかで銃が発射されたのなら、左側から音が聞こえたはずですが、あれはぼくの後方から、どちらかといえば右側のほうから聞こえたのです。密猟者かもしれないと思ったのは、そのためなんです。ここは建物の翼の先端にありますからね」

彼は敷居をまたいで部屋へもどったとき、ふと思いついたように問いただした。「しかし、なぜそんなことを訊くのです? 彼がここで撃たれたことはわかってるんでしょう?」

「いやいや、われわれはわかっているように思っても、案外わかっていないことが多いものですよ。しかし、そう、たしかに彼はここで撃たれていました。ところで、あなたは窓を開けようとしたとかいってましたね」

「ええ。内側から鍵がかかっていました」

「開けようとしたのは、どの窓ですか？」

「三つとも全部です」

「ほう、それは確かですか？」

「確かなことしかいわないのが、ぼくの癖です。なぜそんなふうに訊くのです？」

「そいつはおかしいな」と、警視がいった。

「何がおかしいのです？」

「今朝、死体が発見されたとき、中央の窓は開いていた——錠はかけられていなかったのです」

「へえっ！」アンソニーは窓ぎわの腰掛けに腰をおろしながら、シガレット・ケースを取り出した。「そいつは驚いたな。そうなると、事件の様相はかなり変わってきますね。これをどう考えるか——その選択肢は二つしかない。一つは、彼はこの家の中でだれかに殺され、ぼくが立ち去ったあとで、外部の者の——たまたまそこへ登場したぼくみたいなやつの——仕業に見せかけるために、そのだれかが窓の錠をはずしておいたということ。でなければ、忌憚《きたん》なくいうと、ぼくが嘘をついているか、そのどちらかですよ。

ま、あなたは二番目の可能性を採りたいところでしょうけど、誓います――それは大きなまちがいですよ」

「わたしの調べがすむまでは、この家からだれも出て行かないようにしてもらいましょう」と、バトルはきびしい口調でいった。

アンソニーは彼を鋭く見た。「これが内部の犯行かもしれないと考えるようになったのは、いつです?」

バトルは微笑した。「その考えは当初から持っていました。あなたの足跡はあまりにも――なんというか――つまり、派手に残っていたものですからね。あなたのブーツが足跡とぴったり合ったその瞬間から、わたしは疑問を抱くようになったのです」

「さすがはロンドン警視庁だ」と、アンソニーは陽気にいった。

しかし、彼がこの犯罪にはいっさい関係していないことをバトルが外見上は認めたかのように思われたその瞬間、アンソニーはいっそう警戒する必要を感じた。バトル警視は非常に抜け目のない刑事だった。彼に対しては、わずかな隙も見せてはならないのだ。

「あれが事件の起きた場所ですね?」アンソニーは床の上の黒ずんだしみをあごで示しながらいった。

「そう」

「彼はなんで撃たれたのです——リヴォルヴァーですか？」

「ええ、しかし、死体を解剖して弾丸を摘出するまでは、わかりません」

「じゃ、凶器はまだ発見されていないのですね？」

「まだです」

「何の手がかりも？」

「ま、これがありますがね」バトル警視はまるで手品師みたいな手つきで半分に折った便箋を取り出した。そうしながら、さりげない顔でアンソニーの様子を注意深く見守っていた。

しかし、アンソニーは驚きの色一つ見せずに、その紙に描かれた図柄を確認した。

「ああ、またレッド・ハンド党員ですか！　やつらがもし、こんなものを方々にばらまこうとしているとすれば、石版で刷ったのかもしれませんね。一枚ずつ描いたのでは、大変な手間ですからね。これはどこで発見されたのですか？」

「死体の下にありました。あなたは以前にもこれを見たことがあるのですか？」

アンソニーは例の公共心あふれる組織との短時間の遭遇について詳しく説明した。

「そうすると、あの勇ましい党員がやったという線が出てきたわけですね」

「その線をどう思います？」

「まあ、彼らの宣伝とは一致するでしょうけど、しかし、ぼくの経験では、血について多くを語る者は実際に血の流れるのを見たことがないものです。あの一味にそんな勇気があるとは思えませんね。しかも、際立って独特な人たちですから、彼らの一人がこんな別荘にふさわしい賓客にうまく化けることは難しいんじゃないでしょうか。しかし、実際どうなのか、なんともいえませんね」

「まったくですな、ケイドさん。なんともいえません」

アンソニーはふと、さも面白そうににやりとした。「ははあ、こいつは恐れ入った。開いている窓、足跡、村の宿屋の怪しいよそ者——いやいや、いくらなんでも、ぼくはレッド・ハンド党の回し者じゃありませんよ」

バトル警視はちょっと微笑し、最後のカードを切った。「あなたに死体を見てもらっても差し支えありませんか?」と、だしぬけに訊いた。

「ええ、まったく」と、アンソニーは答えた。

バトルはポケットから鍵を出し、アンソニーの先に立って廊下を行って、あるドアの前で立ちどまり、錠を開けた。そこは小さな応接間の一つで、死体がテーブルの上に横たえられ、シーツをかぶせてあった。

バトル警視はアンソニーが彼のわきに立つまで待ってから、いきなりさっとシーツを取り払った。

アンソニーが思わずあっと驚きの声を上げると、警視の目がぎらっと異様に光った。

「やっぱりあなたは彼を知っているのですな、ケイドさん」と、得意げな調子を押し殺していった。

「ええ、前に会ったことがあるのです」アンソニーはすぐさまわれに返っていった。

「しかし、ミカエル・オボロヴィッチ王子としてではありません。彼はボールダーソン・アンド・ホジキンズ社の者だと称して、ホームズと名乗ったのです」

13　アメリカ人の客

バトル警視はすっかり当てがはずれたような、がっかりした様子で、シーツを元へもどした。アンソニーは両手をポケットにつっこんで考えこんでいた。そしてようやく、

「そうすると、あのロリポップの野郎が〝ほかの方法〟といったのは、あのことだったのか」と、つぶやいた。

「なんですって、ケイドさん？」

「なんでもありません。ぼんやり考えごとをしていただけで。ぼくは——というよりもむしろ、ぼくの友人のジミー・マグラスは、みごとに一千ポンドをだまし取られたのです」

「一千ポンドとは相当な大金ですな」と、バトルはいった。

「たしかに大金には違いありませんが、問題はその一千ポンドじゃないのです。ぼくが頭に来たのは、いっぱい食わされたことです。ぼくはあの原稿を無邪気な子羊みたいに

やすやすと渡してしまったのです。それがしゃくに障って——まったく腹の中が煮えくりかえるような思いです」

警視は何もいわなかった。

「まあ、しかし、後悔は先に立たずだ」と、アンソニーはいった。「それに、まだすべてを失ったわけではないかもしれない。あのだいじなスティルプティッチの回顧録を今から来週の水曜日までのあいだに取りもどしさえすれば、めでたし、めでたしということになるのだからな」

「もう一度会議室へもどっていただけませんか。あなたに確かめたいことがあるのです」

会議室へもどると、警視は大股でまっすぐ中央のフランス窓のところへ行った。「わたしはさっきからずっと考えていたのですが、この窓はとてもきつい——非常にきつくなっているのです。ですから、あなたは鍵がかけられているのだと思い違いをしたかもしれません。きつくて開かなかっただけかもしれないのです。おそらくそうだったのではないかと思うのですが」

アンソニーは彼を鋭く見た。「もしぼくが思い違いでないことを確信しているといったら?」

った。

「思い違いすることもあり得ると思いませんか？」バトルは彼をじっと見つめながらいった。

「まあ、それほどおっしゃるのなら、そういうことにしておきましょう」

バトルは満足げにほほえんだ。「あなたは呑みこみの早い人だ。だから、頃合を見計らって、無頓着に、そんなふうにいうのでしょ？」

「いや、ぼくはべつに——」彼は、バトルが彼の腕をつかんだので、話をやめた。警視は身を乗り出して耳を澄していた。

彼は身ぶりでアンソニーにだまっているように伝えて、足音を忍ばせてドアのほうへ行き、それをいきなりさっと開けた。

敷居の前に、黒い髪をきちんと真ん中から分けた男が立っていた。穏やかな大きな顔に、無邪気な表情の青磁色の眼があった。

「失礼ですが……」気どったゆっくりしゃべる声は、大西洋の向こう側の訛りが強かった。「犯行現場を見学させていただけませんか？　あなたたちはお二人ともロンドン警視庁の方でしょ？」

「ぼくはそんな光栄な身分じゃないけど、こちらはロンドン警視庁のバトル警視です」と、アンソニーはいった。

「ああ、そうですか」アメリカ人は関心を露骨に表わしていった。「はじめまして、どうぞよろしく。わたしはニューヨークのハイラム・P・フィッシュと申します」

「あなたは何をごらんになりたいのですか、ミスター・フィッシュ」と、警視はたずねた。

アメリカ人は静かに部屋へ入ってきて、床の上の黒ずんだしみを興味深げに眺めた。

「バトルさん、わたしは犯罪に興味がありましてね。わたしの趣味の一つなのです。アメリカのある週刊誌に〝堕落と犯罪者〟という題の研究論文を寄稿したこともあります」

そういいながら、彼の眼はあらゆるものをその中に写生しているかのように、ゆっくりと部屋を見回した。それは窓にやや長く留まっていた。

「死体は移しました」と、バトルはわかりきったことをいった。

「そのようですね」フィッシュの眼が鏡板の壁へと移っていった。「この部屋には注目すべき絵がいくつかありますな。ホルバインが一点、ヴァン・ダイクが二点、それからわたしの見まちがいでなければ、ヴェラスケスが一点。わたしは絵にも興味を持っておりましてね——初版本と同様に。ケイタラム卿がご親切にわたしをここに招待してくださったのは、彼の初版本を見せていただくためだったのです」彼はそっとため息した。

「でも、それはもうだめでしょうな。こんなことになれば、招待客たちはすぐさまロンドンへ帰ろうとするでしょうしね」

「それはできないと思いますよ」と、バトル警視はいった。「査問が終わるまでは、だれもこの家から出てはいけないわけですから」

「そうなんですか？　で、その査問はいつやるのです？」

「明日かもしれませんが、月曜日まで延びるかもしれません。検死解剖をして、その結果を待たなければなりませんから」

「なるほど。しかし、こういう情況では、憂鬱なパーティになるでしょうな」

バトルは先に立ってドアのほうへ向かった。「ここから出たほうがよさそうです。鍵をかけておきましょう」彼は二人が通路に出て行くのを待って、ドアを閉め、鍵を回して抜いた。

「指紋を調べるわけでしょう？」と、フィッシュはいった。

「たぶんね」と、警視は簡単に答えた。

「昨夜みたいな夜には、侵入者は堅い木の床にも足跡を残すだろうと思いますがね」

「家の中にはぜんぜんなくて、外にたくさんありました」

「ぼくの足跡がね」と、アンソニーは陽気に説明を付け足した。

フィッシュの無邪気な眼が彼を眺め回した。

「へえっ、あなたのが、驚いたな」

彼らは廊下の角を曲がって、会議室と同じように古いオーク材の鏡板が張りめぐらされ、その上に広い桟敷のある大きな広間へ出た。その向こう端にもう二人の姿が現われた。

「ああ！　わたしたちのすばらしく親切なホストだ」と、フィッシュはいった。ケイタラム卿に対する形容がばか丁寧だったので、アンソニーは笑いを隠すために顔をそむけた。アメリカ人はつづけていった。「彼といっしょの女性は、ゆうべわたしはお名前を聞きそこなってしまったけど、頭のいい――すばらしく利口なひとです」

ケイタラム卿といっしょにいたのは、ヴァージニア・レヴェルだった。

アンソニーはこの再会をずっと予期していたが、どうふるまうべきか、わからなかった。ヴァージニアに任せるしかなかった。彼は彼女の沈着さに信頼をおいていたが、彼女がどんな芝居をするか、かいもく見当がつかなかった。彼の不安はすぐに解消した。

「まあ、ケイドさん」ヴァージニアは両手を彼に差しのべながらいった。「やっぱり来てくださったのね！」

「おやおや、レヴェル夫人、ケイドさんがあなたの友だちだとは知りませんでした」と、ケイタラム卿はいった。

「彼はとても古い友だちなの」ヴァージニアはいたずらっぽく瞳をきらめかせてアンソニーに微笑を投げながらいった。「昨日、ロンドンで思いがけなく彼に出会って、あたしがここへ来ることを話したのよ」

アンソニーはすばやく彼女の芝居に乗った。「ぼくはあなたのご招待を辞退せざるを得ないことを、彼女に説明したのです――あれはまったく違う人間に出されたものでしたから。ぼくは他人になりすましてあなたをだますようなことはできなかったのです」

「まあまあ、それはもうすんだことです」と、ケイタラム卿はいった。「それでは、クリケッターズのあなたの荷物を取りにやらせましょう」

「ご親切にありがとうございます。でも――」

「だめですよ。あなたはチムニーズに来なければいけません。クリケッターズなんて、あんなひどいところに泊まらせるわけにはいきませんよ」

「そうですとも。ぜひここに泊まって、ケイドさん」と、ヴァージニアはいった。

アンソニーは周囲の雰囲気が変わったことに気づいた。彼女の保証する者ならだれでも、当然のこととして受け容れられたので、彼の身分はいまやゆるぎないものになったのだ。彼はもはや怪しいよそ者ではなかった。彼はバーナム

・ビーチズの木の上のピストルのことを思い、ひそかにほくそえんだ。

「あなたの荷物は運ばせます」ケイタラム卿はアンソニーにいった。「しかし、この情況じゃ、狩猟はできないでしょう。残念だが仕方がない。アイザックスタインもまったくついていないね」彼は浮かぬ顔で重いため息をついた。

「じゃ、決まったわね」と、ヴァージニアはいった。「さっそくあたしの役に立ってちょうだい、ミスター・ケイド。あたしをボートに乗せて湖へ連れ出していただくことにするわ。あそこなら犯罪やわずらわしいことから離れて、安心できるもの。ケイタラム卿が自分の家で殺人事件を起こされるなんて、ほんとに気の毒だけど、それもこれもみんなジョージが悪いのよ。これはジョージのパーティなんですもの」

「ああ、あいつの話を聞いてやらなければよかった！」ケイタラム卿はただ一つしかない弱点を突かれた豪傑気どりで嘆いた。

「だれだって、ジョージの話は聞かざるを得ないわ」と、ヴァージニアはいった。「だって、いつも相手をつかんで離さないんだから。あたしは取りはずせる襟を発明して、特許を取ろうと思ってるのよ」

「ぜひそうしてもらいたいね」彼女のホストはくすくす笑った。「ケイドさん、あなたがわたしたちのところに来てくださって、ほんとに嬉しいですよ。わたしは頼りになる人がほしいのです」

「ご親切にしていただいて、心から感謝しています、ケイタラム卿」と、アンソニーはいった。「ぼくは容疑者にされているときですから、なおさらです。しかし、ぼくがここに泊まっていれば、バトル警視はやりやすくなるでしょうな」

「どういう点で？」と、警視は訊いた。

「ぼくから目を離さないことがね」と、アンソニーは穏やかに答えた。

そして警視の瞼がぴくっと動いたことで、彼の放った矢が的に当たったことがわかった。

14　石油利権

瞼が無意識にひきつれた以外、バトル警視の無表情な顔には、まったく変化がなかった。たとえヴァージニアとアンソニーが知り合いだったことに驚いたにしても、顔には表わさなかった。彼とケイタラム卿は肩を並べて、その二人が庭のドアを通り抜けて出て行くのを見守った。フィッシュもそのそばで彼らを見送っていた。

「いい青年ですな、彼は」と、ケイタラム卿はいった。

「レヴェル夫人が古い友だちに会えて、よかったですね」と、アメリカ人がつぶやいた。

「二人はかなり前からの知り合いだったようですね？」

「そうらしい。わたしはいままで一度も彼女から彼の話を聞いたことはありませんがね。ああ、そうそう、バトル警視、ロマックス氏があなたを探していましたよ。彼は青の居間にいます」

「そうですか。さっそく行ってみましょう」

バトルは青の居間を難なく見つけた。すでにこの家の地理に詳しくなっていたのだ。

「おお、バトルか」と、ロマックスはいった。

彼はいらだたしげに、大股でじゅうたんの上を行ったり来たりしていた。部屋にはもう一人、体の大きな男が暖炉のそばの椅子に坐っていた。彼はきちんとしたイギリスの狩猟服を着込んでいたが、それはどこか不似合だった。太った黄色い顔に、コブラと同じように不可解な黒い瞳、大きく曲がった鼻とえらの張った力強いあごをしていた。

「お入り、バトル」と、ロマックスはじれったそうにいった。「早く入ってドアを閉めてくれ。こちらはハーマン・アイザックスタイン氏だ」

バトルはうやうやしく頭を下げた。ハーマン・アイザックスタインのことはよく知っていた。ロマックスが大股で歩きながらしゃべっているあいだ、この財界の大物は黙って坐っていたが、この会談の主導権を握っているのはだれなのか、承知していた。

「こんどは自由に話せる」と、ロマックスはいった。「ケイタラム卿やメルローズ大佐の前だと、しゃべりすぎはせんかと気が気でないのだ。わかるだろ、バトル？　こういうことは外部に洩れないようにしなければならんのだ」

「ええ。しかし残念ながら、かならず洩れてしまうものでしてね」と、バトルはいった。

彼は太った黄色い顔にほんの一瞬だが微笑が浮かんだのを見た。それは現われたときと同じように突然消えた。

「ところで、きみはあの青年を――アンソニー・ケイドという男のことを――どう思っているんだ。無実だと見ているのかね？」

バトルはわずかに肩をすくめた。「彼はいちおう筋の通った話をしています。その一部は立証できるでしょう。表面上は、昨夜彼がここに来ていた理由もちゃんと説明されています。もちろん南アフリカへ電報を打って、彼の経歴に関する情報を入手することもできますが」

「すると、きみは彼を完全に白だと見なしているわけかい？」

バトルは大きなごつい手を挙げた。「それは気が早すぎますよ。わたしはそうはいってません」

「この事件を、あんたはどう解釈してるのかね、バトル警視」アイザックスタインがはじめて話しかけた。

彼の声は太く、声量が豊かで、押しの強い調子がこもっていた。それは若い時代に幹部会議などで大いに役立ったものだった。

「解釈するのはまだ早すぎますよ、アイザックスタインさん。わたしは最初の疑問にさえ解答を得ていないのですから」

「それはなんだ？」

「いつもと同じことです――動機ですよ。ミカエル王子の死によって得をするのはだれか？　わたしたちはまずその答えを手に入れなければ、先へ進めないのです」

「ヘルツォスロヴァキアの革命派は――」と、ジョージがいいかけた。

バトル警視はいつもの敬意が薄らいだかのように、手を振ってその話をやめさせた。

「これはレッド・ハンド党員の仕業なんかじゃありませんよ、もしそう考えておられるのなら」

「しかし、例の紙があったじゃないか――真っ赤な手が描かれている紙が？」

「あれは見えすいた答えを暗示するためにおいてあっただけです」

ジョージはいささか威信をそこなわれた気がした。「バトル、やけに自信ありげだが、どうしてそんなことがいえるのだ」

「ありがたいことに、ロマックスさん、われわれはレッド・ハンド党員の動きはすべて知っているのです。ミカエル王子がイギリスの土を踏んだ時点から、たえず彼らに警戒の目を配っていたのです。そんなことは当局の基本的な仕事です。彼らは王子から一マイル以内のところに近づくことさえ許されなかったのですよ」

「警視の意見に賛成だね」と、アイザックスタインはいった。「われわれはほかへ目を向けるべきだ」

バトルは彼の支持に勢いづいていった。「わたしたちはこの事件について多少は知っています。たとえ彼の死によってだれが得をするのかは知らなくても、だれが損をするのかはわかっています」

「ということは？」と、アイザックスタインが訊き返した。

彼の黒い瞳がじっとバトルにそそがれた。それはバトルに、鎌首をもたげたコブラをいっそう鮮明に連想させた。

「ヘルツォスロヴァキアの王制擁護派はべつとしても、あなたとロマックスさんは身動きできない立場に追い込まれたわけです」

「まったくだよ、バトル」と、心底からショックを受けているジョージが口をはさんだ。

「話をつづけてくれ。身動きできないというのは、うまい表現だね。きみはなかなか、理解力のある男らしい」と、アイザックスタインはいった。

「あなた方は王様を探さなければならないわけです。あなた方がせっかく擁立しようとした王様は、あのような変わり果てた姿になってしまったのですから！」彼はぱちんと指を鳴らした。「あなた方は急いでべつの王様を見つけなければならない。しかも、これは容易なことではないでしょう。いや、わたしはあなた方の計画の詳細な内容まで知りたいわけではありません。だいたいの輪郭だけで充分ですが、しかしそれは大きな取引なのでしょうね？」

アイザックスタインはゆっくりとうなずいた。「非常に大きな取引だ」

「そこで第二の疑問が出てくるわけです。ヘルツォスロヴァキアのつぎの王位継承者は、だれですか？」

アイザックスタインはロマックスへ目を向けた。ロマックスはしぶって、躊躇しながらその質問に答えた。「それは――まあ、どう考えても――ニコラス王子ということになるだろう」

「ほう！　で、そのニコラス王子というのはどんな人なのですか？」

「ミカエル王子の実のいとこだ」

「ほう！」と、バトルはまた嘆声をあげた。「そのニコラス王子について、もっと詳しく知りたいですな。とくに、彼がいまどこにいるのかという点などを」

「彼については、あまり詳しいことはわかっていない。若いころ社会主義者や共和主義者と交際して、かなり風変わりな思想を持ち、彼の身分にふさわしくない行動をすることが多かったようだ。何かとっぴょうしもないことをやって、オクスフォードを退学処分にされている。それから二年後にコンゴで死んだという噂が流れたが、それは噂にすぎなかった。彼は二、三カ月前に――つまり、王制擁護派の巻き返し工作のニュースが流れはじめたころ――また姿を現わしたのだ」

「なるほど。どこに姿を現わしたのですか？」

「アメリカだ」

「アメリカ！」

バトルはアイザックスタインを振り返って、簡潔な一言を投げた。「石油ですか？」

資本家はうなずいた。「彼は、もしヘルツォスロヴァキアの国民が王を選ぶとしたら、ミカエル王子よりも革新的な思想に近い彼を選ぶだろうと主張し、彼の若いころの民主主義的な意見や、共和主義者の思想に対する彼の親近感に注目を集めているのだ。そして彼は、財政的援助と引き換えに、アメリカのある資本グループに莫大な利権を与える約束をしている」

バトル警視は感情を外に表わさない普段の癖を忘れて、口笛の尾を長びかせて吹いた。「そういうわけだったのですか」と、彼はつぶやいた。「これまでは王制擁護派がミカエル王子を支持していて、あなたがたは成功を確信していらっしゃった。その矢先にこの事件が起きた！」

「きみはまさか――」と、ジョージがいいかけた。

「たしかにそれは大きな取引でしょう」バトルはかまわずに話をつづけた。「アイザックスタインさんがそうおっしゃるのですからね。この方が大きな取引だとおっしゃるのなら、それはもう莫大な取引に決まってますよ」

「こういう場合はつねに無法な回し者が暗躍するのだ」と、アイザックスタインは静かにいった。「いまのところ、ウォール街が勝っている。しかし、彼らはまだこのわたしを始末したわけではない。バトル警視、もしあんたが祖国に奉仕しようと思うなら、ミカエル王子を殺したやつを探し出してくれ」

「一つ、どうも腑に落ちないことがあるのだが」ジョージが口をはさんだ。「侍従武官のアンドラーシ大尉は、どうして昨日、王子といっしょに来なかったのかね？」

「それについては調べました」と、バトルは答えた。「理由はごく簡単です。彼は、ミカエル王子が来週の週末をある女性といっしょに過ごす手はずをつけるために、ロンドンに残ったのです。例の男爵は、王子の擁立工作がだいじな局面を迎えているときにそのような軽率なことをするのは好ましくないと、いつも諫《いさ》めていたものだから、王子は隠密にことを運ばなければならなかったわけですよ。彼は、まあ、どちらかといえば、かなりの放蕩児だったようですね」

「うむ、そうかもしれないな」と、ジョージはうなった。

「もう一つ、考慮すべきことがあるのです」バトルはためらい気味にいった。「じつは、キング・ヴィクターがイギリスに来ているらしいのです」

「キング・ヴィクター？」ロマックスは眉をしかめて思い出そうとした。

「有名なフランスの泥棒です。パリ警視庁から警告の連絡がありました」

「ああ、思い出した」と、ジョージがいった。「宝石泥棒だろ？　ほら、例の——」

彼はだしぬけに話をやめた。暖炉の前でぼんやり考えごとをしていたアイザックスタインが、顔をあげて不審な目を向けたときは、バトル警視からもう一人に投げられた警告の目配せをとらえるのが間に合わなかった。しかし、彼はその場の雰囲気に敏感な男だったので、すぐに異様な緊張を感じとった。「ロマックス、わたしにはもう用はないね？」と、彼はたずねた。

「ああ、どうもありがとう」

「もしわたしがロンドンへもどってしまったら、捜査活動に支障をきたすかね、バトル警視？」

「そうなると思います」警視は丁寧に答えた。「もしあなたが帰られたら、ほかの人たちも帰ろうとするでしょう。そんなことになったら、もうお手上げですよ」

「それもそうだな」財界の大物は後ろ手にドアを閉めながら部屋を出て行った。

「すばらしい人物だよ、アイザックスタインは」と、ジョージ・ロマックスは申し訳するようにつぶやいた。

「非常に個性の強い人ですね」と、バトル警視は同意した。

ジョージはまた部屋の中を歩きはじめた。「それにしても、きみの話には驚いたよ。キング・ヴィクター！　彼は刑務所にいるものとばかり思っていた」

「二、三ヵ月前に出たのです。フランス警察は尾行するつもりだったのでしょうが、たちまちまかれてしまったそうです。そりゃそうでしょうな。じつに機敏なやつですからね。その後さまざまな情報から、フランス警察は彼がイギリスに渡ったという確信を得たため、われわれに通報してきたわけです」

「しかし、やつはイギリスで何をやるつもりなのだろう？」

「それに答えられるのは、あなたですよ」と、バトルは意味ありげにいった。

「えっ、まさか――？　きみはもちろんあの話を知ってるわけだな――そう、それは当然だ。わしはあのとき外務省にいなかったが、先代のケイタラム卿からその話を詳しく聞いた。まったく前代未聞の大惨事だぞ」

「ものがコイヌールですからな」と、バトルは感慨を込めていった。

「しいっ！」ジョージはあたりに警戒の目を配った。「頼むから、その名前は口にしないでくれ。いわないに越したことはないが、どうしてもそれをいわなければならないときは、〝K〟と呼びたまえ」

警視はふたたび無表情な顔になった。

「しかし、きみはこんどの犯行がキング・ヴィクターと関係があるといおうとしているのじゃなかろうね、バトル」

「それは可能性があるということにすぎません。当時を思い起こしてください。ある——あの国賓が、あの宝石を隠せるような場所は、四つしかありませんでしたね。チムニーズはその一つです。キング・ヴィクターはあの——つまりKのですな——紛失事件の三日後に、パリで逮捕されました。いつかは彼がわれわれをあの宝石のあるところへ連れて行ってくれるだろうということが、あれ以来ずっと期待されているのです」

「でも、チムニーズはなんべんもくまなく、徹底的に捜索されたのだよ」

「はい。しかし、探すべきところを知らずに探しても、うまくいかないに決まってますよ。とにかくいま、あのキング・ヴィクターが例の宝石を探しにここへやって来て、ミカエル王子に見つかり、王子を射殺したのではないかということが、一つの可能性として考えられるわけです」

「なるほど、大いにあり得ることだな。それが正解かもしれないぞ」と、ジョージはいった。

「まだそこまではいえません。可能性があるというにすぎませんよ、これは」

「どうしてかね？」

「キング・ヴィクターは決して人殺しをしなかったからです」と、バトルは重々しくいった。

「だけど、きみ、どうせあんな男のことだ——危険な犯罪者なんだよ、あいつは——」

しかしバトルは、納得しかねるように首を振った。「犯罪者というのはそれぞれに典型的な行動をするものなのですよ、ロマックスさん。驚くべきことですが。しかし、いずれにせよ——」

「なんだ？」

「わたしはあの王子の使用人を調べてみたいと思います。彼をわざと最後に残しておいたのですが、ここへ連れてきていいでしょうね」

ジョージは身ぶりで同意の意思を伝えた。警視はベルを鳴らした。トレドウェルがそれに応えて現われ、彼の指示を受けて立ち去り、それからまもなく一人の男を連れてもどってきた。頬骨の高い、色白の長身の男で、青い眼が深く彫りこまれ、バトルに勝るとも劣らぬ無表情な顔つきだった。

「ボリス・アンチューコフだね？」

「はい」

「ミカエル王子の付き人だったね」

「はい、殿下の付き人でありました」

耳ざわりな外国訛りはあったが、りっぱな英語だった。

「きみの殿下がゆうべ殺害されたことは知ってるね？」

野獣のような太いうなり声が、その男の答えだった。ジョージはぎょっとして、用心深く窓ぎわへ身を遠ざけた。

「きみが殿下を最後に見たのは、何時ごろ？」

「殿下は十時半にご就寝なさるためにお部屋へ行かれました。わたくしはいつものように、その隣の控えの間で休みました。殿下はおそらくべつのドアから——廊下に面したドアから——階下へ降りて行かれたのだろうと思います。わたくしは殿下の足音も何も聞こえませんでした。薬を飲まされていたのかもしれません。わたくしはまったく不忠な召使いでした。ご主人さまが起きていらっしゃるときに、わたくしは眠っていたのです。わたくしは呪われるべき召使いです」

ジョージは魅せられたように彼を見つめた。

「きみは殿下を愛していたのだろうね？」と、バトルは注意深くその男の顔をのぞきこむようにして訊いた。

ボリスの顔が苦しげにゆがんだ。彼は二度唾を飲み込み、やがてはげしい感情に突き動かされたザラザラした声が吐き出された。「イギリスの警察官殿に申しあげます。わたくしは殿下のために一命をなげうつ覚悟でありました！　しかるに、殿下は亡くなられ、わたくしはまだ生きております。殿下の仇を討つまでは、わたくしの眼は眠ることを知らず、わたくしの心は安らぐことがないでしょう。わたくしは犬のように犯人の臭いを嗅ぎ、探し回り、ついに犯人を発見したそのときは、ああ！——」彼の眼がぱっと燃えあがり、突然彼は上着の内側から大きなナイフを抜き出して、それを頭上に振りかざした——「わたくしは決してそいつを即座には殺さないでしょう。そんなことはしません！　わたくしはまずそいつの鼻をそぎ落とし、耳を切り落とし、目玉をくり抜き——しかる後に、そいつのまっ黒な心臓に、このナイフを深々と突き刺すのです」

彼はすばやくナイフを元へもどすと、きびすを返して部屋を出て行った。ジョージ・ロマックスは、もともと突き出ている眼をほとんど顔から飛び出さんばかりにむき出しながら、閉められたドアを呆然と見つめた。「いやはや、まったく、生粋のヘルツォスロヴァキア人だね」と、つぶやいた。「恐ろしく野蛮なやつらだ。山賊の子孫だ」

バトル警視はさっと立ちあがった。「あいつはものすごく誠実な男であるか、さもなければ、わたしがいままで出会った中で最高のはったり屋ですな。もし前者なら、ミカエル王子殺しの犯人があのブラッドハウンド犬みたいな男に捕まったときは、さぞかし見るも無残な目にあうことでしょうな」

15　見知らぬフランス人

　ヴァージニアとアンソニーは湖への道を並んで歩いて行った。家を出てから数分間は、どちらも黙っていた。やがて小さな笑い声を洩らして沈黙を破ったのは、ヴァージニアだった。

「ねえ、すごいことになったわね？　あたしはあなたに話したいことが山ほどあるし、聞きたいことも山ほどあって、何からはじめたらいいのかわからないくらいだわ。とにかくまず初めに――」彼女は声を低めた――「〃あなたはあの死体をどうしたの？〃ほんとに、ぞっとさせられる感じね！　これほど犯罪にどっぷりと浸れるとは、夢にも思わなかったわ」

「あなたにとっては、たしかに新鮮な感動でしょうね」と、アンソニーは同意した。

「あら、あなたにはそうじゃないの？」

「そりゃ、ぼくだって、死体を始末したのははじめてですけどね」

「あれをどうしたのか、教えて」

アンソニーは昨夜の行動をかいつまんで説明した。ヴァージニアは熱心に耳を傾けた。

「それはとても利口なやり方だったと思うわ」彼の話が終わると、彼女は満足そうにいった。「あたしがパディントンに帰ったときに、そのトランクを取ってきてもいいわ。ただ一つだけ問題になりそうな点は、あなたが昨夜どこにいたのかを、どう説明するかってことね」

「それは問題にならないでしょう。あの死体は昨夜遅くまで――あるいは、もしかしたら今朝まで――発見されなかったはずです。そうでなかったら、今朝の新聞にそれについて何か報道されているはずでしょうからね。それに、探偵小説を読みながら推理するのとは違って、医者は魔術師じゃないのだから、死亡時刻をそれほど正確に当てられるわけがありませんよ。かなり漠然とした推定時刻しかいえないでしょう。ですから、昨夜のアリバイなんか問題になりっこないですよ」

「そうね。あなたの足跡のことは、ケイタラム卿からも聞いたわ。でも、ロンドン警視庁の刑事は、いまではあなたの無実を確信しているんでしょ？」

アンソニーは答えなかった。

「彼はそう大して明敏じゃなさそうだわ」と、ヴァージニアはいった。

「その点はどうですかね」アンソニーはゆっくりといった。「ぼくは、バトル警視は抜け目のない男だという印象を受けました。彼はぼくの無実を確信しているように見えますけど——でも、どうかわかりませんよ。現在のところ、ぼくにははっきりとした動機がないので、二の足を踏んでるんじゃないかな」

「はっきりした動機？」と、ヴァージニアは叫んだ。「だけど、あなたが見も知らぬ外国の王子を殺す理由があるわけがないじゃないの」

アンソニーは鋭いまなざしをちらっと彼女に投げた。「あなたはヘルツォスロヴァキアにしばらくいたことがあるといってましたね？」

「ええ。あたしの夫といっしょに、大使館に二年間いたわ」

「それは例の国王夫妻が暗殺される直前だったわけですね。あなたはミカエル・オボロヴィッチ王子に会ったことがありますか？」

「ミカエル？　もちろんあるわ。女たらしの、ものすごく下劣なやつなのよ！　そうそう、彼はあたしに貴賤相婚をしろと迫ったことがあったわ」

「えっ！　あなたにはご主人がいるのに、彼はよくもそんなことがいえたものですね」

「彼はウリヤを殺してその妻をめとったダヴィデにあやかろうとしていたわけよ」

「で、あなたはその無邪気な申し込みにどう答えたのです？」

「あいにく、こちらは外交的にふるまわなければならないものだから、あのいけすかないミカエルの横っ面を張り飛ばしてやるわけにもいかなかったけど、でも彼は手きびしくやり返されてすごすごと引き下がったわ。だけど、あのミカエルがどうかしたの？」

「やっぱりこれはどうやら、ぼくの勘は当たったらしいな。たぶんあなたは殺された男に会わなかったのでしょう？」

「会わなかったわ。だってその男は、小説調に表現すると、〝到着するとすぐさま部屋にひきこもった〟んだもの」

「それから、もちろんあなたは死体を見ていないのでしょう？」

ヴァージニアは急に興味をそそられたように彼をじっと見つめながら、首を振った。

「あなたはそれを見る機会を得ることができると思いますか？」

「高い身分の——つまり、ケイタラム卿の——力を借りれば、できると思うけど。なぜ？　それは命令なの？」

「いやいや、とんでもない。ぼくはそんな大それたことをするつもりはありませんよ。簡単にいえばこういうことです。スタニスラウス伯爵というのは、ヘルツォスロヴァキアのミカエル王子の変名だったのです」

ヴァージニアの目が大きく開かれた。「なるほど、それでわかったわ」彼女はうっとりとほくそえんだ。「ミカエルはあたしに会うのを避けるために、部屋に閉じこもったというわけね」

「そんなところでしょう」と、アンソニーは認めた。「あなたがチムニーズに来ることを、だれかが妨害しようとしたというぼくの推理が正しいとしたら、その理由は、あなたがヘルツォスロヴァキアを知っていたことにありそうな気がするのです。この家にいる人間のなかで、ミカエル王子の顔を知っているのは、おそらくあなただけでしょうからね」

「ということは、殺された男は他人の名をかたるにせ者だったかもしれないわけね？」と、ヴァージニアはだしぬけに訊いた。

「そう、ぼくはその可能性があることに気づいたのです。もしあなたがケイタラム卿に頼んで死体を見せてもらうことができれば、その点はすぐはっきりするのですがね」

「彼は十一時四十五分に撃たれた」彼女は思索の糸をたぐるような調子でいった。「その時間は例の紙きれに記されていた……。何もかも、すごく謎だらけだわ」

「あっ、それで思い出した。あれはあなたの部屋の窓ですか――会議室の上の、端から二番目の窓は？」

「いいえ、あたしの部屋は反対側の、エリザベス王朝風な翼のほうなの。なぜ？」

「ゆうべぼくがここで銃声を聞いてから、立ち去ろうとしていたとき、あの部屋に明かりがついたからです」

「まあ！　それはちょっと怪しいわね。それはだれの部屋なのか知らないけど、でもバンドルに訊けばわかるわ。たぶん、彼女たちも銃声を聞いたかもしれないでしょ？」

「ところが、ぜんぜんそんな報告がなかったらしいですよ。バトルから聞いた話では、この家の者はだれも銃声を聞いていないそうです。で、あの明かりは、ぼくの手に入れた唯一の手がかりで、それも――いってみれば、かなり壊れやすいものなんですが――しかし、どんな価値があるのか、とことんまで突きとめてみようと思ってるんです」

「確かにそれは怪しいわね」と、ヴァージニアは考え深げにいった。

彼らはもうすでに湖畔のボートハウスに着いて、その壁にもたれかかりながら話していたのだった。「さて、それじゃ、湖の上でゆっくりボートでも漕ぎながら、ロンドン警視庁やアメリカ人の客や好奇心の強いメイドたちのせんさく好きな耳に聞こえないところで話すことにしましょう」

やがてボートの上でヴァージニアがいった。「ケイタラム卿からちょっとは聞いたのだけど、詳しいことは聞いていないのよ。まず、あなたはほんとうはどちらなの――アンソニー・ケイドなの、それともジミー・マグラス？」

アンソニーがこの六週間のあいだの体験談を語ったのは、今朝それで二度目だった――ただし、ヴァージニアに対しては編集の必要がなかった。彼の物語は思いがけない〝ホームズ氏〟の死体の確認のところで終わった。

「ところで、レヴェル夫人、あなたが自分の身に火の粉の降りかかってくる危険を冒して、ぼくをあなたの古い友人だといってくださったことを、ぼくは心から感謝していいます」と、話を結んだ。

「もちろんあなたは古い友人だわ」と、ヴァージニアは叫んだ。「あなたはまさかあたしが、あなたに死体を押しつけておきながら、つぎに会ったときは、あなたは単なる顔見知りだなんて薄情なことをいう女だと思っていたわけじゃないでしょう！」彼女は間をおいて話をつづけた。「あたし、あなたの話を聞いて、ぴんと感じたことが一つあるの。その回顧録には、あたしたちがまだ察知していない、何か特別な秘密があるような気がするわ」

「ええ、たぶんそうでしょうね」と、アンソニーも同意した。「ところで、あなたに訊こうと思っていたことが一つあるのです」

「なあに？」

「昨日ポント街で、ぼくがあなたにジミー・マグラスの名前をいったら、あなたはちょっと驚いたようでしたが、なぜですか。前にその名前を聞いたことがあったのですか？」

「ずばりだわ、シャーロック・ホームズさん。じつはあたしのいとこのジョージが――ジョージ・ロマックスが――先日あたしに会いにきて、恐ろしく馬鹿げたことをいろいろと頼んだのよ。あたしがチムニーズへ行って、マグラスという男と仲良くなって、彼をうまくだまして回顧録を出版社へ届けないようにしろって。もちろん、そんな言い方をしたわけじゃないわよ。とにかく、イギリスの女性がどうのこうのとか、そんなくだらないことをいろいろとしゃべったのだけど、何をほんとうにいおうとしているのか、さっぱりわからないのよ。どうせジョージの考えることだから、ろくなことじゃないに決まってるけど。それで、あたしは根掘り葉掘り問いただしたわけ。そしたら彼はこんどは旗色を変えて、二歳の子供さえだませないような嘘を並べて、あたしがチムニーズへ行くのを思いとどまらせようとしたわ」

「いずれにせよ、彼の計画は成功したみたいですね」と、アンソニーはいった。「彼がそう思いこんでいたジェイムズ・マグラスは、このとおりここにいて、あなたはぼくと仲良くなっているのだから」

「でも、回顧録を手に入れそこなって、ジョージはがっかりしてるでしょうよ！　ところで、あたしもあなたに訊きたかったことが一つあるわ。例の手紙のことなんだけど――あれを書いたのはあたしじゃないといったら、あなたはそんなことは知っているといったわね。どうしてわかったの？」

「そりゃ、わかりますよ」と、アンソニーは微笑しながらいった。「ぼくはじつに効きめのある心理学の知識に詳しいのです」

「それはつまり、あたしの道徳的な性格に対するあなたの信頼は――」

しかし、アンソニーははげしく首を振っていた。「まったく違います。ぼくはあなたの道徳的な性格については何も知りません。あなただって愛人をこしらえて、彼に手紙を書くかもしれない。しかしその場合でも、あなたは決してゆすられる侮辱に黙って耐えるようなことはなさらないでしょう。あの手紙のヴァージニア・レヴェルはひどく脅えていました。あなたならきっと戦っていたでしょう」

「あのご当人のヴァージニア・レヴェルはどんな人かしら――どこにいるのかしら。なにやらあたしの分身がどこかにいるような気がしてくるわ」

アンソニーはタバコに火をつけた。「あの手紙の中の一通がチムニーズから出されていることを、ご存じですか？」と、たずねた。

「なんですって！」彼女は本心からびっくりして叫んだ。「それはいつごろ書かれたの？」

「日付はありませんでした。しかし、奇妙じゃないですか？」

「あたし以外のヴァージニア・レヴェルがチムニーズに泊まったことがないことは、確かだわ。もし泊まったら、バンドルかケイタラム卿が名前の偶然の一致について、あたしに何かいうでしょうからね」

「ええ、これはどうもおかしい。このもう一人のヴァージニア・レヴェルが実在するのかどうか、疑わしくなってきた」

「彼女はまるっきり捕らえどころがないわね」と、彼女が同意した。

「そう、まるで雲をつかむような感じだ。ぼくは、あの手紙を書いたやつは故意にあなたの名前を使ったのではないかと、思いたくなってきましたよ」

「でも、なぜかしら？　なぜそんなことをしなければならなかったのかしら？」

「そこが問題なんです。まったくあらゆることについて、わからないことだらけだ」

「あなたはミカエルを殺した犯人はだれだと思います？」と、彼女はだしぬけに訊いた。

「レッド・ハンド党員？」

「やつらだってやりかねませんがね」と、アンソニーはあまり気のない返事をした。

「しかし、むしろ無意味な人殺しのほうがやつらにふさわしいような気がしますね」

「ま、とにかく仕事にとりかかりましょう」と、ヴァージニアはいった。「あら、ケイタラム卿とバンドルがいっしょに散歩してるわ。まず、殺された男がミカエルかどうかを、はっきり見きわめることにしましょう」

アンソニーはボートを岸に着け、二、三分後に彼らはケイタラム卿と彼の娘といっしょになった。

「昼食が遅いな」と、ケイタラム卿は不機嫌な声でいった。「バトルがコックを侮辱したのだろう、きっと」

「バンドル、こちらはあたしの友だちよ。彼をよろしくね」と、ヴァージニアがいった。

バンドルはアンソニーをしげしげと見つめてから、まるで彼がそこにいないような調子でヴァージニアに話しかけた。

「あなた、どこでこんな美男子を拾ったの？　〝どうやって拾ったの？〟と、彼女はうらやましそうにいう」

「あなたにあげるわ」とヴァージニアは気前よくいった。「あたしはケイタラム卿がほしいの」彼女は嬉しがる上院議員ににっこりほほえみかけ、彼の腕に手をからませて立ち去った。

「あなたはしゃべるの？」と、バンドルが訊いた。「それとも頑固に黙ってるだけ？」

「しゃべる?」とアンソニーは訊き返した。「ぼくはむだ口をたたくし、つぶやくし、早口にもなる――小川の流れのようにね。ときには質問することもありますよ」

「たとえば、どんな?」

「左側の向こう端から二番目の部屋は、だれの部屋?」

彼はそれを指さしながらたずねた。

「まあ、風変わりな質問!」と、バンドルはいった。「あなたってとても面白い人ね。あれは――そうそう――マドモアゼル・ブランの部屋だわ。フランス人の家庭教師なの。彼女はあたしの妹たちをきちんと仕つけるために努力しているわけ。妹はダルシーとデイジーというの――歌みたいでしょ。そのつぎの娘はドロシー・メイという名前になっただろうと思うわ。でも、あたしたちの母は娘しか生まれないことにうんざりして、死んでしまったのよ。家督の男の子を産む仕事は、ほかのだれかが代わってやってくれるだろうと思ったのかもね」

「マドモアゼル・ブランは、いつごろからあなたたちのところにいるの?」思慮深げにアンソニーがたずねた。

「二カ月前ね。あたしたちがスコットランドにいたときにきたの」

「おや、なんだかうさん臭いな」と、アンソニーはいった。

「あたしは昼食の匂いをかぎたいわ」と、バンドル。「ロンドン警視庁の人に、あたしたちといっしょに食事をするように頼みましょうか、ケイドさん？　あなたは世界を股にかけてきた人だから、こういう場合のエチケットをよくご存じでしょ？　あたしたちはいままで家の中で殺人事件が起きたことなどなかったのよ。興奮しちゃうわ。残念ながら、あなたの容疑はもうすっかり晴れたそうね。あたしは以前からずっと、ぜひ殺人犯人に会って、日曜新聞がいつもいっているようににこにこと愛想がよくて魅力的な人なのかどうか、自分で確かめたいと思っていたのよ。あらっ、あれは何？」

その〝あれ〟は、家へ近づいてくるタクシーのことらしい。乗客は二人で、黒いあごひげを生やした禿げ頭の長身の男と、黒い口ひげを生やした小柄な若い男だった。アンソニーは禿げ頭の男がだれなのか、すぐにわかった。そして、彼の相手役の口から驚きの声をあげさせたのは、その男が乗っている車ではなくて、アンソニーなのかもしれないと思った。「ぼくの見まちがいでなければ、あれはぼくの古い友人のロリポップ男爵ですな」と、彼はいった。

「えっ、なに男爵？」

「便宜上、彼をロリポップと呼んでいるのです。彼のほんとうの名前を発音すると、動脈硬化を起こしそうなんでね」

「今朝電報を打ったとき、その名前のために電話が故障しそうだったわ」と、バンドルがいった。「すると、あれがその男爵なのね。今日の午後は彼に関心を持たれそうな予感がしてきたわ——午前中はずっと、アイザックスタインの相手をさせられたのよ。ジョージに自分の汚い仕事をやらせればいいんだわ。あたしは政治なんかまっぴらごめん。じゃ、ケイドさん、失礼するわね。かわいそうな父の助太刀をしなければならないのよ」

バンドルはすばやく家へ引き返して行った。

アンソニーはその後ろ姿を見送り、ぼんやり考えごとをしながらタバコに火をつけた。そのとき彼の耳がすぐ近くの何やら怪しげな物音をとらえた。彼はボート小屋のそばに立っていたが、その音は小屋のすぐ近くから聞こえてくるようだった。それは不意に出てきたくしゃみを抑えようと、むなしい努力をしている男の姿を思い起こさせた。

「おやっ——小屋の陰にだれかいるらしいぞ」と、彼は心の中でつぶやいた。「ちょっと見てこよう」彼はその言葉に行動を合わせるようにして、吹き消したばかりのマッチの燃えさしをほうり投げ、足音を忍ばせながら敏捷に走って小屋の角を回った。

彼がそこでばったりと出会った男は、ついさっきまで地面にひざまずいていたらしく、ちょうどいま立ちあがろうとしているところだった。色の淡いオーバーコートを着て、めがねをかけ、先の細った黒い短いあごひげを生やした、やや気障な感じの長身の男だった。歳は三十から四十のあいだで、りっぱな身なりをしている。

「こんなところで何をしてるんです」と、アンソニーは問いただした。その男がケイタラム卿の賓客でないことは確かだった。

「どうもすみません」見知らぬ男は外国訛りでいって、愛嬌のある微笑を作ろうとした。「じつはジョリー・クリケッターズへもどる途中で、道に迷ってしまったのです。恐れ入りますが、道を教えていただけませんか」

「ええ、教えてあげましょう。しかし、湖を渡って行くつもりじゃないでしょうな」と、アンソニーはいった。

「はあ？」見知らぬ男はとまどった様子で訊き返した。

アンソニーはボート小屋へ意味ありげな視線を投げながら、「湖を横切って行くつもりじゃないだろうといったのですよ」と、くりかえした。「庭園を通り抜けて行けますよ――かなり距離はあるけど。しかし、ここはぜんぶ私有地なのですから、あんたは不法侵入しているわけですよ」

「ほんとに申しわけありません」と、見知らぬ男はいった。「すっかり道に迷ってしまって。こっちへ来たら、だれかに道を訊けるだろうと思ったのです」

アンソニーは、ボート小屋の陰にうずくまっていて道を訊けるわけがないじゃないか、となじりたい気持ちを抑えた。そして見知らぬ男の腕をとっていった。「こっちです。この道に沿って湖を回って行くと、広い道に出ますから、それを左へ曲がって行けば、村の街道に突き当たります。あんたはクリケッターズに泊まっているのですか?」

「はあ、今朝着いたばかりで。親切に道を教えていただいて、どうもありがとうございます」

「どういたしまして。風邪を引かないように、気をつけたほうがいいですよ」

「はあ?」

「湿った地面にひざまずいていたりしちゃ、風邪を引きますよ」と、アンソニーは説明した。「さっき、くしゃみをしていたんじゃないですか」

「はあ、そうだったかもしれません」と、相手はあいまいに認めた。

「ちゃんと聞こえましたよ。しかし、くしゃみは抑えちゃいけませんよ。ついこのあいだ、ある有名な医者がそういっていましたよ。非常に危険だそうです。詳しいことは忘れたけど——動脈を硬化させるか、阻害するか——とにかく、よしたほうがいいですな。じゃ、さようなら」

「さようなら。いろいろとありがとうございました、ムシュー、正しい道を教えていただいて」

「村の宿屋から来た、第二の怪しいよそ者か」アンソニーは退散して行く男の後ろ姿を見送りながら、心の中でつぶやいた。「しかも、何者なのかぜんぜん見当もつかないやつだ。一見フランス人のセールスマンふうだが。どう見ても、レッド・ハンド党員とは思えないしな。それとも、政情不安定なヘルツォスロヴァキアの第三の政党の代表者かな。フランス人の家庭教師は端から二番目の窓の部屋にいる。謎のフランス人が屋敷に忍びこんで、われわれの話を盗み聞きしているのが発見された。これは何か臭いぞ」

アンソニーはそんな考えごとにふけりながら、家へ引き返して行った。テラスで、浮かぬ顔のケイタラム卿と二人の新しい客に出会った。ケイタラム卿はアンソニーを見ると、やや明るい顔になった。「おお、あなたか。紹介しよう。こちらはその……あ……あ……男爵と、アンドラーシ大尉。そしてこちらはアンソニー・ケイド氏です」

アンソニーを見つめる男爵の目は、疑惑の影が急激に濃くなっていった。「ケイドさん？」と、彼はぎごちなくいった。「変だな」

「ちょっと二人だけで話そう、男爵」と、アンソニーはいった。「わけを説明する」

男爵はケイタラム卿に会釈をしてから、アンソニーといっしょにテラスを降りて行った。

「男爵、ぼくはあなたに謝らなければならない。偽名を使ってこの国を旅行するような、イギリス紳士にあるまじきことをしていたのだからね。ぼくはジェイムズ・マグラスになりすましてあなたと会った――しかし、これはごく些細なごまかしにすぎなかったことを、わかってもらいたい。きっとあなたはシェイクスピアの戯曲をよく知っておられるだろう――バラに名前をつけることのくだらなさを諷刺したせりふを、憶えてらっしゃいますか？　これはそれと同じようなものです。あなたが会おうとした男は、あの回顧録を持っている男だった。つまり、名前はどうあれ、とにかくぼくがその男だったわけですからね。ところが、あなたもよく知っているとおり、ぼくはもうそれを持っていない。うまいトリックだ――非常にうまいトリックでしたよ、男爵。あれはだれが考えたんです。あなたですか、それともあなたの親玉？」

「王子殿下ご自身が考え出されたことだ。そして殿下は、ほかの者がそれを実行することをお許しにならなかったのだ」

「彼はすばらしく上手にやってのけましたよ」と、アンソニーは誉め称えた。「ぼくは彼をてっきりイギリス人だと思いましたよ」

「殿下はイギリス紳士の教育を受けられたのだ」と、男爵は説明した。「それがヘルツォスロヴァキアのならわしなのだ」

「どんなプロの詐欺師でも、あれだけうまくだまし取ることはできなかったでしょう」と、アンソニーはいった。「ところで、率直に訊きますが、あの原稿はどうなったのです？」

「紳士同士の話だから——」と、男爵がいいかけた。

「あなたの親切はありがたいけど、男爵、ぼくは過去四十八時間のあいだにあまりにもたびたび紳士呼ばわりをされたので、もううんざりなんだ」

「では、ざっくばらんにいおう——あれは焼き捨てられたとわたしは信じている」

「あなたはそう信じているだけで、実際のところは知らないのですね？」

「殿下がそれを保留しておられたのだ。お読みになられてから、焼き捨てるおつもりで」

「なるほど。しかし、あれは通俗小説と違って、一時間やそこらで読み終えるしろものじゃないんですよ」

「亡くなられた殿下のご遺品の中にそれが発見されなかったのだから、焼き捨てられたことは明白だ」

「ふーむ、そうでしょうか？」アンソニーはしばらく黙って考えてから、話をつづけた。

「ぼくがあなたにこのような質問をしているのは、あなたも聞いたかもしれないが、じつはぼく自身がこの殺人事件の嫌疑をかけられているからなのです。ぼくはその疑いを晴らすために、無実を証明しなければならないのですよ」

「当然です。あなたの面目を保つためにも」と、男爵はいった。

「そのとおり。あなたはじつにうまいことをいうね。ぼくはそのこつが、どうしても身につかないんだ」と、アンソニーはいった。「で、話をつづけると、ぼくが疑いを晴らすただ一つの方法は、真犯人を捜し出すことです。そして、そうするためには、あらゆる事実を知っておかなければならない。あの回顧録の問題は、そういう点でも非常に重要なのです。あれを手に入れることがこの犯行の動機だったかもしれないのですよ。どうです、男爵、それは飛躍した考えでしょうか？」

男爵はしばらくためらってから、慎重に訊き返した。「あなたは回顧録を読んだのだね？」

「どうやらそれが答えになっているようですね」と、アンソニーは微笑していった。

「では、男爵、もう一つだけいっておきたいことがあります。ぼくは依然として来週の水曜日、十月十三日に、出版社へあの原稿を届けるつもりであることを、正々堂々と警告したい」

男爵は彼をじっと見つめた。「しかし、あなたはもうそれを持っていないのでしょす？」

「来週の水曜日ですよ。今日は金曜日です。まだ五日ある——その間にかならず取り返す」

「しかし、もしそれが焼き捨てられていたら？」

「焼き捨てられたとは思わない。そう信ずべき理由があるのです」彼がそういったとき、彼らはテラスの角を回るところだった。大きな男が彼らのほうへ歩いてきた。まだ財界の大物ハーマン・アイザックスタインに会っていなかったアンソニーは、興味深げに彼を見た。

「やあ、男爵」アイザックスタインはふかしていた大きな黒い葉巻を振りながら話しかけた。「ひどいことになったものだな」

「ええ、アイザックスタインさん、まったくです。われらの尊い大殿堂が崩れ去ってしまいました」

アンソニーはその二人の紳士を悲嘆に暮れさせたまま、彼らと別れてテラスに沿って行った。やがて彼は急に立ち止まった。細い煙のらせんがイチイの生け垣の真ん中から空中へ立ち昇っていた。「あの中央ががらんどうになっているのかもしれない。そんなことを聞いたことがある」と、彼は思った。

彼はすばやく左右を振り返った。テラスのずっと向こう端でケイタラム卿がアンドラーシ大尉と立ち話をしていた。彼のほうへ背中を向けている。彼は身をかがめて生け垣をくぐって行った。

彼が推測したとおりだった。イチイの生け垣は実際は一列でなく二列に並んでいて、そのあいだが狭い通路になっていた。その入口は中ほどに家に面してあった。それはなんの変哲もないことだが、家の正面からこの生け垣を見たら、だれもそうなっているとは思わないだろう。

アンソニーはその細い通路を見渡した。その半ばほどのところで、一人の男が籐椅子に身をもたれてすわっている。半ば燃えた葉巻が椅子の肘掛けの上でくすぶり、男自身は居眠りしているようだった。

「ほほう！　ハイラム・フィッシュ氏は木陰に坐っているのが好きらしいな」と、彼は心に思った。

16　勉強部屋でお茶を

アンソニーは、内密の話をするのに安全な場所は湖の真ん中しかないようだと思いながら、テラスへもどった。

家のほうから銅鑼《ゴング》の音が響き渡って、トレドウェルが側面のドアから威風堂々と姿を現わした。

「閣下、午餐の支度がととのいました」

「おう！」ケイタラム卿はやや元気をとりもどしたような声で叫んだ。「ランチだ！」

そのとき子供が二人、家から飛び出してきた。十二歳と十歳の活発な女の子で、バンドルの話によれば、二人はダルシーとデイジーという可憐な名前かもしれないが、実際はガーグルとウィンクルとでも呼ばれたほうがふさわしい感じだった。二人はかなきり声をあげながら戦いの踊りらしきものをはじめたが、やがてバンドルが出てきて彼女らを静めた。

「マドモアゼルはどこ?」と、彼女が訊いた。

「彼女は偏頭痛《ミグレーヌ》、ミグレーヌ、ミグレーヌ」と、ウィンクルが歌った。

「ホーレイ!」と、ガーグルがはやし立てた。

ケイタラム卿は賓客の大半を家の中へ導き入れることに成功し、やがてアンソニーの腕にそっと手をおいて、「わたしの書斎へいらっしゃい。いいものがおいてあるのです」と、ささやいた。

ケイタラム卿は一家の主というよりは泥棒みたいにこそこそと広間を通り抜けて、彼の避難所となっている私室へ入っていった。そして戸棚の鍵を開けて、さまざまな瓶を取り出した。「どういうわけか、外国人と話をすると、いつもひどく喉がかわくのです」と、彼は弁解した。

ドアがノックされて、ヴァージニアが少し開けたドアの隙間から顔をのぞかせた。

「あたしに特別なカクテルを作ってくださる?」と、彼女がたずねた。

「ああもちろん。どうぞ入って」ケイタラム卿は快く答えた。

つづく数分は真剣な儀式のようにすぎた。やがてケイタラム卿はテーブルの上に自分のグラスをおいて、ため息をついた。「さっきいったとおり、わたしは外国人と話をすると、ひどく疲れる。彼らがばか丁寧なせいじゃないかな。さあ、それじゃ昼食に行きましょう」

彼は先に立って食堂へ向かった。ヴァージニアはアンソニーの腕に手をやって、ちょっと引き留めた。「あたし、今日の仕事を片づけたわ。ケイタラム卿に連れて行ってもらって死体を見たの」

「それで？」と、アンソニーは意気込んで訊いた。彼の一つの推論が実証されるか、それとも反証があげられるか。

ヴァージニアは首を振った。「あなたの考え違いよ」と、ささやいた。「やはりミカエル王子だったわ」

「ああ！」アンソニーは深い無念の声をあげた。「しかも、マドモアゼルは偏頭痛とき てる」と、にがにがしげにつけ加えた。

「それとどういう関係があるの？」

「何もないかもしれない。しかし、ぼくは彼女に会ってみたいのです。マドモアゼルは端から二番目の部屋にいることがわかったのです——昨夜ぼくが明かりを見た部屋に」

「それは興味深いわね」

「何もないかもしれませんよ。でも、とにかく、ぼくは日が暮れる前にマドモアゼルに会ってみるつもりです」

昼食はかなり苦しい試練だった。バンドルの快活で公平なもてなしでさえ、異質の者たちの集まった会合には融け合わなかった。男爵とアンドラーシはしかつめらしくかしこまって、きちょうめんに礼儀作法を守り、まるで大きな霊廟《モスレム》の中で食事をしているような態度だった。ケイタラム卿はけだるげに陰気に沈んでいた。ビル・エヴァズレーはものほしげにヴァージニアを眺めていた。ジョージは自分のおかれた苦しい立場を過剰に意識しながら、男爵やアイザックスタインと重苦しい会話を交わしていた。ガーグルとウィンクルは家の中で殺人事件が起きた嬉しさにすっかり有頂天になって、しょっちゅう叱られ、鎮静されなければならなかったし、ハイラム・フィッシュは食べものをゆっくり咀嚼しては、彼独得の無味乾燥な言葉を気どって吐いた。バトル警視はいち早く姿を消して、どうなったのかだれも知らなかった。

「やれやれ、終わってほっとしたわ」バンドルはテーブルを離れると、アンソニーに話しかけた。「しかもジョージは、午後から国家の秘密について討議するために、あの外人部隊を連れてアビーへ行くそうよ」

「そうなれば、雰囲気がほぐれそうですね」と、アンソニーはいった。

「あのアメリカ人はどうだろうとかまわないわ」と、バンドルは話をつづけた。「父といっしょにどこか隔離されたところで、初版本の話でもして楽しんでいればいいんだわ。あら、フィッシュさん――」話題の主が向こうから近づいてくるのを見て、彼女は声をかけた――「あなたのために平和な午後の計画を立てているところなのよ」

アメリカ人は頭を下げた。「それはどうもご親切に、レディ・アイリーン」

「フィッシュさんはとても平和な朝をすごされていたようでしたな」と、アンソニーはいった。

フィッシュ氏は敏感なまなざしを彼に投げた。「ああ、わたしが避難所にいるのをごらんになったのですね。静けさを好む者には、狂乱の群れから遠ざかっている以外に、どうしようもないときがありましてね」

バンドルは立ち去って、アメリカ人とアンソニーは二人だけになっていた。アメリカ人はやや声を落としていった。「この騒ぎには、何か秘密ごとがあるようですな？」

「いろいろとね」と、アンソニーがいった。

「例の禿げ頭の男は、親族関係だったのですか？」

「そんなつながりがあるのかもしれませんね」

「中央ヨーロッパの民族はすばらしいですからな」と、フィッシュは断言した。「ところで、殺された人は王子だったというもっぱらの噂ですけど、ほんとにそうなんですか?」

「さあ、スタニスラウス伯爵ということで滞在していたことは知ってますがね」と、アンソニーは逃げた。

それに対してフィッシュは、「おやおや!」と、なにやら謎めいた声をあげただけで、言い返さなかった。「しかし、バトルとかいう例の警視は、腕前のほどはどうなんです?」

「ロンドン警視庁は高く評価しているようです」アンソニーはそっけなく答えた。

「それにしてはちょっと偏屈な感じですね。もっとてきぱきと仕事をしたらどうなんですかね。だれもこの家から出て行っちゃいかんなんて、ひどいもんだ。そんなことをしてなんになるのかな」フィッシュはそういいながら、アンソニーを探るように見た。

「明日の朝の査問会に全員出席しなければならないことになっているのですよ」

「へえっ、そうなんですか。それだけのことですかね? ケイタラム卿の賓客に容疑がかけられているわけじゃないのですか?」

「まさか!」

「わたしはちょっと心配になってきたのですよ――この国ではよそ者ですからね。しかし、これは外部の者のしわざでしょ?――ほら、窓の鍵がかかっていなかったそうじゃないですか」

「いや、かかっていたのです」アンソニーは彼をまともに見つめながらいった。

フィッシュはため息をついた。しばらく間をおいて、彼はあわれっぽい声でいった。

「ねえ、地下のトンネルからどうやって水を汲み出すか、知ってますか?」

「どうするんです?」

「ポンプで上げるわけ——でも、これは大変な重労働ですよ! おや、わたしの親切なホストが向こうのグループから離れるところだ。彼をつかまえなくちゃ」

フィッシュ氏は静かに立ち去った。交替に、バンドルがもどって来た。

「変わってるわね、彼」と、彼女がいった。

「そうですね」

「ねえ、ヴァージニアばかり見ていちゃだめよ」バンドルがきびしい眼つきでいった。

「そんなことはしてませんよ」

「していたわ。彼女のどこがそうさせるのかしら。それは彼女のしゃべることじゃないわね。彼女の外観でもなさそうだし。とにかく、彼女はいつもそうさせちゃうんだから、嫌になっちゃうわ! でも、いまのところ彼女はほかの用事で忙しいし、彼女はあなたに親切にしてくれとあたしにいったのだから、あたし、あなたに親切にしてあげるわ—

—もし必要なら力ずくでもね」

「力は必要ありませんよ」と、アンソニーは答えた。「しかし、どうせそうしてくださるなら、湖の上で、ボートの中で親切にしていただきたいですね」

「それも悪くないわね」と、バンドルは思慮深げにいった。

彼らは湖へボートを漕ぎ出した。「あなたに質問したいことが一つあるのです」アンソニーはゆっくりオールをかきながらいった。「もっと面白い話題に入る前に、まずそれを話しましょう。遊ぶ前にまず仕事を片づけてから」

「こんどはだれの寝室のことを知りたいの？」と、バンドルはじれったそうに訊き返した。

「いや、当面はだれの寝室のことでもなくて、あのフランス人の家庭教師をどこから連れてきたのかを知りたいのです」

「男って、ほんとに多情ね」と、バンドルはいった。「彼女はある斡旋業者から雇い入れたわ。一年に百ポンドを彼女に払ってます。彼女のクリスチャンネームはジュヌヴィエーヴ。ほかに何が知りたいの？」

「斡旋業者みたいな質問だけど、彼女の身元保証人は？」

「まあ、しつこいわね！　彼女はなんとかいう伯爵夫人のところに十年間住んでいたのよ」

「なんとかいう伯爵夫人？」

「ディナールのシャトー・ド・ブルテイユのブルテイユ伯爵夫人よ」

「あなた自身はその伯爵夫人に会ってないのでしょう。手紙で確認したわけ？」

「そうよ」

「なるほど」と、アンソニーはいった。

「なにやらひどく気になるわね。それは恋なの、それとも犯罪？」

「たぶん、ぼくのばかげた片思いでしょうな。忘れてください」

「さんざん情報を訊き出しておいて、忘れてくださいはひどいわ。ケイドさん、あなたはだれに疑いの目をつけてるの？　あたしにいわせれば、最も犯人らしからぬ人物であるヴァージニアが怪しいと思うわ。でなければ、ビルかもね」

「あなたはどう？」

「イギリス貴族の一員がレッド・ハンド党とこっそり結託してるってわけね。それはきっとセンセーションを巻き起こすでしょうね」

アンソニーは笑った。彼はバンドルが好きだった——彼女の鋭い灰色の眼の明敏な洞察力はちょっと怖かったが。「あなたはあれを誇りにしなきゃいけませんよ」彼はやや遠く離れた広壮な邸宅のほうへ手を振りながら、唐突にいった。

バンドルは眼をちょっとつり上げて、首をわずかにかしげた。

「そう――あれは相当な価値があるでしょうね、たぶん。でも、慣れすぎているせいか、そんな気もしないわね。いずれにしろ、あたしたちはあまりここへは来ないわ――面白くないもの。今年の夏はロンドンを離れて、カウズやドーヴィルへ行き、それからスコットランドへ行ったわ。チムニーズは約五カ月間、ほこりよけの布を掛けられていたわけなの。もちろん、ほこりよけは一週間に一度、取り去られ、満員の観光バスが何台もやって来て、大勢の人がぽかんと口を開けながら、トレドウェルの講釈を聞くのよ。〝みなさまの右にありますのは、サー・ジョシュア・レイノルズの描いた四代目のケイタラム侯爵夫人の肖像画でございます〟とかなんとか、――すると、一行の中のひょうきん者のエドかバートが、自分の彼女をこづいて、こういうわけ――〝なるほど、ここにはたしかに二ペニー分だけの絵はあるね、グラディス〟――それから彼らはぞろぞろとつぎの部屋へ行って、また絵を眺めて、あくびして、足をひきずりながら歩き回り、早く家へ帰る時間にならないかなあって思うわけ」

「しかし、資料によれば、少なくとも一度か二度、歴史がここでつくられたのですよ」

「あなたはジョージの話を聞かされたのね」と、バンドルが抜け目なくいった。「彼はいつもそんなことばかりいってるのよ」

だが、アンソニーは片肘をついて起きあがり、岸のほうをじっと見つめていた。

「あのボート小屋のそばにひとりわびしく立っているのは、第三の怪しいよそ者だろうか。それとも、この家の賓客の一人かな」と、つぶやいた。

バンドルも真っ赤なクッションから頭を上げた。「あれはビルだわ」

「何かを探しているみたいですね」

「たぶん、あたしを探しているのよ」と、彼女は興味なさげにいった。

「急いで反対のほうへ漕ぎましょうか？」

「それはりっぱな返事だけど、でも、もっと熱情を込めていってくれなきゃ」

「そんな非難を受けたからには、二倍の力を入れて漕ぐことにしよう」

「もうよして」と、バンドルはいった。「あたしにもプライドがあるわ。あのとんまが待っているところへ漕いで行ってちょうだい。だれかが彼の面倒を見てやらなければならないでしょうからね。きっとヴァージニアが彼をまいて逃げちゃったのよ。想像もつかないことだけど、いつかはあたし、ジョージと結婚したくなるかもしれないわ——あたしが〝著名な政界のホステス〟として活躍するために」

アンソニーは素直にボートを岸へ向けた。「これから、ぼくはいったいどうなるんです?」と、彼は嘆いた。「ぼくはおいてきぼりを食いたくないな。向こうに見えるのは、子供たちですかね?」

「そうよ。でも、気をつけなきゃだめよ――まごまごしてると、ロープが首へ飛んでくるわよ」

「ぼくはわりと子供が好きなんだ」と、アンソニーはいった。「彼女たちに何か上品で静かな、知的なゲームを教えてあげようかな」

「あとで、あたしがあなたに注意しなかったといわないでよ」

バンドルを憂いに沈むビルに引き渡すと、アンソニーはさまざまなかん高い叫びが午後の平和をかき乱しているところへ、大股で近づいて行った。歓呼の声が彼を迎え、

「おじちゃんはインディアンごっこできる?」と、ガーグルが荒っぽく訊いた。

「それよりも、ぼくが頭の皮をひんむかれる音を聞かせてあげよう。こうだ」彼はそれを声帯模写した。

「まあまあへたでもないわ」と、ウィンクルはしぶしぶいった。「じゃ、こんどは、頭の皮をはぐ男の掛け声をやってみせてよ」

アンソニーはぞっとするような叫び声をあげてやった。まもなくインディアンごっこが最高潮に盛り上がっていった。

三十分ほどすると、アンソニーはひたいの汗を拭いて、思い切ってマドモアゼルの偏頭痛の具合をたずねてみた。そして彼女の具合は完全に治ったということを聞いて、心ひそかに喜んだ。こうして彼はすっかり人気者になったために、勉強部屋でお茶を飲もうと熱心に誘われた。「それから、おじちゃんの見ている前で絞首刑にされた男の話をしてよ」と、ガーグルが頼んだ。

「おじちゃんはそのロープの切れはしを持ってるんだって？」と、ウィンクルがたずねた。

「そうさ。ぼくのスーツケースの中にある」と、アンソニーはおごそかにいった。「なんなら、きみたちにその切れっぱしを少しあげよう」ウィンクルはたちまちインディアンの叫び声をあげた。

「あたしたちはもう部屋へもどって、手を洗わなくちゃ」ガーグルが憂鬱そうにいった。「おじちゃんはほんとにお茶を飲みにきてくれるわね。忘れちゃいやよ」

アンソニーはどんなことがあってもかならず約束を守ると誓った。幼い二人組は満足して家へ引きあげて行った。アンソニーはしばらく彼らを見送っていた。そのとき、一人の男が灌木の小さな林の向こう側に沿って、急いで庭園を横切って行くのに気づいた。彼にはそれが、今朝ボート小屋のそばで出会った黒いあごひげの怪しげな男らしく思われたが、追跡すべきかどうか迷っているうちに、彼のすぐ前方の茂みが分けられて、ハイラム・フィッシュが空地へ出てきた。フィッシュはアンソニーを見て、ちょっと驚いたようだった。

「やあ、フィッシュさん、穏やかな午後ですね？」と、アンソニーは声をかけた。

「ええおかげさまで、そうですね」

しかし、フィッシュはいつものような穏やかな様子ではなかった。顔が上気し、まるで走ってきたように呼吸が荒かった。彼は懐中時計を取り出して見た。「そろそろ、イギリスではおなじみの午後のお茶の時間ですな」と、低くつぶやき、懐中時計の蓋をぱちんと閉めてから、家のほうへ向いてのんびりと歩いて行った。

その場に立ってぼんやり思案にふけっていたアンソニーは、いつの間にかバトル警視がそばに立っているのに気づいて、われに返った。警視の近づいて来ることを予告するような、どんなかすかな音も聞こえなかった。まるで透明人間が魔術を使って姿を現わしたかのようだった。

「どこから湧いて出てきたのです？」と、アンソニーはいらだたしげにたずねた。

頭を少し引くと、バトルは背後の灌木の林をあごで示した。

「今日の午後は、ここはやけに人通りが多いみたいですね」と、アンソニーはいった。

「それより、あなたはずいぶんもの思いにふけっていたようでしたね、ケイドさん」

「ええ、考えていたのです。何を考えていたか、わかりますか。ぼくはね、二と一と五と三を足して、四にしようとしていたのです。しかし、やはり不可能ですね、バトル警視、単純に不可能なんです」

「それは難しいでしょうな」と、警視は同意した。

「しかし、ちょうどあなたに会おうと思っていたところでした。じつは、ぼくはちょっと出かけたいのですが、いいでしょうか？」

バトル警視は彼の信条を忠実に守って、驚きも、なんらの感情も表わさなかった。返答もあっさりとして事務的だった。「それは行き先によります」

「正確にいいましょう。ぼくのカードをテーブルの上に広げましょう。ぼくはディナールへ――ド・ブルテイユ伯爵夫人の邸宅へ行きたいのです。よろしいでしょうか？」

「いつお出かけになりたいのです、ケイドさん」

「明日、査問会が終わってから。日曜日の夜には帰ってこれるでしょう」

「なるほど」と、警視はまったく無表情な声でいった。

「どうなんです？」

「あなたが行くとおっしゃったところへ行って、まっすぐここへもどって来られるのなら、べつにさしつかえありません」

「バトル警視、あなたは男の中の男だ。あなたはぼくに非常な好意を持っているか、さもなければ、非常にずるいかただ。どっちです？」

バトルはちょっと微笑を洩らしたが、答えなかった。

アンソニーはいった。「ま、あなたはそれなりの用心をするでしょうよ。目立たない法の手先どもが、ぼくの疑わしい足跡を追うことになるでしょう。それでもかまいません。しかしぼくは、この事件がいったいどういうことなのか、とことんまで突きとめたいのです」

「意味がよくわかりませんが、ケイドさん」

「例の回顧録です――なぜあれをめぐって、大騒ぎをしているかです。あれはただの回顧録にすぎないのでしょうか。それとも、あなたは何か秘密の情報を隠しているのですか？」

バトルはふたたび微笑した。「それはこう考えてください。わたしがあなたに好意を示すのは、あなたがわたしに好感を与えたからですよ、ケイドさん。わたしはこの事件に関しては、あなたがいっしょに働いてくださることを期待しているのです。アマチュアとプロが協力し、それぞれの持ち味を生かした仕事をするわけです。一方には、いってみれば知識があり、他方には経験がある」

「じつをいえば、ぼくは以前から、殺人事件の謎を自分で解いてみたいと思っていたのです」

「この事件について、何か思いついたことがありますか、ケイドさん？」

「たくさんありますよ。しかし、大半は疑問ばかりで」

「たとえば、どんな？」

「殺害されたミカエルの後釜に坐るのはだれか？　これは重要な問題だと思いますよ」

バトル警視の顔にかすかな苦笑が浮かんだ。「それを思いつくとは、さすがですね。じつは、被害者の実のいとこのニコラス・オボロヴィッチ王子が後継者と目されているようです」

「で、彼はいまどこにいるのですか？」と、アンソニーはタバコに火をつけながら訊いた。「あなたがそれを知らないとはいわせませんよ」

「彼はいまアメリカにいると信ずるに足る根拠を、われわれはつかんでいます。少なくとも、ごく最近まではアメリカにいて、将来の見込みを売り込んで資金を集めていました」

アンソニーは驚きの口笛を鳴らした。「なるほど。ミカエルはイギリスの支持を受け、ニコラスはアメリカの支援を得ていた。両国の資本グループが石油の利権獲得をめぐって、しのぎをけずっていた。王制擁護派はミカエルを擁立しようとしていた——ところがいまや彼らは、ほかを探さなければならなくなった。アイザックスタインとその系列会社やジョージ・ロマックス側は歯ぎしりし、ウォール街はお祭り騒ぎ。そういうことですね？」

「当たらずといえども遠からずでしょうな」と、バトルは答えた。

「あっ、そうか！　それで読めた」と、アンソニーが叫んだ。「あなたがあの灌木の林の中で何をしていたのか、ほぼ察しがつきましたよ」

警視は微笑したが、何も答えなかった。

「国際的な政治問題はじつに興味津々ですな」と、アンソニーはいった。「しかし、もうそろそろ行かなくちゃ。子供たちの勉強部屋へ行く約束をしているものですから」彼は急ぎ足で家へ向かった。いかめしいトレドウェルに訊いて、勉強部屋への道がわかった。ドアをたたいて入ると、けたたましい歓声が彼を迎えた。ガーグルとウィンクルが突進して彼にとびつき、誇らしげに彼をマドモアゼルに紹介した。

アンソニーははじめ、良心の呵責《かしやく》を感じた。マドモアゼル・ブランは白髪まじりの小柄な中年女で、血色の悪い顔には口ひげが生えていた！　どう見ても、国際的な札つきの女山師には見えなかった。

「おれはとんでもないへまをやらかそうとしているのかもしれぬ。しかし、ともかく当たってみよう」と、彼は心に思った。彼はマドモアゼルに対して如才なくふるまい、一方、彼女は美青年が彼女の勉強部屋に押しかけてきたことを喜んで、お茶の時間は和気あいあいのうちにすぎた。

しかしその晩、アンソニーは彼に割り当てられた優雅な寝室にひとりになると、何度も首を振った。「おれはまちがっているんだ」と、ひとりごとをいった。「二度もまちがえるなんて、どうかしてるな。どういうわけか、この問題の急所がつかめないんだ」

床の上を歩き回っていた彼の足が、はたと止まった。「なんだ、あれは――？」ドアが音もなく開かれようとしていた。つぎの瞬間、一人の男が部屋へ滑り込んできて、ドアのわきにかしこまって立った。たくましい体軀の、金髪で肌の白い大男で、スラヴ人のようにほお骨が高く、夢見るような狂信的な眼をしていた。

「だれだ、きみは？」アンソニーは彼をにらみつけながら問いただした。

男は完璧な英語で答えた。「わたくしはボリス・アンチューコフです」

「ミカエル王子の使用人？」

「そうであります。わたくしは殿下にお仕えしていました。殿下は亡くなられました。

これからはあなたにお仕えいたします」

「きみの親切はありがたいが、しかしぼくは、あいにく付き人なんかいらないんだ」と、アンソニーはいった。

「これからは、あなたがわたくしの主人であります。わたくしはあなたに忠誠を尽す覚悟であります」

「それは——しかし——困るよ——ぼくは付き人なんか必要ないいんだから。そんなものを雇う金なんかないよ」

ボリス・アンチューコフはちょっと軽蔑するような眼で彼を見た。「わたくしはお金がほしいのではありません。わたくしの主人に仕えたいのであります。したがって、わたくしはあなたに、身命を捧げてお仕えいたします！」彼はすばやく前へ進んで、片方の膝をつき、アンソニーの手を取って、それを彼のひたいに当てた。それからさっと立ちあがり、すたすたと部屋を出て行った。

アンソニーはあっけにとられながら、それを見送った。「ちえっ、変なやつだな」と、ひとりごとを洩らした。「忠実な番犬みたいだ。あの連中はなんとも奇妙な本能を持ってるものだな」

彼はまた部屋の中を歩き回った。「しかし、これは厄介だな——いまのところ、非常に厄介だぞ」

17 真夜中の冒険

査問会は翌朝開かれ、興味深い詳細な事実はすべて厳重に伏せられて、ジョージ・ロマックスを満足させた。バトル警視と検死官は州警察本部長の協力を得て、審議を最も退屈な水準にまで低下させたのだった。査問会が終わるとすぐ、アンソニーはこっそり出発した。

彼の出発は、ビル・エヴァズレーにとってはその日ただひとつの救いになる出来事だった。ジョージ・ロマックスは外務省の体面を傷つけるようなことが外部に洩れるかもしれないという恐怖にとりつかれて、非常に腹を立てていた。秘書のミス・オスカーとビルはたえず付き添わされた。有用なことや興味深いことはすべてミス・オスカーがやった。ビルの役目は、数えきれないほどの伝言を持たされてあちこち駆けずり回ることや、暗号電報を解読することや、時間ぎめでジョージの機嫌をうかがうことだった。

こうして土曜日の夜にベッドに入ったビルは、疲れきっていた。彼はジョージの過酷な要求に追いまくられて、一日中ヴァージニアと話をする機会もなかった。彼女の時間の大半を独占していたあの植民地野郎が出かけたことは嬉しかったが、しかし、もしジョージ・ロマックスがこんなふうに自分を酷使しつづけるならと——彼は恨みと憤りで胸の煮えくりかえるような思いのまま、眠りに落ちた、そして夢の中で慰められた。ヴァージニアの夢を見たのだ。

勇ましい英雄の夢だった。夢の中の火事で、彼は勇敢な救助者の役を演じていた。彼はヴァージニアを建物の最上階から助けおろして、草の上に彼女を横たえた。それからサンドイッチの小さな包みを探しに出かけた。そのサンドイッチの包みを見つけることが、非常に重要だった。ジョージがそれを持っていることがわかった。しかしジョージはそれを彼に渡そうとせずに、電報の口述筆記をやらせはじめた。やがて彼らは教会の事務室にいた。もうすぐヴァージニアが彼と結婚するために到着するのだ。しかし、あなんたることか！　彼はパジャマを着ていた。すぐさま家へ帰って、正式な服装をしなければならぬ。彼は車に駆けこんだ。しかし、どうしてもエンジンがかからなかった。ガソリンが一滴も残ってないのだ！　彼は絶望的になった。そのとき、大型バスがやって来て、ヴァージニアが禿げ頭の男爵の腕に抱かれて降りてきた。彼女は優美なグレーのドレスを着て、すばらしく美しく、落ち着き払っていた。彼女は彼のそばへやって来て、彼の肩をいたずらっぽくゆすった。「ビル、ビルったら」と、呼びかけてから、こんどは乱暴にゆすぶった。「ビル、起きて。ねえ、早く起きて！」

ビルはもうろうと起きあがった。彼はチムニーズの彼の寝室にいた。だが、夢の一部がまだ彼につきまとっていた。ヴァージニアが彼の上に身を乗り出しながら、同じ言葉をくりかえしているのだ。「ビル、起きて。ねえ、早く起きて！」

「やあ！」ビルはベッドの上に起き上がった。「どうしたの？」

ヴァージニアはほっとため息をついた。「まあよかった。あなたはもう二度と眼を覚まさないのじゃないかと思ったわ。さっきからずっと、あなたをゆすぶりつづけていたのよ。もうすっかり眼が覚めた？」

「と思うよ」ビルはおぼつかなげにいった。

「このぐずの、のろま！」と、ヴァージニアがののしった。「あたしがどんなに苦労したと思うの！　腕が痛くなっちゃったわ！」

「その侮辱はひどいよ」ビルは威厳をつけていった。「だいいち、きみらしからぬふるまいだ。清純な若い未亡人にあるまじきことだよ」

「そんなばかなことをいってるときじゃないわ、ビル。大変なことが起きてるのよ」

「大変って、どんなこと？」

「奇妙なことなのよ、会議室で。あたし、階下のどこかでドアがばたんと閉まる音が聞こえたような気がしたので、何だろうと思って見に行ったの。すると、会議室から明かりが洩れているのが見えたの。それで、廊下をそっと歩いて行って、ドアの鍵穴から中をのぞいてみたわけ。あまりよく見えなかったけど、でも、どうも様子が変なので、ちゃんとよく見なきゃいけないと思ったの。だけど、そのときふと、あたしひとりじゃ危険だから、だれか親切で力の強い大きな男を連れてきたほうがいいんじゃないかと思ったわけなの。あなたはいちばん親切で、大きくて、力が強いようなので、急いでここへ入って、あなたを起こそうとしたのよ。でも、そうするのに何年もかかってしまったみたいだわ」

「なるほど」と、ビルはいった。「で、ぼくにどうしろというの。下へ行って、泥棒をふん捕まえるわけ？」

ヴァージニアは眉を寄せた。「泥棒かどうかわからないのよ、ビル。どうも変だわ——でも、こんな話をしてると時間のむだになるわ。さあ、起きて」

ビルは素直にベッドから滑り降りた。「ちょっと待って。ブーツを——底に鋲を打ってあるでかいブーツをはいて行こう。いくらぼくが大きくて力が強くても、したたかな盗賊を素足でとっ捕まえるわけにはいかないよ」

「あなたのパジャマ、気に入ったわ」と、ヴァージニアがうっとりといった。「とても派手だけど、下品じゃなくて」

「そういえば――」ビルはもう片方のブーツに手を伸ばしながらいった――「きみの着てる、そのなんとかいうやつさ、さっきから気に入ってるんだ。緑の色合いがよくて、とてもしゃれた感じで。それ、何というの？　ドレッシング・ガウンじゃないね」

「ネグリジェよ」と、ヴァージニアが答えた。「ビル、あなたがこんな清純な生活をしているのを見ると、嬉しいわ」

「とんでもない」ビルは腹立たしげにいった。

「あなたの顔にちゃんと書いてあるわよ。あなたはとても親切だわ、ビル。あたし、あなたが好きよ。明日の朝――そうね、十時ごろがいいかしら――とにかく、過度に感情を刺激しないような安全な時刻に、あなたにキスしてあげてもいいわ」

「そのようなことは、時のはずみでやるのが一番いいと思うけどな」と、ビルが提唱した。「いまは、ほかにもっとだいじな仕事があるのよ」と、ヴァージニアはいった。

「もしあなたが防毒マスクや鎖かたびらをつける必要がないのなら、さあ、出かけましょう」

「よし、支度はできたぞ」ビルはどぎつい色の絹のガウンの中へ身をねじこみ、火かき棒を持った。「月並みな武器だけどね」

「さあ、急いで。音を立てちゃだめよ」

彼らは部屋を出て廊下を行き、広い二重の階段を降りた。下にたどり着いたとき、ヴァージニアは眉をひそめた。

「あなたのブーツはあまり静かじゃないわね」

「鋲は鋲さ。ぼくは最善をつくしているんだぜ」

「脱いでちょうだい」彼女はきっぱりといった。

ビルはうなった。

「手に持って行けばいいでしょ。あたしは会議室で何が行なわれているのかを、あなたに調べてもらいたいのよ。ぜんぜんわけがわからないんだもの。泥棒たちはなぜ、よろいをばらばらに壊しているのかしら？」

「そうだな、そっくりそのまま持って行けないからじゃないかな」

彼女は首を振った。「あんな古臭いよろいなんか盗んで、どうしようっていうの。チムニーズにはもっと盗みやすい宝物がたくさんあるのよ」

ビルもさっぱりわからないというふうに首を振った。「何人いるんだい？」彼は火かき棒を握りしめながら訊いた。

「よく見えなかったの。鍵穴ってどんなだか知ってるでしょう？　しかも、彼らは懐中電灯しか持っていないのよ」

「いまごろはもう、ずらかっちゃったかもしれないよ」と、ビルは期待しているような口ぶりでいった。

彼は階段の一番下の段に腰をおろしてブーツを脱いだ。それから、それを手にぶらさげて、会議室へ通ずる廊下を忍び足で歩いて行った。ヴァージニアは彼のすぐ後ろについていった。やがて彼らはオーク材の大きなドアの前で立ち止まった。部屋は静まり返っていたが、彼女は突然、彼の腕をつかんだ。彼はうなずいた。明るい光が鍵穴からちらっと洩れたのだ。

ビルはひざまずいて、その穴に眼をあてがった。彼の見たものは極度に混乱していた。上演中のドラマの場面は、彼の視界からちょっと左へそれたところにあるようだった。ときどき金属の触れ合う控え目な音が聞こえるのは、侵入者どもがまだよろいと取り組んでいることを示しているように思われた。よろいは二つあったことを、ビルは思い出した。それはホルバインの肖像画の下の壁ぎわに並べられていた。懐中電灯の光は、明らかに進行中の作業へ向けられていて、部屋のほかの部分はほとんど暗闇に閉ざされていた。一度、人影がビルの視界をさっと通り過ぎたが、光が弱すぎて何も見分けられなかった。男か女かさえも、わからなかった。まもなくそれはさっともどって行き、ふたたび金属の触れ合う音がした。やがて新しい音が聞こえてきた。こつこつとこぶしで木をたたくようなかすかな音だった。ビルは突然、眼を離して、かかとの上に腰をおろした。

「どうしたの?」と、ヴァージニアがささやいた。

「だめだ。こんなことをしていてもなんにもならない。何も見えないんだから。やつらが何をしているのか、見当もつかないよ。中へ入ってやつらを捕まえなくちゃ」

彼はブーツをはいて立ちあがった。「じゃ、ヴァージニア、こうしよう。ぼくらはできるだけそっとドアを開ける。きみは電灯のスイッチがどこにあるか知ってるだろ?」

「ええ、ドアのすぐ横よ」

「やつらはせいぜい二人だろうと思う。一人しかいないかもしれない。とにかく中に入ってみたいんだ。だから、ぼくが〝よし〟といったら、きみはスイッチをつけるんだ。わかった?」

「いいわ」

「悲鳴をあげたり、気を失ったりしないでくれよ。ぼくはだれにも、きみに指一本触れさせやしないから」

「まあ、すてき！」と、ヴァージニアがささやいた。

ビルは廊下の薄暗い光の中で彼女を疑わしげに見た。彼はあえぎ声か笑いかどちらだかわからない、かすかな音を耳にした。それから火かき棒をつかんで立ちあがった。いよいよ活躍すべきときが来たことをひしと感じていた。

彼はドアの把手をそっと回した。ドアは静かに内側へ動いた。彼はヴァージニアが彼のわきにぴったりと寄り添っているのを感じた。二人は音もなく部屋へ入った。

部屋のずっと端のほうで、懐中電灯の光がホルバインの絵の上でゆらいでいた。その光で影絵のようになった男が、椅子の上に立って、鏡板を軽くたたいていた。男はもちろん、彼らに背を向けて、ただ奇怪な影のようにぼんやり浮き出して見えるだけだった。よく見れば、もっと何かが見えたかもしれなかったが、しかしそのときビルのブーツの鋲が寄木細工の床を踏み鳴らした。男はくるりと振り向き、懐中電灯の強い光を彼らに向けて、その突然のまぶしさで彼らの目をくらませた。

しかし、ビルは躊躇しなかった。「よし！」とヴァージニアに吠えて、その男のほうへ猛然と突進した。彼女はすぐさま電灯のスイッチを入れた。

大きなシャンデリヤが煌々と輝くはずだったが、しかし、スイッチがぱちんと音を立てた以外、何も起こらなかった。部屋は暗闇に閉ざされたままだった。

ヴァージニアはビルの荒々しいののしりの声を聞いた。つぎの瞬間、あたりははげしい息づかいと格闘の音に包まれた。懐中電灯は床に落ち、その衝撃で消えた。暗闇の中でもがき暴れる格闘の音がつづいたが、どちらが優勢なのか、そもそも相手はだれなのかさえ、彼女にはさっぱりわからなかった。鏡板をたたいていた男のほかに、だれかが部屋の中にいたのだろうか？　そうかもしれなかった。彼らは部屋の中をほんの一瞬見ただけだった。

彼女は体がしびれて動けなくなったような気がした。何をすべきか、ほとんどわからなかった。格闘に加わろうとは思わなかった。そんなことをしてもかえって邪魔になるだけで、ビルを助けることにならないかもしれない。彼女はだれも通路を通ってこの部屋から逃げ出せないように、通路に立ちふさがっていることしか思いつかなかった。それと同時に、ビルの指示にそむいて、大声で何度も助けを求める叫びをあげた。

階上のドアの開けられる音が聞こえ、大広間や階段のほうから突然明るい光が流れてきた。救援がくるまで、もうしばらくビルが相手を押さえていてくれればいいのだが。しかし、そのとき最後の激闘がくりひろげられ、彼らはよろいの一つに激突したらしく、それがすさまじい音を響かせて倒れた。ヴァージニアは人影が窓のほうへ飛んで行くのをぼんやり見た。同時に、ののしりながらよろいの破片をはねのける、ビルの声が聞こえてきた。

彼女ははじめて自分の位置を離れて、フランス窓のそばの人影めがけて突進した。しかし、その窓はすでに掛け金がはずされていた。侵入者は立ち止まって手さぐりする必要はなかった。男は窓を開けて外へ飛び出し、テラスを駆け抜けて、家の角を回った。彼女はその跡を追った。彼女は若く、運動で鍛えていたので、彼女の獲物よりほんの数秒遅れてテラスの角を回った。

しかし、彼女はそこで、側面のドアから飛び出してきた男の腕の中へ、頭から突っ込んでしまった。それはハイラム・P・フイッシュ氏だった。「おっと！　おやまあ、ご婦人か」と、彼は叫んだ。「これはこれは、レヴェル夫人、どうも失礼いたしました。わたしはあなたをてっきり、法の手から逃れようとする賊の一人だと思ってしまったもので」

「あいつはこっちへ逃げたのよ」ヴァージニアはあえぎながら叫んだ。「捕まえられないかしら？」

だが、そのときはもう手遅れであることを彼女は知っていた。男はすでに庭園の中にまぎれこんでいるにちがいなかったし、月のない暗い夜だった。彼らは会議室へと引き返した。フィッシュ氏は彼女と並んで歩きながら、なだめるような調子で、盗賊の一般的な習癖について講釈した——彼はその分野の経験が豊かなようだった。

ケイタラム卿やバンドルやおびえた使用人たちが、会議室の通路のあたりに立っていた。

「いったい何ごと?」と、バンドルがたずねた。「泥棒? ヴァージニア、あなたとフィッシュさんは何をしてるの。真夜中の散歩?」

ヴァージニアはその夜の出来事を説明した。

「まあ、すごいわね」と、バンドルが感想を述べた。「一つの週末に殺人事件と窃盗事件が入り混じることなんて、めったにないわよね。だけど、ここの電気はどうなっちゃったんでしょう。ほかはなんともないのにね」

その謎はすぐに解けた。たんに電球がはずされて、壁ぎわに並べられていたのだ。いかめしいトレドウェルは、寝巻姿でさえもいかめしく構えながら、脚立に上って、荒された部屋の照明を復元した。

ケイタラム卿はあたりを見回しながら悲しげな声でいった。「どうやらこの部屋は、最近は暴力沙汰の中心になってしまったようだな」

その言葉には実感がにじみ出ていた。ひっくり返せるものはすべてひっくり返されて、ばらばらになった椅子や割れた陶器の破片やよろいの残骸が、むごたらしく床に散乱していた。

「やつらは何人いたの？」と、バンドルが訊いた。「ずいぶんひどく暴れ回ったらしいわね」

「たった一人だけ、だと思うわ」ヴァージニアはそう答えながら、ちょっとためらった。たしかに一人だけ——男が——窓から飛び出して行った。しかし、彼女がその男を追って駆け出したとき、どこかすぐ近くで衣ずれの音がしたような、あるいは漠然とした人の気配を感じたのだった。もしそうなら、部屋にいたもう一人はドアから逃げ出したことになるだろう。しかし、その衣ずれの音や人の気配は、彼女自身の妄想にすぎなかったのかもしれない。

そのとき、ビルが突然、フランス窓から姿を現わした。息が切れて、はげしくあえいでいた。「ちきしょう！　逃がしちまった」と、憤激の声をあげた。「屋敷じゅうを捜したけど、影も形も見えなかった」

「まあ、元気を出して、ビル。このつぎはもっとうまくやれるわよ」と、ヴァージニアがなだめた。

ケイタラム卿がいった。「さて、どうしたらいいかな？　ベッドへ引きあげるか。夜中のこんな時刻にバジャリを呼ぶわけにもいくまい。トレドウェル、必要な手続きは知ってるね？　頼むよ」

「はい、かしこまりました、閣下」

ケイタラム卿はほっとため息をついて、引きあげる用意をした。「あのアイザックスタインのやつはぐっすり眠ってるんだね」と、ややうらやむようにいった。「この騒動で、やつはがっくりきちまうはずなのにな」それから、フィッシュのほうを見て、「おや、あんたは服を着る暇があったんですね」と付け加えた。

「ええ、急いでひっかけてきたんです」と、アメリカ人は答えた。

「いい心掛けだ。こんなパジャマ姿じゃ、うすら寒い」ケイタラム卿はあくびをした。

そしてみんなは憂鬱な気分で、それぞれのベッドへ引きあげた。

18　第二の夜の冒険

翌日の午後、アンソニーが列車から降りたときに最初に会った人間は、バトル警視だった。彼は思わずにっこり笑った。

「契約どおりに帰ってきましたよ。あなたはそれを確かめにここへきたわけですね？」

バトルは首を振った。「わたしはそんなことは心配していませんでしたよ、ケイドさん。たまたまロンドンへ行くことになっただけです」

「あなたには人を信じやすいところがあるのですかね、警視」

「そう思いますか？」

「いや、あなたはずるい――非常にずるいと思いますよ。静かな川は深い、といいますからね。ほんとにロンドンへ行くのですか？」

「そうですよ」

「なぜ？」

警視は答えなかった。

「あなたは案外おしゃべりなんだな、もっとも、ぼくが好きなのはそこなんですがね」と、アンソニーはいった。

バトルの目の奥で何かがきらっと光った。「あなたの仕事のほうはどうでした？　何か収穫がありましたか」

「失敗でしたよ、警視。それで二度も見当違いをやらかしたんだから、われながら情ない話ですよ」

「どういう狙いだったのですか？」

「ぼくはケイタラム家のフランス人の家庭教師を怪しいと思ったのです。一つの理由は、すぐれた推理小説の原則に照らしてみて、彼女は犯人にもっとも似つかわしくない人物であること。もう一つの理由は、あの悲劇の晩に、彼女の部屋に明かりがついていたこと」

「それはあまりあてにならんでしょうな」

「おっしゃるとおりです。ぜんぜん見当違いでした。しかし、彼女はケイタラム家へ来てからまだ日が浅いということや、それに、怪しげなフランス人があの屋敷をうろつき回っているのを発見したこともあって、つい。その男については、ご存じなんでしょう？」

「シェルという名前で、クリケッターズに泊まっている男のことですね、絹商人の？」

「そうです。あいつはどうなんですか？　ロンドン警視庁としては、どう見てるんですか？」

「彼の行動は不審ですな」バトルは無表情な調子でいった。

「すこぶる不審ですよ。そこで、ぼくは二と二を足したわけです。家の中のフランス人の家庭教師と、外をうろついている怪しげなフランス人とを。そして、彼らはぐるになっているにちがいないと見当をつけて、マドモアゼル・ブランが最近まで十年間いっしょに住んでいたという伯爵夫人に面談するために、急いでフランスへ行ったわけです。ぼくはその伯爵夫人が、マドモアゼル・ブランなどという女をぜんぜん知らないだろうと予測していたのですが、それはまちがいでした。あの家庭教師はほんものです」

バトルはうなずいた。

アンソニーは話をつづけた。「じつは、ぼくは彼女とはじめて会ったその瞬間に、ぼくはまったくの見当ちがいをしているのじゃないかという気がしていたのですよ。彼女はどう見ても典型的な家庭教師でしたからね」

バトルはまたうなずいた。「しかしね、ケイドさん、いつもそれをあてにするわけにはいきませんよ。女は特にさまざまな変装ができますからね。わたしはある美人が髪の色を変え、土色の着色剤を顔に塗り、瞼を少し赤く染め、そしてなかでも最も効果的だったみすぼらしい服装をすることによって、彼女をよく知っている者でさえ、十人中九人までが彼女だとわからなかったという例を知っています。その点、男は不利ですな。眉毛をどうにかするとか、ひげをのばすとか、義歯を入れるとかして、全体的な印象を変えることはできますが、しかし、かならず耳が見える——耳には非常に多くの個性的特徴があるのですよ」

「そうじろじろぼくを見ないでくれよ、警視」と、アンソニーは訴えた。「なんだかうす気味が悪いな」

「わたしは付けひげやドーラン化粧の話をしているのではありませんよ」と、警視はいった。「それは小説のためのものです。そうではなくて、正体がわからないほどうまく変装できる男は、数少ないということなのです。じっさいの話、わたしの知っている限りでは、変装の天才といえるやつはたった一人しかいません。キング・ヴィクターという男ですが、聞いたことがありますか?」

警視の質問の仕方は鋭く、意表を突くような力が感じられたので、アンソニーは口から出かかった言葉を半ば抑えて、「キング・ヴィクター?」と、訊き直してから、記憶をたどった。「そう、どこかで聞いたような気がしますね」

「世界中でもっとも有名な宝石泥棒の一人です。父親はアイルランド人で、母親はフランス人。少なくとも五カ国語を自由に話せる。長いあいだ服役していたのですが、二、三カ月前に出所しました」

「ほう。で、いまどこにいるか、わかっているのですか？」

「いや、それがわれわれの知りたいところなのですよ、ケイドさん」

「何やら話の筋が込み入ってきましたね」と、アンソニーは気軽にいった。「だけど、そいつがここに現われる可能性はないでしょう。政治的な回顧録なんかに関心を持つわけがありませんからね——関心のあるのは宝石だけなんでしょ？」

「それは何ともいえませんよ」と、バトル警視はいった。「なぜなら、やつはすでにここに来ているかもしれないからです」

「第二の従僕に化けて？　すばらしい。あなたは耳で彼を見破って、お手柄をあげられるかもしれないわけですな」

「冗談がお好きですね、ケイドさん。ところで、スティンズで起きた奇妙な事件を、あなたはどう思います」

「スティンズ？」と、アンソニーは訊き返した。「スティンズで何が起きたんです？」

「土曜日の新聞に出ていますよ。あなたはごらんになったろうと思ったのですが——ある男の射殺死体が道路のわきで発見されたのです。外国人です。今日の新聞にも報道されていました」

「ああそうか、そんなことが書いてありましたね」アンソニーは無頓着にいった。「もちろん自殺じゃないでしょうな?」

「ええ、凶器が発見されませんでしたから。まだ身元が確認されていないのです」

「あなたは非常に関心を持っているようですね」アンソニーは微笑しながらいった。

「しかし、ミカエル王子の死とは何も関係がないんでしょう?」

彼の手はべつに震えていなかった。眼も落ち着いていた。バトルが妙に熱心に彼を見つめているような気がするのは、彼の勘ぐりすぎだろうか?

「どうも殺しが流行っているようですが、しかし、何も関連はないのでしょう」

ちょうどそのとき、ロンドン行きの列車が構内へ入ってきて、バトルは赤帽を手招きしながら立ち去った。アンソニーはかすかに安堵の吐息をついた。

やがてチムニーズの屋敷へもどると、彼は思案顔で広い庭園を横切って行った。あの重大な意味を持つに至った木曜日の夜に彼が来たときと同じ方向から、家へ近づいてみようと思ったのだ。そして家の近くまでくると、階上の窓々を見上げながら、彼が明かりのついているのを見たのはどの窓であったのかを、記憶に照らしてもう一度確かめようとした。はたしてそれは、ほんとうに端から二番目の窓だったのだろうか?

そうするうちに、彼は一つの発見をした。建物の端の少し手前が屈折していて、その角の向こうのやや後ろへ下がった壁面に窓が一つ付いていた。そして、ある地点に立つと、その窓が端から一番目の窓に数えられ、会議室の上の最初の窓が二番目の窓になる。しかし、そこから二、三ヤード右へ移動すると、会議室の横の屈折した角の部分が建物の端のように見える。したがって、一番目の窓は見えず、会議室の上の二つの窓が端から一番目と二番目の窓のように見えるのだった。彼は窓に明かりがついたのを見たとき、正確にどの地点に立っていたのだろう?

その問題は、はっきりとした答えを出すのが難しかった。わずか一ヤードほどの差で、まるっきり違ってしまうからだ。しかし、はっきりいえることが一つあった。彼が明かりのついたのを見た窓は、端から二番目の窓だったといったのは、誤りであるかもしれないことだ。同等な確率で、それは三番目の窓であったかもしれないのだった。

さて、三番目の部屋はだれが泊まっているのだろうか? アンソニーはできるだけ早くそれを調べようと思った。そして運よく、広間でトレドウェルが大きな銀のティー・ポットを盆の上においているところに出会った。広間にはほかにだれもいなかった。

「やあ、トレドウェル、ちょっと訊きたいことがあるのだけど」と、アンソニーは彼に話しかけた。「この建物の西側の端から三番目の部屋に――つまり、会議室の上になるわけだが――そこにはだれが泊まっているのです？」

トレドウェルはしばらく考えた。「そこはアメリカの紳士の――フィッシュさんの――お部屋になっております」

「あっ、そう。どうもありがとう」

「いいえ、どういたしまして」

トレドウェルは立ち去りかけてから、足を止めた。ニュースをまっ先に知らせたいという欲望は、司教のように尊大な執事を並みの人間にしたのだ。「ゆうべ起きた出来事を、もうお聞きになりましたか？」

「いや、ぜんぜん。ゆうべ何か起きたの？」

「泥棒が入ったのです！」

「ほんとうですか？　何か盗まれたの？」

「いいえ。泥棒どもは会議室の中にあったよろいをばらばらに壊している最中に見つかって、逃げ出したのです。不幸にして捕まえることはできませんでした」

「それは驚いたな。また、会議室でね。外から侵入したわけだね？」

「はい、窓をこじ開けて入ったのではないかと思われます」

トレドウェルは彼の情報が関心を惹いたことに満足して引き下がろうとしたが、急に立ち止まると、しかつめらしく詫びた。「これは大変失礼いたしました。あなたさまがお入りになった音が聞こえませんでしたし、まさかわたくしの後ろに立っていらっしゃるとは思わなかったものですから」

彼に衝突されたアイザックスタインは、鷹揚に手を振った。「いや、べつにけがをしたわけじゃない。気にしなくていいよ」

トレドウェルが引き下がると、アイザックスタインはアンソニーのほうへやって来て、安楽椅子に腰をおろした。「やあ、ケイド君、またもどってきたのか。昨夜のちょっとしたショウについては、いまぜんぶ聞いたようだね？」

「ええ。かなり物騒な週末だったようですね」と、アンソニーはいった。

「あれはこのあたりのやつらのしわざだろうと思うね。やり方がまずくて、素人臭い」

「このあたりによろいを蒐集している人でもいるのでしょうか？　よろいとは、妙なものを盗もうとしたものですね」

「まったく奇妙だね」と、アイザックスタインは同意した。それから少し間をおいて、ゆっくりといった。「どうもまずいことだらけだよ」彼の口調にはどことなく脅すようなところがあった。

「はあ？　どういう意味でしょうか」アンソニーは訊いた。

「われわれはなぜ、こんなふうにここに足止めされていなければならないのかね。査問会は昨日終わった。王子の死体はロンドンへ運ばれて、心臓麻痺で亡くなったと公表されることになっている。それなのに、まだだれもこの家から離れることが許されないのだ。ロマックス君もわしと同じように理由がわからないようだ。バトル警視に訊いてくれとわしにいっておった」

「バトル警視は何か奥の手を用意しているみたいですね」と、アンソニーは思案顔でいった。「で、だれもここから出さないことが、彼の計画を進める上で必須の条件になっているのではないでしょうか」

「しかし、こんなことをいっちゃ失礼かもしれないが、ケイド君、きみは出かけていたじゃないか」

「ぼくの足に紐がついていたのです。ぼくがずっと尾行されていたことは、疑う余地もありませんよ。ですから、たとえそうしようと思っても、拳銃か何かを始末するチャンスさえなかったでしょう」

「ああ、拳銃ね」と、アイザックスタインは考えながらいった。「あれはまだ見つかっていないそうだね？」

「ええ」

「通りがけに湖へ投げこんだのかもしれないな」

「たしかにそうかもしれません」

「バトル警視はどこにいるんだろう？　今日の午後は姿を見かけなかったが」

「ロンドンへ行きました。駅で彼と出会いましたよ」

「ロンドンへ行った？　ほんとか？　いつもどって来るといってた？」

「明日の早朝らしいですよ」

ヴァージニアがケイタラム卿とフィッシュ氏といっしょにやって来た。彼女はアンソニーに歓迎の微笑を投げた。「お帰りなさい、ケイドさん。昨夜のあたしたちの冒険についで、お聞きになった？」

「それはもう、大変に刺激的な一夜でしたよ」と、ハイラム・フィッシュがいった。

「わたしがレヴェル夫人を盗賊の一人と勘違いした話は、聞きましたか？」

「で、その盗賊は？」と、アンソニーが訊いた。

「みごとに逃げられました」フィッシュ氏は残念そうにいった。

「お茶を入れてくれないかね」ケイタラム卿がヴァージニアにいった。「バンドルがどこにいるのかわからないんだ」

ヴァージニアはその役を務めた。やがて彼女はアンソニーのそばに腰をおろして、「お茶がすんだら、ボート小屋へ来てちょうだい」と、小さくささやいた。「ビルとあたしから、あなたにいろいろ話したいことがあるのよ」それから彼女は、快活にみんなの会話に加わった。

ボート小屋での会合は支障なく行なわれた。ヴァージニアとビルは自分たちのニュースですっかり興奮していた。彼らは秘密会談にとって安全な場所は湖の真ん中のボートの上しかないということで意見が一致し、さっそくボートを漕ぎ出してから、昨夜の冒険の一部始終がアンソニーに説明された。ビルはちょっとすねているようだった。ヴァージニアが植民地野郎をぜひとも彼らの湖上会談に参加させたいと主張したことが、気に入らなかったのだ。

説明が終わると、アンソニーはいった。「まったく奇妙な事件ですね。あなたはどう解釈します？」と、ヴァージニアにたずねた。

「彼らは何かを探していたのだと思うわ」彼女はすぐさま答えた。「だって、泥棒にしちゃ変だもの」

「つまりやつらは、その何かが、よろいの中に隠されていると思ったわけですね。それは明白ですが、しかし、なぜ壁の鏡板をたたいたのですかね。まるで秘密の階段か何か、そういった種類のものを探していたような感じですね」

「チムニーズには、カトリック教が禁じられていた当時の聖職者の秘密の抜け穴があるのよ。秘密の階段があっても不思議はないわ。それはケイタラム卿に訊けばわかるでしょう。それよりも、まずあたしが知りたいのは、彼らはいったい何を探していたのかということなの？」

「回顧録じゃないな」と、アンソニーがいった。「あれはかなり大きな、扱いにくい小包でしたからね。何か小さなものでしょう、きっと」

「たぶん、ジョージが知っていると思うわ」と、ヴァージニアはいった。「彼からそれを訊き出せるかどうかわからないけど、とにかくあたしは前から、この事件の背後には何かあるらしいと思っていたのよ」

「あなたは一人しかいなかったといったけれども、しかし、ほかにもう一人いたかもしれないわけですね。あなたがフランス窓へ駆け出して行ったとき、すれ違いにだれかがドアのほうへ走って行ったような気配がしたと――」

「それはとてもかすかな音だったから、もしかしたらあたしの勘違いかも」

「そうかもしれないけれど、もしそれがあなたの勘違いでなかったら、その第二の男はこの家に泊まっているはずですね。とすると、ますます変だな――」

「何が変なの？」と、ヴァージニアがたずねた。

「ハイラム・フィッシュ氏は助けを求める叫び声を聞いて階下へ降りてきたとき、ちゃんと服装をととのえていたことです」

「そうね、何かありそうだわ。それから、アイザックスタインがあの騒ぎのあいだずっと眠っていたというのも、怪しいわ。そんなことができるはずないもの」

「それに、あのボリスとかいうミカエルの使用人だ」と、ビルがいった。「あいつはまぎれもない無法者の面相をしてるぞ」

「チムニーズは疑わしい人物だらけね」と、ヴァージニアはいった。「きっとほかの人たちは、同じようにあたしたちを疑っているわよ。バトル警視がこんなときにロンドンへ行ってしまうなんて、まったくどうかしてるわ。ところで、ケイドさん、例の怪しげなフランス人が庭園をうろついてるのを、あたしも二、三度見たわよ」

「そうなると、これはますます複雑怪奇な様相を呈してきたな」と、アンソニーがつぶやいた。「ぼくはあんなむだな調査に行ったりして、まったくばかなことをしちゃった。とにかく、この問題については、つぎの点に集約できるのじゃないでしょうか。つまり、やつらは昨夜探していたものを、はたして発見したのかどうか？」

「もし発見してなかったとしたら?」と、ヴァージニアはいった。「じっさいのところ、発見しなかったとあたしは思うわ」

「もしそうなら、彼らはきっと、もう一度やって来るでしょう。たぶんやつらは、バトル警視がロンドンへ行ったことを知っているか、もうすぐ知るにちがいない。とすれば、彼らは今夜ふたたび危険を冒して、探しに来るかもしれませんよ」

「ほんとにそう思う?」

「まあ、チャンスですよ。われわれ三人が組んでやればね。エヴァズレー君とぼくが、充分な用意をととのえて、会議室の中に待ち伏せていることに——」

「あたしはどうなるの?」と、ヴァージニアは遮った。「まさか、あたしをおいてきぼりにするつもりじゃないでしょうね」

「ぼくのいうことを聞いてくれ、ヴァージニア」と、ビルがいった。「いいかい、これは男の仕事——」

「ばかなことをいわないでよ、ビル。あたしは最初から関係してるのよ。見損っちゃいけないわよ。それじゃ、われわれ探偵団は今夜、待ち伏せすることにしましょう」

こうして話が決まり、細かい計画が練られた。そしてその晩、みんながそれぞれの寝室へ引きあげたあとで、探偵団の者は一人また一人、忍び足で階下へ降りて行った。彼らはみな懐中電灯を携帯し、アンソニーの上着のポケットには拳銃があった。

アンソニーは盗賊がふたたび何かを探しに来るだろうといったが、しかし彼は、それが外から来るとは思っていなかった。昨夜、暗闇の中でだれかがヴァージニアとすれ違ったような気がするという彼女の話を、信じたかったのだ。したがって、彼が古いオーク材の化粧台の陰に立ったとき、彼の目は窓のほうではなく、ドアに向けられていた。ヴァージニアはその反対側の壁ぎわのよろいの陰にうずくまり、ビルは窓ぎわに立った。

時間は際限なくすぎていった。柱時計が一時を打ち、三十分を知らせ、二時を打ち、また三十分を知らせた。アンソニーは体のあちこちが固く凝り、脚がしびれてくるのを感じた。彼の見込み違いで、今夜は探しにこないのかもしれないという結論に、次第に傾いてきた。

しかしやがて、彼ははっとして全神経を緊張させた。外のテラスのほうから足音が聞こえたのだ。ふたたび静まり返ってから、こんどは窓をこするようなかすかな音がした。それは急にやんで、フランス窓が静かに開かれた。そして、一人の男が敷居を越えて部屋へ入ってきた。

男はしばらくじっと立って、耳を澄ましながらあたりをうかがった。やがて満足した様子で、持っていた懐中電灯をつけ、すばやく部屋をひと回り照らし出した。張り込んでいる三人は息を凝らした。男は何一つ異常を発見しなかった様子で、昨夜調べていた鏡板の壁のほうへ歩いて行った。

そのとき、ある恐ろしい知覚がビルを襲った。くしゃみが出そうだ！　ゆうべ夜露に濡れた庭園をがむしゃらに駆け回ったために、あとで少し寒けがして、今日は一日中断続的にくしゃみをしていた。いまもくしゃみが出ようとしている——どんなことをしてもそれは止められないだろう。

彼は考えられるあらゆる対応策をとった。上唇を強く押さえ、つばを飲み、首を後ろへそらして天井を睨んだ。最後の手段として、鼻をつまんでぎゅっとねじった。それもぜんぜん効果がなかった。ついにくしゃみが出た。音を押し殺した、気の抜けたようなくしゃみだったが、静まり返った部屋の中ではびっくりするほど大きな音がした。

侵入者がくるりと振り向いた。同じ瞬間にアンソニーが行動した。ぱっと懐中電灯をつけて、男に飛びかかった。つぎの瞬間、二人はとっ組み合ったまま床の上に転げた。

「電気をつけろ」と、アンソニーが叫んだ。

ヴァージニアがすかさずスイッチを入れた。今夜はまちがいなく煌々とシャンデリヤがともった。アンソニーは男の上に乗っていた。ビルは助太刀するために、そのそばに腰をかがめた。

「どれ、きさまが何者なのか、顔を見せてもらうぜ」と、アンソニーはいった。

彼は男を転がして仰向けにした。それは手入れの行きとどいた黒いあごひげのある、クリケッターズの泊まり客だった。

「おみごとですな」という声がした。

彼らはびっくりして振り返った。バトル警視の大きな姿が部屋の通路に立っていた。

「おや、ロンドンへ行ったはずの人が――どうしたのです」と、アンソニーはいった。

バトルの目が輝いた。「あなたはそう思ったのですか？　そうですか。もしわたしがほんとうにロンドンへ行ったと思われていたのなら、首尾よくいくかもしれませんな」と、彼はいった。

「そう、うまくいきましたよ」アンソニーはそう答えて、降伏した敵を見下ろした。驚いたことに、男の顔が微笑していた。

「立ちあがっていいでしょうか？」と、男はたずねた。「三対一じゃ、降参です」

アンソニーは親切に彼の手を引っぱって立たせた。男は上着の襟を正して、バトルへ鋭いまなざしを投げた。「失礼ですが、あなたはロンドン警視庁の方ですね？」

「そうです」と、バトルはいった。

「それでは、わたくしの信任状をお見せしましょう」彼は後悔したような苦笑を浮かべた。「もっと前にそうしたほうが利口でしたな」

彼はポケットから書類を取り出して、ロンドン警視庁の刑事に手渡してから、上着の襟の裏を返して、そこにピンで留められているものを見せた。

バトルは驚きの声をあげ、すばやく書類に目を通してから、軽く頭を下げてそれを男に返した。「手荒なことをして申しわけありません、ムッシュー。しかし、それはあなたご自身が招いたことですよ」と、彼はいった。

彼はほかの三人のけげんな表情に気づくと、にっこり笑っていった。「この方は数日前からおいでになることがわかっていた同僚なのです——パリ警視庁のルモワーヌさんです」

19　秘められた過去

フランスの刑事は啞然と見つめる彼らに微笑を投げながらいった。「じつは、そうなんです」

ヴァージニアは考え方を全面的に再調整するための間をおいてから、バトルを振り返った。

「あたしが何を考えているかおわかりになる、警視？」

「さあ。何を考えていらっしゃるのです、レヴェル夫人？」

「あたしたちに少し情報を与えるべき時が来たのだと、あたしは思っているのよ」

「情報を与える？　どういうことなのか、よくわかりませんが」

「よくわかってるはずだわ、バトル警視。ただ、ジョージ・ロマックスが秘密を守れという勧告であなたをがんじがらめにしているのよ――ジョージのやりそうなことだわ――でも、あたしたちがその秘密につまずいて、某大な害をもたらすままにしておくよりも、あたしたちに話したほうがいいと思うわ。ルモワーヌさん、あなたも賛成でしょ？」

「大賛成です、マダム」

「わたしもそれは、永久に暗闇に隠しておくことはできないのだと、何度もロマックスさんにいいました」と、バトルはいった。「エヴァズレーさんはロマックスさんの秘書ですから、知っておくべきことを知らされても、いっこうに差し支えないわけですし、ケイドさんについていえば、彼は否応なしにこの問題に巻き込まれてしまったわけですから、どういうことになっていたのかを知る権利があると思います。しかし――」バトルはとまどった。

「わかってますよ。女はものの分別がなさすぎるとおっしゃりたいのでしょ！」と、ヴァージニアはいった。「それはジョージの口癖なのよ」

彼女をじっと見つめていたルモワーヌが、そのときバトルを振り返った。「あなたはさっき彼女をレヴェル夫人と呼びましたね？」

「それがあたしの名前ですから」と、彼女はいった。

「かつてあなたのご主人は外交官だったのですね？　そしてあなた方は、ヘルツォスロヴァキアの国王夫妻が暗殺される直前まで、あそこに駐在していましたね？」

「はい」

ルモワーヌはふたたびバトルを振り返った。「わたしは、マダムもその話を聞く権利があると思いますよ。彼女は間接的に関係していたのです。それに――」彼の目がきらっと輝いた――「マダムが思慮分別のあることは、外交官仲間では非常に評判が高いのです」

「あたしを推奨してくださって、嬉しいわ」ヴァージニアは笑いながらいった。「これであたしは除け者にされなくて、ほんとによかったわ」

「お茶にしませんか？」と、アンソニーはいった。「検討会はどこで開きます？ ここにしますか？」

「もし差し支えなければ、わたしは朝までこの部屋を離れたくありません」と、バトルはいった。「その理由は、みなさんが話をお聞きになればわかるでしょう」

「それじゃ、食糧などを仕入れに行ってきます」と、アンソニーはいった。ビルは彼といっしょに出かけて、グラスやサイフォン瓶その他の必要品を運んできた。こうして増強された探偵団は窓ぎわの一隅に結集し、長いオーク材のテーブルを囲んでそれぞれの席についた。

「これからお話しすることは、いままで極秘にされ、もちろん口外してはならない建前になっています」と、バトルは語りはじめた。「しかしわたしは、それがいつかは明るみに出るだろうと思っていました。なんでもすべて内密にしたがるロマックスさんのような人たちは、そうすることによって思わぬ事態を招く危険を冒しているわけです。さて、ことの発端は、七年ほど前にさかのぼります。当時、いわゆる再編成なるものが大いに行なわれ、とくに中近東で盛んでした。例のスティルプティッチ伯爵が黒幕に立って、イギリスで内密工作をしていたのです。バルカン諸国はぜんぶそれに加わり、当時はイギリスに各国の王族が大勢つめかけていました。詳細ないきさつは、のちほどここにおられるルモワーヌさんに説明していただこうと思いますが、とにかくそのような情勢の中で、あるものが突然紛失したのです——ほとんど信じられないような手段で、姿を消したのです。ただし、二つのことがわかっています——それを盗んだのはある国の王族であったことと、同時にその首謀者はある名人クラスのプロの泥棒であったことです。では、その間のいきさつを、ルモワーヌさんに説明していただきましょう」

フランス人は丁寧にお辞儀をしてから話しはじめた。「イギリスのみなさんは、わが国では有名な怪盗キング・ヴィクターをご存じないかもしれませんが、彼は非常に勇気のある豪胆な男で、五カ国語を自由に話すことができ、変装にかけては並ぶ者のない天才なのです。彼の本名はだれも知らず、父親はアイルランド人かイギリス人だといわれていますが、彼自身はおもにパリで仕事をしていました。いまから八年ほど前も、彼はじつに大胆な窃盗をつぎつぎにやってのけながら、キャプテン・オニールという名で住んでいたのです」

ヴァージニアが驚きの声を洩らした。ルモワーヌはちらっと鋭い視線を彼女に投げた。

「マダムがどうして驚かれたのか、わたしにはわかっていますが、しばらくするうちに、みなさんにもおわかりになることでしょう。ところで、そのキャプテン・オニールなるものがキング・ヴィクターであることは、当時のパリ警視庁の捜査課では察しがついていたのですが、なかなか証拠がつかめませんでした。それからまた、フォリ・ベルジェール座にアンジェール・モリという若い芸達者な女優がいて、彼女がキング・ヴィクターとぐるになっていることも、ある時期にはかなり疑いを持たれていたのですが、これもまったく証拠があがらなかったのです。

ちょうどそのころ、パリはヘルツォスロヴァキアの若い国王ニコラス四世を迎える準備をしていました。警視庁は国王の安全を確保するために、特別な警戒態勢をとりました。そしてとくに、レッド・ハンド党と称するある革命組織の活動を厳重に警戒することに重点がおかれました。というのは、その党員がアンジェール・モリと接触して、もし彼女が彼らの計画に協力するなら大金を支払うという話をもちかけたことがわかったからです。彼女の役目は若い国王を惑わせて、彼らとしめし合わせた場所へ国王をおびき寄せることだったのです。アンジェール・モリは金を受け取り、その役目を果たすことを約束しました。

しかしこの若い女は、彼女を雇った連中が思ったよりもずっと利口で、野心的だったのです。彼女は国王の心をとりこにすることに成功しました。国王はすっかり彼女に惚れて、宝石をどっさり彼女に注ぎこみました。ところが彼女は、国王の愛人ではなくて、女王になろうという野心を燃やしたのです！　ご存じのとおり、彼女はその野心を実現しました。彼女はロマノフ王家の親戚のヴァラガ・ポポフスキ伯爵夫人としてヘルツォスロヴァキアに紹介され、結局、ヘルツォスロヴァキアのヴァラガ女王になったのです。パリの三文女優にとっては、悪くない身分だったでしょう。彼女はその役目を非常にりっぱに務めたという話でした。しかし、彼女の成功は長つづきしませんでした。レッド・ハンド党の同志たちは彼女の裏切りに憤慨して、二度も彼女の暗殺を企てました。そしてついには、国内の気運を盛り上げて革命を起こし、その争乱の中で国王夫妻は惨殺されました。賤しい生まれの外国人の女王に対する大衆の怒りの激しさを物語るかのように、彼らはずたずたに切断されて、ほとんど見分けがつかないような遺体となって発見されたのです。

ところで、ヴァラガ女王はその間ずっと、彼女の相棒でもあったキング・ヴィクターと接触を保っていたらしいのです。彼女を女王に仕立てたのも、彼の大胆な計画だったのかもしれません。とにかく、彼女がヘルツォスロヴァキアの宮殿から秘密の暗号で彼と連絡をとっていたことは、確かです。それらの手紙は安全をはかって英語で書かれ、当時大使館にいたあるイギリス人女性の名前で署名されました。たとえ調査されて、問題の女性がその署名を否認しても、それらの手紙はよこしまな女が愛人に送ったものなので、彼女の話は信じてもらえなかったかもしれません。レヴェル夫人、あなたの名前が使われていたのです」

「なるほど、それがあの手紙の真相だったのね！」ヴァージニアは複雑な表情でいった。

「あたし、考えに考えたけど、そこまでは思いつかなかったわ」

「ひどいことをするものだ」ビルが憤然としていった。

「それらの手紙はパリのキャプテン・オニールに宛てられていました。その主要な目的が何であったのかは、後に判明した奇妙な事実がそれを説明しているようです。国王夫妻が暗殺された後、王冠の宝石の多くが暴徒の手に渡り、やがてパリへ流れてきたわけですが、重要な宝石の十中八、九までがにせものとすり替えられていたことが判明しました——ヘルツォスロヴァキアの宝石の中で最も有名ないくつかの宝石が、すり替えられていたわけです。つまり、アンジェール・モリは女王になってからもまだ、以前の活動をつづけていたのです。

ここまでご説明すれば、われわれがどんな結論に達していたかは、もはやおわかりでしょう。ニコラス四世とヴァラガ女王はイギリスを訪問し、当時外務大臣であった先代のケイタラム侯爵の賓客になりました。ヘルツォスロヴァキアは小国ですが、ないがしろにできなかったのです。つまり、王族であると同時に熟練した宝石泥棒であったヴァラガ女王が、国賓として歓待されることになったわけです。そしてまた、すり替えられたにせものが専門家以外のだれにもそれとわからないほど精巧なものであったことから、キング・ヴィクターによって作られたものであることも疑いありません。じっさいのところ、大胆不敵な犯行の手口は、彼が首謀者であったことを明確に示していたのです」

「いったい何が起こったの？」と、ヴァージニアが訊いた。

「極秘です」と、バトル警視は簡潔に答えた。「そのことについては、今日までいっさい公表されていません。われわれは内密にあらゆる手を尽しました──あなた方の想像もつかないことまでやりました。そのようなわけで、あの宝石がヘルツォスロヴァキアの女王の手でイギリスから持ち出されなかったことは確かです。そう、女王はそれをどこかに隠したのです──しかし、それがどこなのか、われわれにはどうしてもわからなかったのです。ただ、わたしはどうも――」彼はゆっくりと視線をあたりにさまよわせながらいった――「この部屋のどこかにあるのではないかという気がしてならないのです」

アンソニーは飛びあがった。「なんですって？　それからもう何年もたつのに、まさかそんな！」と、信じられないように叫んだ。

「あなたは当時の特殊な情況をご存じないから、そうおっしゃるのです」と、フランス人がすばやくいった。「それからわずか二週間後に、ヘルツォスロヴァキアで革命が起こり、国王と女王は殺害されました。また、キャプテン・オニールもパリで逮捕され、比較的軽い罪で刑務所に送られました。われわれは彼の家を捜索して暗号の手紙を手に入れようとしたのですが、これはあるヘルツォスロヴァキア人の仲介者が盗んだらしいのです。その男は革命の直前にヘルツォスロヴァキアに現われたのですが、その後はまったく行方不明です」

「たぶん彼は外国へ行ったのでしょう」と、アンソニーは思案ありげにいった。「おそらくアフリカへ。そしてきっと彼は、その手紙の包みを後生大事に持っていたのでしょう。彼にとっては金鉱みたいなものだったでしょうから。ひょっとしたら、彼はダッチ・ペドロとかいう名で呼ばれていたかもしれませんよ」

彼はバトル警視の無表情なまなざしが自分にそそがれているのに気づいて、にやりとした。

「いまの話は千里眼みたいに聞こえるでしょうが、べつにそうじゃないのです。ま、あとで話しましょう」

「まだあなたが説明していないことが一つあるわ」と、ヴァージニアはフランスの刑事にいった。「それと回顧録はどこで繋がるのかしら。きっと繋がりがあるはずだわ」

「マダムは頭の回転が速いですね」と、ルモワーヌは感心したようにいった。「そう、繋がりがあります。スティルプティッチもあのときチムニーズに泊まっていたのです」

「で、彼はそのことを知っていたかもしれないわけね？」

「そのとおり《パルフェトマン》」

バトルがいった。「ですから、もし彼がそれを回顧録の中で暴露していたら、これは大変な騒ぎになるでしょう。その事件がいままで伏せられていただけに、なおさらです」

アンソニーはタバコに火をつけた。「あの回顧録の中に、宝石がどこに隠されたのかを知る手がかりになるものがある可能性は、ぜんぜんないのですか？」

「おそらくないでしょう」バトルはきっぱりといった。「彼は女王と仲が悪かったのです——彼女の結婚に真っ向から反対したこともあって。ですから、彼女がそんなことを彼に打ち明けたとは考えられません」

「それはそうでしょうが、しかし彼は抜け目のない古狸だったようですから、ひょっとすると、彼女に知れないようにして宝石の隠し場所を発見したかもしれませんよ。その場合、彼はどうしたでしょうかね？」

「そっとしておいたでしょう」バトルはちょっと考えてから答えた。

「わたしもそう思う」と、フランス人はいった。「当時は難しい時期でした。匿名で宝石を返却することも困難だったでしょう。しかも、そのありかを知っているということは、彼に大きな力を与えるわけです——そして彼は権力を好みました。女王の弱みをつかんでいるということは、いつでもそれを強力な武器として使って、交渉ができるということです。しかもそれは彼の握っているただ一つの秘密というわけではありません——彼は骨董好きな人たちが珍しい陶器を蒐集するのと同じようにして、秘密をあさり、買い集めていたのです。彼は死ぬ前に一度か二度、大勢の人にそのことを自慢し、気が向いたら公表するかもしれないといったり、またあるときは、回顧録の中で驚くべき秘密を暴露してやるつもりだと語ったこともあります。したがって——」フランス人はやや冷ややかな微笑を浮かべた——「みんながやっきになってそれを手に入れようとするわけです。わたしたちの秘密警察もそれを取り押さえようとしたのですが、伯爵は抜け目なくそれを、死ぬ前にこっそり運び出していました」

「しかし、彼が問題の秘密を知っていたと信ずるに足る確実な根拠は、何もないのですよ」と、バトルがいった。

アンソニーは穏やかにそれに反駁した。「失礼ですが、じつは彼自身の言葉があるのです」

「えっ?」二人の刑事は自分たちの耳が信じられないといった目で彼を見つめた。

「マグラス君がぼくにあの原稿をイギリスへ持って行ってくれと頼んだとき、彼はスティルプティッチ伯爵とめぐり合ったいきさつを説明してくれました。場所はパリで、マグラス君はかなりの危険を冒して伯爵をならず者の一団から救ったのです。それでたぶん伯爵は、それに感激して多少口が軽くなったのでしょうか、かなり興味深い話を二つ、彼に語ったのです。一つは、伯爵がコイヌールのありかを知っているという意味のことで――この話については、ぼくの友人はほとんど関心を持たなかったようです。伯爵はまた、彼を襲ったならず者どもはキング・ヴィクターの手下だといったそうです。この二つを合わせると、非常に重要な意味を持ってくる」

「そうですとも、大変な意味になります」と、バトル警視は驚きの声をあげた。「ミカエル王子の殺害事件さえも、様相が一変してしまいます」

「キング・ヴィクターは決して殺しをしなかった男ですよ」と、フランス人は彼に注意した。

「しかし、彼が宝石を探していたときに、不意を突かれたのだとしたらどうでしょう？」

「じゃ、彼はイギリスにいるのですか？」と、アンソニーが鋭くたずねた。「彼は二、三カ月前に釈放されたそうですが、尾行をつけなかったのですか？」

フランスの刑事の顔に自嘲的な笑みが広がった。「つけることはつけたのです。しかし、あの男はまったく手に負えないやつでしてね。あっという間にまかれてしまったのです。当然われわれは、彼がまっすぐイギリスへ向かったのだと思いました。ところが、そうじゃなかった。どこへ行ったと思います？」

「どこです？」アンソニーはマッチ箱を無意識にもてあそびながら、フランス人のほうを熱心に見て訊き返した。

「アメリカです。合衆国です」

「なんだって？」アンソニーの声には嘘いつわりのない驚きの色があった。

「そして、彼は自分をなんと名乗っていたと思います？　彼はアメリカでどんな役を演じていたと思います？　ヘルツォスロヴァキアのニコラス王子の役ですよ」

アンソニーの手からマッチ箱が落ちた。しかし、同様な驚きの声をあげたのはバトルだった。

「まったく信じられない！」

「いや、明日の朝には、あなた方もそのニュースをお聞きになるでしょう。じつに大胆なはったりを演じたわけです。ご存じのとおり、ニコラス王子は何年か前にコンゴで死んだと噂されていました。われらが友、キング・ヴィクターは、そのような死が確認の難しいことに目をつけて、ニコラス王子を生き返らせ、まんまと王子になりすまして、将来を見込んだ石油の利権をネタに、アメリカ資本から莫大な金をだまし取っていたのです。しかし、ほんの偶然の出来事からそれが発覚して、彼はアメリカから逃げ出さなければならなくなりました。そしてこんどはイギリスへやって来たのです。わたしがここにいるのは、そのためです。遅かれ早かれ、彼はチムニーズへ来るでしょう——もしまだここにいないとすればの話ですが」

「その点は、どう思いますか？」

「彼はミカエル王子が殺された晩も、昨夜も、ここにいたとわたしは思います」

「あれを探しに？」とバトルが訊いた。

「そうです」

「じつはわたしは、あなたがどうなったのだろうかと、気にしていました」と、バトルはいった。「あなたがわたしといっしょに仕事をするためにこちらへ向かったという知らせを、パリから受けていましたし、あなたがなぜ姿を現わさないのか、わけがわからなかったので」

「申しわけございませんでした」と、ルモワーヌは謝った。「わたしは殺人事件の翌朝、当地に着きました。そして、あなたの同僚として公式に姿を現わすよりも、非公式な立場から捜査したほうがうまくいくかもしれないとすぐに思いついたのです。もちろん、そうすれば必ずわたしが疑惑の対象になるだろうということは気づいていましたが、しかしその反面、わたしが追跡している連中を警戒させずにすむため、計画を進めやすくなるだろうと考えたわけです。じっさい過去二日間に、いろいろと興味深いことを目撃しましたよ」

「すると、昨夜の事件もご存じなんですね？」と、ビルがいった。

「はい。じつは、あなたに少々手荒なことをしてしまったのではないかと、心配していました」と、ルモワーヌは答えた。

「何ですって？　じゃ、ぼくが追いかけた相手は、あなただったのですか？」

「そうです。そのいきさつを説明しましょう。わたしはここへ見張りにきたのです――ミカエル王子はこの部屋で殺されたのですから、例の秘密はこの部屋に関係があるにちがいないと思ったからです。わたしは外のテラスに立っていました。するとまもなく、だれかがこの部屋の中で動き回っていることに気づきました。ときどき懐中電灯の光も見えました。試しに中央のフランス窓の把手を回してみますと、鍵がかかっていないことがわかりました。犯人がそこから部屋へ侵入したのか、あるいはあとで疑いをかけられた場合に、言い逃れの材料にするためにそうしておいたのか、その点はわかりません。とにかくわたしはその窓をそっと開けて、中へ忍び込みました。そして一歩一歩暗闇の中をさぐりながら、わたし自身は見つからないようにして、相手の動きを見張ることのできる地点まで行きました。男の顔や服装などは、はっきり見えませんでした。もちろん男はわたしに背を向けていましたし、懐中電灯の光で影絵になって、輪郭しか見えなかったのです。しかし、彼の行動には驚きました。二つあったよろいをつぎつぎにばらしながら、その破片を一つずつ調べていました。それから、彼の探しているものがそこにないことがわかると、こんどはあの絵の下の鏡板の壁をこつこつとたたきはじめたのです。男がつぎに何をしようとしていたのかは、わかりません。邪魔が入ったのです。あなたが飛び込んできて――」彼はビルを見た。

「あたしたちの善意の行動があなたの捜査の妨害になってしまって、ほんとに残念だわ」と、ヴァージニアが思慮深くいった。

「たしかにマダム、残念なことをしました。男は懐中電灯を消し、わたしはまだ身元を明らかにされたくなかったので、窓のほうへ逃げ出しました。その途中の暗闇の中でほかの二人と衝突し、前にのめって倒れました。それから急いで起きあがり、フランス窓から外へ飛び出すと、エヴァズレーさんがわたしを犯人と勘違いして追いかけてきました」

「最初にあなたを追いかけて行ったのは、あたしよ」と、ヴァージニアはいった。「ビルはあのレースではびりだったわ」

「結局あの男は賢くじっとしていて、ドアからこっそり逃げ出したわけだ。しかし、やつは救援に駆けつけてきた者たちと出会わなかったのだろうか」

「それはべつに問題にならなかったでしょう」と、ルモワーヌはいった。「彼はだれよりも早く救援に駆けつけたことになるだけでしょうから」

「すると、あのアルセーヌ・ルパンのやつは、この家に泊まっている者たちの一人だと、あなたはにらんでいるのですか?」と、ビルが目を輝かしてたずねた。

「そう見るのが当然でしょう」と、ルモワーヌは答えた。「彼は使用人の一人に化けることもできます。たとえば、亡くなったミカエル王子の忠実な側用人のボリス・アンチューコフかもしれませんよ」

「あいつは一癖ありそうな面をしてるよ」と、ビルが同意した。

しかし、アンソニーはにこにこ笑っていた。「ルモワーヌさん、あいつはあなたにふさわしい相手とは思えませんがね」と、穏やかにいった。

フランス人もにっこり笑った。

バトル警視がアンソニーに話しかけた。「あなたは彼をあなたの側用人に雇ったんじゃないのですか?」

「バトル警視、あなたにはかなわないな——なんでも知ってるんだから。しかし、些細なことをいえば、ぼくが彼を雇ったのでなくて、彼がぼくを相手に選んだのです」

「なぜそんなことをしたのですかね?」

「さあ、ぼくにもわかりません」と、アンソニーは軽く答えた。「奇妙な趣味ですけど、やつはぼくの顔が気に入ったのかもしれません。あるいは、あいつはぼくが彼の主人を殺したのだと思い込んで、その復讐をするのに都合のいい態勢をとろうとしたのかもしれませんね」

彼は立ちあがって窓のほうへ行き、カーテンを開けた。「夜が明けた」と、軽くあくびをしながらいった。「今のところ、もう騒動はないでしょう」

ルモワーヌも立ちあがった。「では、わたしはこれで失礼します。いずれまた、後ほどお会いするでしょうが」彼はヴァージニアにうやうやしく一礼して、フランス窓から出て行った。

ヴァージニアはあくびをしながらいった。「とても面白かったわ。さあ、ビル、いい子になって寝ることにしましょう。朝食には会えないかもしれないわ」

アンソニーは窓ぎわに立ったまま、帰って行くルモワーヌの後ろ姿を眺めていた。

バトルがアンソニーの後ろから話しかけた。「あなたにはそう思えないかもしれませんが、彼はフランスでは最も優秀な刑事だと目されているのですよ」

「そうですか。ぼくはそう思っていましたよ」と、アンソニーは考えこんだ表情でいった。

「あなたのおっしゃるとおり、今夜の騒動はこれでおしまいでしょう。ところで、ステインズの近くで発見された射殺死体のことですが、その話は憶えていらっしゃるでしょう?」

「ええ。それがどうかしたのですか?」

「べつに。ただ、その男の身元が確認されたのです。ジュゼッペ・マネリという男で、ロンドンのブリッツ・ホテルのウエイターだったそうです。ちょっと奇妙じゃありませんか?」

20　二人の協議

　アンソニーは何もいわなかった。ただ窓の外を見つづけていた。バトル警視は彼の動かない背中をしばらく見つめてから、「それじゃ、おやすみなさい」といって、ドアのほうへ向かった。

　アンソニーは振り返った。「ちょっと待って、警視」

　バトルは足を止めた。アンソニーは窓を離れた。シガレット・ケースからタバコを一本取り出して、火をつけた。そして煙をふかしながらいった。「スティンズの事件にずいぶん関心を持っていらっしゃるようですね」

「それほどでもないんですが、ただ、珍しい事件なものですから」

「あなたはその男が発見された場所で撃たれたと思いますか。それとも、どこかほかで殺され、死体がそこへ運ばれたのだと思いますか？」

「わたしは彼はどこかで殺されたあと、死体が車で運ばれたのだと思います」

「わたしもそう思います」と、アンソニーはいった。

何かを強調するような口ぶりが刑事をとまどわせたらしい。さっと見あげると、アンソニーに訊いた。「何か思い当たることがあるのですか。だれが彼を運んだのかを、ご存じなのですか？」

「ええ、ぼくが運んだのです」と、アンソニーは答えた。

それから、まったく動揺の色を見せぬ相手の平静な態度にいささかいらいらして、

「あなたはこれくらいのショックじゃ、平気なんですね」と、いった。

「感情を外に表わすなというのが、かつてわたしに課された鉄則でした。そしてこれは大変役に立つのです」

「なるほど、それに徹した刑事生活を送ってこられたわけですね。たしかにぼくは、あなたが腹を立てたのを見たことがない。それで、一部始終を聞きたいですか？」

「よろしかったら、どうぞ、ケイドさん」

アンソニーは椅子を二つ引き寄せて、彼らはそれに腰をおろした。それからアンソニーは木曜日の夕方から夜にかけての出来事を説明した。バトルは無表情で聞いていた。

アンソニーの話が終わったとき、彼の眼の奥で深い光がきらめいただけだった。

「あなたはいずれ、警察の厄介になるかもしれませんよ」と、バトルはいった。

「ということは、こんども鎖につながれることを免れたわけですか？」

「わたしたちはいつも、したい放題にさせておくことにしているのです。（自滅を期待してね）」

「その諺の後半の部分をいわないあたりは、なかなか思いやりがありますね」と、アンソニーはいった。

「それにしても、わたしにはさっぱりわからないんですが――なぜいまになってそれを白状する決心をしたのですか？」と、バトルはたずねた。

「それはちょっと説明しにくいんですが……。じつは、ぼくはあなたの能力を非常に高く評価するようになってきたわけです。肝心なときには、あなたは必ずそこに現われる。今夜もそうでした。そこでぼくは、ぼくの持っているこの情報を押さえているために、あなたの独自のスタイルをいちじるしく阻害しているのではないかと、思い立ったのです。あなたはあらゆる事実に対面する資格があります。ぼくはできる限りのことをやりましたが、いままでのところは、しくじってばかりです。今夜までは、ぼくはレヴェル夫人を裏切らないために、それを話すことができなかったわけです。しかしいまは、あの手紙は彼女となんの関係もないことが証明され、彼女が犯行に加わった可能性はまったくなくなりました。いま思うと、当初の彼女に対するぼくの助言が誤っていたかもしれませんが、しかし、ほんの気まぐれに手紙を押さえるためにあの男に金を払ったという彼女の供述は、こじつけと取られそうな気がしたのです」

「陪審員はそう思うでしょうな。彼らはまったく想像力がありませんから」と、バトルは同意した。

「しかし、あなたはそれを容易に受け容れることができるわけですか？」アンソニーはけげんな顔で彼を見つめながら訊いた。

「ねえケイドさん、じつはわたしの仕事の大半は、いわゆる上流階級の人たちが相手なのです。大多数の一般市民は隣の人々がどう思うだろうかといったようなことを、つねに気にしているものです。しかし、浮浪者と貴族はそうじゃありません――彼らは頭にまっ先に浮かんできたことをやるだけで、ほかの人が彼らのことをどう思おうと、そんなことには頓着しないのです。わたしがいっているのは、盛大なパーティを開いたりすることの好きな、単なる怠惰な金持ち連中のことではありませんよ。そうではなくて、何世代にもわたって、ほかの人の意見などおかまいなしに、自分自身の意見だけを重んじる人たちのあいだで生まれ、育てられてきた階級のことをいっているのです。わたしの経験では、上流階級の人間はみんな同じです――恐れることを知らず、嘘をつかず、そしてときどきまったくばかげたことをするのです」

「非常に興味深い講義ですね、警視。たぶんあなたも、いつかは回顧録を書くようになるかもしれませんね。大いに読む価値のあるやつをね」刑事はその提案を微笑で聞き流して、何もいわなかった。

アンソニーは話をつづけた。「一つ訊きたいことがあるのですが、あなたはステインズの事件とぼくを結びつけて考えたことがありましたか？　あなたの態度から見て、ぼくはどうもそんな気がしたのですが」

「たしかに、わたしはそんな予感がしました。しかし、それを裏づけるものが何もなかったのです。あなたの態度はじつにりっぱでしたからね、ケイドさん。あなたは決して軽率なことをやりすぎませんでしたよ」

「それはよかった」と、アンソニーはいった。「ぼくははじめてあなたに会ったときからずっと、あなたがぼくに小さな罠を仕掛けているような気がしていたのです。どうにかこうにかそれらの罠に落ちることは免れましたが、しかし神経を使いましたよ」

バトルはにやっと笑った。「それが犯罪者を追いつめる方法なのです。たえず逃げ回らせるわけです。犯罪者はあっちへ行ったりこっちへ来たり、左へ曲がったり右へ曲がったりして、せかせかと動き回っているうちに、遅かれ早かれ神経がまいって、降参してしまうのです」

「面白い人だな、あなたは。だけど、ぼくが降参するのはいつでしょうね？」

「したい放題にさせておけば、そのうち」と、警視はまた諺を引用した。

「ところで、ぼくはまだアマチュアの助手なんですか？」

「そうですとも」

「あなたがシャーロックなら、ぼくはワトスンというわけですね？」

「探偵小説はたいがい、たわごとです」バトルは無感動な口ぶりでいってから、ふと思いついたようにつけ加えた。「しかし、面白いことは面白い。しかも、ときには役に立つこともあります」

「どんなふうに？」アンソニーは好奇心に駆られて訊き返した。

「探偵小説は、警察はとんまだという一般的な先入観を助長しています。ですから、われわれが殺人事件というような素人の犯罪を扱う場合に、それがとても役に立ってくれるわけです」

アンソニーはしばらく黙って彼を見つめた。バトルは角ばった穏やかな顔になんの表情も浮かべずに、ときおりまばたきしながらじっと坐っていた。やがて彼は立ちあがった。「いまから寝ても、仕方がないな」と、つぶやいた。「侯爵が起きたらすぐ、お会いして話したいことがあるのです。もうこの家から出て行きたい人は、出て行っていいことにします。同時に閣下にお願いして、賓客たちが泊まっていたければそうすることができるように、非公式な招待をしていただくようにします。あなたはもし差し支えなければ、それに応じてください。レヴェル夫人にもそうしていただければと思います」

「例の拳銃は見つかりましたか？」と、アンソニーがだしぬけに訊いた。

「ミカエル王子を射った拳銃のことですか？　いや、見つかってません。しかし、きっとこの家の中か屋敷内に隠されているでしょう。あなたの話からヒントをいただいたので、部下を小鳥の巣まで登らせてみます。拳銃が手に入れば、われわれは少し前進するでしょう。それと、例の手紙の束ですな。チムニーズという差出人の住所が書いてあったのは、一通だけだとおっしゃいましたね？　きっとそれは最後に書かれた手紙ですよ。そして、ダイヤモンドのありかがその手紙に暗号で書かれているはずです」

「ジュゼッペ殺しについては、どんなふうに推測しますか？」と、アンソニーが訊いた。

「彼は本職の泥棒で、キング・ヴィクターかレッド・ハンド党に急所を握られ、彼らに雇われていたのだろうと思います。レッド・ハンド党とキング・ヴィクターが手を組んでいたとしても、不思議はありません。あの組織は金や力は豊かですが、頭脳のほうはあまり強くないのですよ。ジュゼッペの任務は回顧録を盗むことだったのでしょう——あなたが例の手紙を持っていることを、彼らは知らなかったはずですから。そもそもあなたがそれを持っていたというのは、まったく奇妙な偶然の一致でしたね」

「考えてみると、運命のめぐり合わせというのはほんとに不思議ですね」

バトル警視は話をつづけた。「ジュゼッペは回顧録の代わりに手紙を手に入れたわけですが、最初はがっかりしたでしょう。しかし、大衆紙の切り抜きを見て、その手紙をネタにしてレヴェル夫人をゆするというすばらしい計画を思いついた。もちろん彼は、それらの手紙のほんとうの意味をまったく知らなかったわけです。ところがレッド・ハンド党の同志たちは彼がそんなことをしようとしているのに気づいて、彼らを裏切ろうとしているのだと思い、彼に対して死の宣告を下した。彼らは裏切り者を処刑するのが、非常に好きなんです。一種のスリルと興奮が彼らにとっては魅力なのでしょう。ただ、難解な点は、〝ヴァージニア〟と彫られた拳銃が現場におかれていたことです。これはレッド・ハンド党のしわざにしてはあまりにも手が込みすぎています。彼らは原則的には、赤い手形を刷った紙をそこらじゅうに貼って、裏切るかもしれないやつらへの見せしめにしたりするのが好きなのです。いや、これはキング・ヴィクターが介在しているようにも思えますが、彼の動機がなんなのかがわからない。レヴェル夫人に殺人のぬれぎぬを着せるために、非常に巧妙に仕組まれているようにも見えます。しかし、なぜそんなことをしたのか、理由がはっきりしないのです」

「ぼくはある仮説を立ててみたのですが、これはみごとにはずれてしまいました」と、アンソニーはいった。

彼は、被害者はミカエル王子であることをヴァージニアが確認したために、その仮説が崩れてしまったことをバトルに説明した。バトルはうなずいていった。「そう、あれはまちがいなくミカエル王子です。ところで、なんとかいう例の男爵はあなたのことを最大級の賛辞で誉め称えていましたよ」

「それはずいぶんと親切なことだな。ぼくは彼に、だまし取られた回顧録を来週の水曜日までにかならず取り返すと、警告してやったんですよ」

「それはかなり骨が折れるでしょうな」と、バトルはいった。

「まあね――あなたもそう思いますか？　ぼくはあの手紙は、キング・ヴィクターかレッド・ハンド党の手に渡っていると思いますけど」

警視はうなずいた。「あの日、ポント街でジュゼッペから巻き上げたのです。じつにうまく仕組まれた仕事ぶりでした。そう、彼らはそれをまんまと手に入れて、暗号を解読し、探すべき場所がわかったのです」

彼らは部屋を出ようとして通路にさしかかっていた。「この中ですね？」アンソニーは後ろを振り返りながらいった。

「そうです、ここです。しかし、彼らはまだ目指しているものを発見していませんし、それを手に入れるには相当な冒険をしなければならないでしょう」

「あなたの明敏な頭脳の中には、すでに計画ができあがっているわけでしょうね」と、アンソニーはいった。

バトルは答えなかった。その無表情な顔はひどくぼんやりして、愚かしそうに見えた。やがて彼は、とてもゆっくりとウインクして見せた。

「ぼくに手伝ってほしいのですか？」と、アンソニーは訊いた。

「ええ、そうです。ほかにもう一人、手伝ってもらいたい人がいます」

「だれに？」

「レヴェル夫人に。あなたはお気づきにならないかもしれませんが、彼女は男がだまされやすい、魅惑的な性格をそなえているのです」

「それはぼくも気づいていますよ」アンソニーはそういって、腕時計を見た。「あなたと同じように、ぼくももう寝る気がしなくなりました。湖の水を浴びてから、朝食をたっぷり食べたほうがずっと気が利いているでしょう」

彼は階段を軽く駆けあがって、自分の寝室へ行った。口笛を吹きながら夜の服装を脱ぎ、ガウンとバス・タオルを手に取った。それから化粧台の前で急に足を止め、鏡の前にとりすました感じにおかれているものを呆然と見つめた。しばらく自分の眼を信じることができなかった。それを手に取ってよく調べてみた。やはりそうだ。まちがいなくヴァージニア・レヴェルと署名された手紙の束だった。そっくり元のままで、一通も散逸していなかった。

アンソニーは手紙を手にしたまま、椅子の中へ身を投げた。「ああ、頭が狂ってしまいそうだ」と、ぶつぶついった。「この家の中で起こっていることの、四分の一も理解できやしない。どうしてこの手紙が、まるで魔法を使ったみたいに、またここへ現われたのだろう？　いったいだれがこれをおれの化粧台の上においたのだ。なぜ？」

それらの当然な疑問に対して、彼は納得のいくような解答をまったく探し当てることができなかった。

21 落とされたスーツケースの中に

朝の十時、ケイタラム卿と彼の娘が朝食をとっていた。バンドルはしきりに考えこんでいる様子だったが、やがて、「ねえ、お父さま」と、声をかけた。

ケイタラム卿はタイムズ紙にすっかり心を奪われていて、返事をしなかった。

「お父さま」バンドルはもう一度、もう少しはっきりと呼びかけた。

ケイタラム卿は数日後に迫った稀覯本の競売会に関する興味深い記事からやっと目を離して、ぼんやりと顔をあげた。「えっ？　何かいったか？」

「ええ。一足先に朝食をすませたのは、だれなの？」

彼女はその形跡の明らかな席をあごで示した。ほかの席はぜんぶ客を待ち受けていた。

「ああ、それは、なんとかいう男だ」

「あのでぶの人？」

バンドルと彼女の父親は、おたがいの偏った物の見方がわかりあえる仲だった。

「そうそう」

「今朝、お父さまは食事の前に刑事と話をしていたようだったけど？」

ケイタラム卿はため息をついた。「ああ。やつは広間で無理やりわたしを引き止めたのだ。朝食前の時間は神聖にして犯すべからざるものだと思うのだが。こんな状態じゃ、わたしは外国へ行かねばならないかもしれないぞ。神経が疲れて——」

バンドルはぶしつけに遮った。「彼はなんていったの？」

「出て行きたい者はだれでも、そうしてよろしいといった」

「まあ、それはよかったわね。お父さまもそうしたがっていたじゃないの」

「それはそうさ。しかし、やつはそういっただけじゃないのだ。それにもかかわらず、やつはわたしにみんなが残るように頼んでくれと、そういったのだよ」

「どういうことなのか、あたしにはさっぱりわからないわ」バンドルは鼻にしわを寄せていった。

「混乱と矛盾だらけだ」と、ケイタラム卿は嘆いた。「しかも、朝食の前にだよ」

「お父さまはどういったの？」

「そりゃ、もちろん同意したさ。あんな連中と議論してもはじまらんからな。朝食前はなおさらだ」ケイタラム卿は自分の不平の原因に立ちもどって、それをくり返した。

「で、お父さまはいまのところだれに頼んだわけ？」

「ケイド。彼は今朝はえらく早く起きていた。彼は残るといっていた。それはいっこうにかまわないよ。わたしはあの青年のことはよくわからないが、好きなんだ——とても気に入っている」

「ヴァージニアもそうなのよ」バンドルはフォークでテーブルの上に模様を描きながらいった。

「えっ？」

「それに、あたしもそうなの。でも、それは問題じゃないみたい」

「それから、アイザックスタインにも訊いてみた」と、ケイタラム卿は話をつづけた。

「そしたら？」

「幸い、彼はロンドンへ帰らなければならないそうだ。あっ、そうそう、十時五十分の列車に間に合うように車を頼むのを、忘れないでおくれ」

「わかりました」

「さて、ついでにフィッシュも追っ払うことができるといいんだが」ケイタラム卿は急に元気づいていった。

「お父さまはかびくさい古本のことについて、彼と話をしたがっているんだと思ってたわ」

「そう、それはそうだ。いや、そうだったのだ。しかしね、いつもこっちがしゃべってばかりいると、だんだん退屈になるものさ。フィッシュは非常に興味を持っているようだが、みずから進んで意見を述べようとは決してしないのだよ」

「でも、黙って話を聞かされてばかりいるのよりはましでしょうよ——ジョージ・ロマックスのお相手をしているときみたいに」と、バンドルはいった。

ケイタラム卿は思い出すだけで身震いした。

「ジョージは駅のプラットホームでも、しゃべりまくっていたわ」と、バンドルはいった。「あたしが誉めたので、余計調子に乗っちゃったのよ——内心ばかばかしくて聞いちゃいられなかったけど。とにかくあたしは——」

「わかっているよ、おまえ、よくわかってる」ケイタラム卿はあわてて同意した。

「だいじょうぶよ。あたしはべつに、家の中に政治を持ち込もうというわけじゃないから。そうしてるのはジョージよ——個人の生活に演説を持ち込んでね。そういうことは、議会が法律で辞めさせるべきだと思うわ」

「まったくだね」と、ケイタラム卿はいった。

「ヴァージニアはどうなの。彼女にも残るように頼むわけ？」

「バトルは全員にといったのだ」

「そうでしょうとも！　お父さまはまだ彼女に、あたしの継母になってくれと頼んでいないの？」

「そんなことをしてもむだだろうよ」と、ケイタラム卿は悲しげにいった。「彼女はゆうべわたしをダーリンと呼んだけどね。しかしそれは、ああいう気立てのやさしい魅力的な若い女性の最も悪いところだ。なんとでもいうけど、それにはまったく、なんの意味もないのだよ」

「そうね」と、バンドルが同意した。「それよりは、彼女がお父さまに靴を投げつけるとか、咬みつこうとするほうが、はるかに見込みがあるかもね」

「いまどきの若い女性は求愛について、どうもまずい観念を持っているようだな」ケイタラム卿は嘆かわしげにいった。

「みんな『ザ・シェイク（色男）』で読んだのよ」バンドルがいった。「不毛の愛。彼女にすべてを捧ぐ、とかなんとか」

「ザ・シェイクってなんのことだ？　詩か、なにかか？」ケイタラム卿は深く考えもせずに訊いた。

バンドルは彼をあわれむようなまなざしで見てから、立ちあがって、彼のひたいにキスした。それから、「元気を出してよ、ダディ」といってフランス窓から出て行った。

　ケイタラム卿は競売場の記事へもどった。それから、いつものように音もなく入ってきたハイラム・フィッシュにだしぬけに声をかけられて、びっくりして飛びあがった。

「おはようございます、閣下」

「ああ、おはよう」と、ケイタラム卿はいった。「今日はいい天気ですな」

「すばらしい天気です」と、フィッシュ氏はいった。

　彼は自分でコーヒーを注ぎ、トーストになにもつけないで一切れつまんだ。「聞くところによりますと、出港禁止が解除になったそうですが——つまり、わたしたちはみんな自由に出かけられるのでしょうか？」と、しばらくして彼がたずねた。

「ええ、そうです。じつはわたしも、そうしていただくと——」ケイタラム卿の良心がとがめた——「いや、つまりその、あなたにもう少し泊まっていただけるとよかったのですが——」

「ええ、もちろん——」

　ケイタラム卿は急いで話をつづけた。「しかし、何にしろ、こんなひどいことになってしまいましたので、お引き止めするのはかえってご迷惑かと思いますので——」

「いやいや、とんでもない。たしかにこのような情況の中での交際は苦痛でした。それはだれも否定できないでしょう。こういう豪壮な邸宅で送るイギリスの田園生活は、わたしにはすばらしい魅力です。わたしはこのような環境の研究に大いに関心を持っているのです。アメリカにはまったくないものですからな。もちろんわたしはあなたのご好意をありがたくお受けして、当分泊まらせていただきます」

「ああ、そうですか、それはそれは――まったく嬉しい。では、ぜひともそうなさってください」

ケイタラム卿は無理に親切な態度を装いながら、農場の管理人と会わなければならないからと口実をつけて、部屋から逃げ出した。

広間を通りかかったとき、ちょうど階段を降りてくるヴァージニアの姿が見えた。

「朝食にお連れしようかね」と、ケイタラム卿はやさしくたずねた。

「ありがとう。でも、ベッドの中でいただいたわ。今朝はすごく眠かったものだから」

彼女はあくびをした。

「夢見が悪かったのかな？」

「べつに悪くなかったわ。ある意味では、とてもすてきな夜だったのよ。ねえ、ケイタラム卿――」彼女は彼の腕の内側へ手を滑らせて、それをきゅっと握りしめた――「あたし、とても楽しいのよ。ここへ招待してくださって、ほんとに嬉しいわ」

「ちょっと話をやめてくれないか。じつはね、バトルがその――禁足令を解除したのだが、あなたには残ってもらいたいのだよ。バンドルもそういっていた」

「もちろん残るわ。ほかならぬやさしいあなたの頼みなんですもの」

「ああ！」ケイタラム卿はそういって、ため息をついた。

「あなたのひそかな悲しみは、なあに？」と、ヴァージニアはたずねた。「だれかがあなたをだましたの？」

「そう、そうなんだ」と、ケイタラム卿は悲しげにいった。

彼女はけげんな顔だった。

「まさか、あなたは、あたしに靴を投げつけたい気分じゃないでしょうね。そうじゃないわ――あなたの顔を見ればわかるもの。ま、それは大したことじゃないけどね」

ケイタラム卿は重い足どりで立ち去った。ヴァージニアは側面のドアから庭へ出た。しばらくそこに立って、さわやかな十月の空気を胸いっぱいに吸いこんだ。それはやや疲れている彼女を元気づけた。

そうするうちに、すぐわきにバトル警視が立っているのに気づいて、ちょっと驚いた。この男は、何の予告もなしにどこからともなく現われる驚くべき特技を身につけているようだった。

「おはようございます、レヴェル夫人。お疲れになりましたか？」

彼女は首を振った。「ゆうべはとても面白かったわ。少々の睡眠不足なんか問題にならないほどの価値があったわ。ただ、今日はそのせいか少し退屈な感じね」

「あのヒマラヤスギの下に気持ちのよさそうな木陰がありますね」と、警視はいった。

「あそこへあなたの椅子を運びましょうか？」

「それがいちばんいい方法だと思うなら、そうしてちょうだい」ヴァージニアはきまじめにいった。

「あなたはまったく悟りが早いですな、レヴェル夫人。そのとおり、ちょっとお話をしたいのです」

彼は長い籐椅子を持って、芝生を横切って行った。ヴァージニアはクッションを小脇にかかえてそのあとについて行った。「あのテラスは非常に危険です——個人的な会話をするには」と、刑事はいった。

「そんなことを聞くと、また興奮してきたわ、バトル警視」

「ああ、べつに大したことじゃありません」彼は大きな懐中時計を取り出して、ちらっと目をやった。「十時半か。わたしはロマックスさんに報告するために、十分後にはワイヴァーン・アビーへ向けて出発しなければなりませんが、十分もあれば足りるでしょう。ケイドさんのことについて、あなたからもう少しお聞きしたいだけですから」

「ケイドさんのこと？」彼女は驚いて訊き返した。

「そうです。あなたがはじめて彼に会ったのはどこか、いつから彼と知り合いなのかといったようなことです」

バトルの態度はくつろいで、如才なかった。彼女をまともに見ることさえ避けていた。しかし、その事実がかえって彼女に漠然たる不安を感じさせた。

「それは、あなたが思っているよりも難しいわ」と、彼女はやっとのことでいった。

「彼はあたしのために、大変な面倒をみて――」

バトルは彼女の話を遮った。「その前にちょっと申し上げておきたいことがあります。じつは昨夜、あなたとエヴァズレーさんがお休みになったあとで、ケイドさんはわたしに手紙のことや、あなたの家の中で殺されていた男のことを、ぜんぶ話してくれたのです」

「彼が話した？」彼女は唖然としてあえいだ。

「そうです。それは非常に賢明な判断でした。そのために多くの誤解が解けました。ただ、彼がわたしに話さなかったことが、一つだけあったのです――それはつまり、彼はいつからあなたと知り合いかということです。それについては、わたし自身も推測をつけているのですが、それが正しいか、まちがっているかを、あなたからおっしゃってください。わたしの推測では、彼がポント街のあなたの家へ来た日に、あなたははじめて彼に会った。ああ、やっぱりそうですか！　わかりました」

　彼女は何もいってなかった。無表情な顔をした、一見鈍感そうに見えるこの男に対して、彼女ははじめて危惧を感じた。バトル警視は抜け目ない男だとアンソニーがいった言葉の意味が、やっとわかったような気がした。

「彼は何か身の上話をしませんでしたか」と、警視は質問をつづけた。「彼が南アフリカへ行く前のことを？　カナダか、あるいはそれよりも前の、スーダンにいたころのことを？　あるいは、少年時代のことを？」

　彼女はただ首を振っただけだった。

「しかし、きっと彼は何か語る価値のあるような経験をしていると思いますよ。冒険と挑戦の人生を送ってきた男の顔は、まちがいなくそれとわかるものです。もし彼が気が向きさえすれば、何か面白い話をあなたに語って聞かせられるはずです」

「あなたが彼の過去の生活についてそれほど知りたかったら、彼の友人のマグラスさんに電報を打ったらいかが？」と、彼女は訊いた。

「ええ、そうしました。しかし、彼はどこか奥地へ出かけているらしいのです。ただし、ケイドさんがある時期に——彼のいったとおりの時期に——ブラワーヨにいたことは確かです。しかし、彼が南アフリカへ行く以前に何をしていたのかを、わたしは知りたかったのです。彼は一ヵ月ほどキャッスル社に勤めていただけですから」彼はまた時計を取り出した。「もう出かけなければなりません。車が待っているでしょう」

ヴァージニアは家へ引きあげて行く彼を見守った。しかし、椅子から動かなかった。彼女はアンソニーが姿を見せて、ここに来てほしいと思った。ところが、ひっきりなしにあくびをしながらやって来たのは、ビルだった。

「やれやれ、やっときみと話ができるチャンスをつかめたよ、ヴァージニア」と、彼は愚痴っぽくいった。

「でも、穏やかに話してよ、ビル、ねえ。でないと、あたしは泣き出しちゃうかもよ」

「だれかがきみをいじめたのかい？」

「正確には、いじめたわけじゃないわ。あたしの心の中へ手をつっこんで、それをひっくり返したのよ。あたしはまるで象に飛びかかられたような感じだったわ」

「バトルじゃないだろうね？」

「ええ、バトルよ。ほんとにひどい男ね」

「まあ、バトルなんか気にするなよ。ねえ、ヴァージニア、ぼくはきみを胸の痛くなるほど愛して――」

「今朝はよしてよ、ビル。あたしはそれを聞くだけの元気がないのよ。とにかく、あたしはいつもあなたにいってるでしょ――上流社会の人間は昼食前にはプロポーズしないものだって」

「とんでもない。ぼくは朝食前にだってきみにプロポーズしたいくらいだ」

彼女は身震いした。「ビル、しばらく分別をとりもどして賢くなってちょうだいよ。あたしはあなたの助言がほしいの」

「もしきみがきっぱりと心を決めて、ぼくと結婚しようといえば、きっと晴々とした気分になるよ。つまり、より幸福になり、気分が落ち着くわけだよ」

「あのね、ビル。あたしにプロポーズしているのは、あなたの固定観念なのよ。男はみんな、退屈してほかに何もいうべきことを思いつかないときに、プロポーズするものなの。あたしの歳や未亡人という立場を思い出して、もっとうぶな若い女の子をくどきなさいよ」

「ああ、ぼくのいとしいヴァージニア――ちえっ！　あのフランス人のばか野郎がこっちへ来るぞ」

それは黒いあごひげの手入れの行きとどいた、相変わらず礼儀正しい物腰のムシュー

・ルモワーヌだった。「おはようございます、マダム。あまりお疲れになっていないようですな？」
「ええ、ちっとも」

「それはすばらしい。おはようございます、エヴァズレーさん。どうです、三人でちょっと散歩しませんか」と、フランス人が提唱した。

「どう、ビル？」と、ヴァージニアが訊いた。

「ああ、いいよ」若い紳士は気が進まないながらも草地から腰を上げ、三人はヴァージニアを真ん中にしてゆっくり歩いて行った。彼女はすぐさま、フランス人の秘められた奇妙な興奮状態を――何がそうさせたのかを知る手がかりはなかったが――敏感に感じ取った。


まもなく彼女は、いつもの手口で彼をくつろがせ、質問をしたり彼の返事を聞いたりしながら次第に話を引き出した。やがて彼は、有名なキング・ヴィクターの逸話を語りはじめた。捜査課を出し抜いたさまざまな手口を語るとき、ややにがにがしい口ぶりではあったが、彼の弁舌は大いにはずんだ。しかし、ヴァージニアはそのあいだずっと、ルモワーヌが彼自身の物語に没頭しながらも、何かほかのことをつねに念頭においているような感じを受けていた。しかも彼は、彼の物語にまぎらせながら、あらかじめ定めていた目標を目指して歩いているらしい。彼らはただぼんやり庭園の中をぶらついているのではなくて、彼が意図した一定の方向へ彼らを誘導しているのだった。

やがて彼は不意に話を打ち切って、あたりを見回した。彼らは庭園を横切っている車道が木立の陰で急に曲がっている、そのカーヴの少し手前の庭園の中に立っていた。ルモワーヌは家の方角から彼らに近づいてくる車を見つめていた。

ヴァージニアの目が彼の視線を追った。「あの小型トラックは、アイザックスタインの荷物と従者を駅へ運んで行くところなの」と、彼女はいった。

「ああ、そうですか」ルモワーヌは腕時計を見てから、車道に向かって歩き出した。「ほんとうにどうもすみません。魅力的なお相手につられて、つい話が長くなり、約束の時間に遅れそうなもんで。あの車に村まで乗せてもらえるでしょうかね?」

彼は車道へ飛び出し、手をあげた。小型トラックが停まり、彼は二言三言説明してから後ろへ乗りこんだ。そしてヴァージニアに向かって如才なく帽子をかかげると、トラックは走り出した。ほかの二人はあっけにとられたまま遠ざかって行くトラックを見守った。トラックがカーヴを曲がったとき、スーツケースが一つ車道に落ちた。トラックはそのまま走って行った。

「さあ、早く」と、ヴァージニアはビルをせかした。「面白いことになりそうよ。あのスーツケースは投げ落とされたのよ」

「そうとは気づかなかった」と、ビルがいった。

彼らは落とされたスーツケースへ向かって車道を走った。そしてちょうどそこへ到着したとき、ルモワーヌが車道の曲がり角を回ってやって来た。速い歩き方で、顔が上気していた。「予定を変更して、降ろしてもらいましたよ」と、快活にいった。「忘れものをしたことに気づきましてね」

「これ？」ビルはスーツケースを指さしていった。頑丈な豚皮のケースで、H・Iという頭文字が記されていた。

「おやおや！　トラックから落ちたのですね。拾っておきましょうか」彼は返事を待たずにそれを拾い上げて、木立の中へ運んだ。そしてその上に腰をかがめ、何か光るものを手にして錠を開けた。それからがらりと変わったすばやい命令調でいった。「もうすぐ車がきます。見えますか？」

ヴァージニアは家のほうを振り返った。「いいえ」

「よし」

彼はすばやい手つきでスーツケースの中身をつぎつぎに外へほうり出した。金の蓋のついた瓶、絹のパジャマ、さまざまな色の靴下。彼は突然、はっとして全身をこわばらせた。それから、絹の下着を束ねたようなものをつかむと、手早くそれをほどいた。かすかな驚きの声がビルの口から洩れた。その束の中心に、大型のリヴォルヴァーがあった。

「車の警笛が聞こえるわ」と、ヴァージニアがいった。

ルモワーヌは稲妻のような速さでスーツケースの中身を元へもどした。拳銃は彼自身の絹のハンカチでくるんで、ポケットへつっこんだ。それからスーツケースの鍵をかけると、すばやくビルを振り返った。「これを持って。マダムといっしょに車を停めて、これがトラックから落ちたことを説明してください。わたしのことはいわずに」

ビルが車道へ飛び出したとき、アイザックスタインを乗せた大きなリムジンがカーヴを曲がってやって来た。運転手が速度を落とすと、ビルは彼にスーツケースを突き出した。

「小型トラックから落ちたのを、たまたま見かけたのでね」と、彼は説明した。彼を見つめている資本家のびっくりした黄色い顔がちらりと彼の眼をかすめて、車はまた通りすぎて行った。

二人はルモワーヌのところへ引き返した。彼は拳銃を手にして、満足げにほくそえみながら立っていた。

22 赤信号

バトル警視はワイヴァーン・アビーの書斎の中に立っていた。ジョージ・ロマックスは書類のあふれた机の前に坐って、けわしく顔をしかめていた。

バトル警視は簡潔で事務的な報告でこの対談の口火を切った。それ以後、会話の大半は一方的にジョージの発言が占め、バトルは相手の質問に対してごく短い返事をするだけですましていた。

ジョージの前の机の上には、アンソニーが自分の部屋の化粧台の上にあるのを発見した、例の手紙の包みがおかれていた。

「どうなっているのやら、わしはまるっきりわからん」ジョージはその包みを手に取りながらいらだたしげにいった。「これは暗号で書かれているのだろう?」

「そうです」

「で、彼はこれをどこで見つけたといったかね——化粧台の上か?」

バトルはアンソニー・ケイドがそれらの手紙をふたたび手に入れるに至ったいきさつを、彼の説明どおりにくりかえした。

「で、彼はそれをすぐさまきみのところへ持ってきたんだな？　それは当然だ――きわめて当然だ。しかし、いったいだれがそれを彼の部屋においていったのかだ」

バトルは首を振った。

「そういうことをきみが知らないようじゃ、困るじゃないか」と、ジョージは嘆いた。「これはどうも怪しいよ――すこぶる怪しい。そのケイドという男だが、われわれは彼のことについて何を知っているのだ？　彼は何やら謎めいたやり方でひょっこり現われた――非常に疑惑に包まれた情況の下で――しかも、われわれは彼についてまったく何も知らない。ま、わしは個人的には彼のやり方を少しも気にしちゃいないがね。とにかく、たぶんきみは彼について調査したのだろうね？」

バトルは肯定の微笑を洩らした。「ただちに南アフリカへ電報で問い合わせましたところ、彼の話はすべての点で事実であることが確認されました。彼がいった時期に、たしかに彼はブラワーヨでマグラス氏と会っていますし、それ以前は、キャッスルという旅行代理店に雇われていました」

「わしの思ったとおりだ」と、ジョージはいった。「彼は一種のつまらない自信を持っていて、それが特定の仕事では成功をおさめる——そんなタイプだ。しかし、いずれにせよ、この手紙についてはただちに処置を講ぜねばならん——いいかね、ただちにだぞ——」大政治家は息が切れて、偉そうに胸をふくらませた。

バトル警視は口を開いたが、ジョージが先手を打った。「ぐずぐずしているときじゃない。一刻も早くこの手紙を解読しなければならん。そこで——ええと、なんといったかな、あの男は？　大英博物館に関係している男で、暗号のことなら何でもござれというやつだ。戦時中は外務省のために働いてくれた。ミス・オスカーはどこへ行ったのかな？　彼女なら知っているだろう。ウィンなんとかという名前なんだ——ウィン——」

「ウィンウッド教授です」と、バトルはいった。

「そうだ、やっと思い出した。さっそく彼へ電報を打て」

「一時間前にわたしがそうしました。彼は十二時十分までに到着する予定です」

「おう、それはよかった。大いによろしい。やれやれ、これで少し肩の荷が下りたぞ。今日は、わしはロンドンへ行かなければならんのでな。きみはわしがいなくても、うまくやれるだろうね？」

「やってみます」

「うむ、ベストを尽してな、バトル。ベストを尽したまえ。わしはいまのところ猛烈に忙しいのだ」

「大変ですな」

「ところでエヴァズレー君はなぜきみといっしょに来なかったのだ？」

「彼はまだ眠っていました。さっきお話ししましたように、わたしたちはゆうべは徹夜したものですから」

「ああ、そうか、そうか。わしもしばしばほとんど夜どおし起きている。三十六時間分の仕事を二十四時間でやることがざらにあるのだ！　きみが帰ったら、ただちにエヴァズレー君をこちらへよこしてくれたまえ」

「はい、そう伝えます」

「うむ、頼んだよ、バトル。わしはきみが彼にある程度の信頼をおかざるを得ないことはよくわかるが、しかし、わしのいとこのレヴェル夫人に秘密を打ち明ける必要があるのかね？」

「それらの手紙の署名の点から見て、それは必要だと思います」

「まったく、ずうずうしいにもほどがある」ジョージは手紙の束を眺めながら、眉をひそめてつぶやいた。「わしは亡くなったヘルツォスロヴァキアの国王をよく憶えている。愉快な男だったが、軟弱だった――あまりにも軟弱だった。無節操な女のおもちゃになるとはな。そうそう、この手紙がケイド氏の手にもどされたことについて、きみの解釈は？」

「わたしの意見は、人間は求めるものをある方法で手に入れることができなければ、べつの方法で手に入れようとするものだということです」と、バトルは答えた。

「何をいっているのか、さっぱりわからん」と、ジョージはつぶやいた。

「例の盗賊キング・ヴィクターは、いまや会議室が厳重に見張られていることを、充分承知しているわけです。そこで彼は手紙をわれわれに渡して、われわれに解読させ、そしてわれわれにその隠し場所を見つけさせてから、そこで一騒動起こそうと腹を決めたのです。しかし、ルモワーヌとわたしが協力して、それに対処します」

「計画はできているんだね？」

「さあ、計画ができているとまでは申し上げかねますが、しかしアイデアはあります。アイデアというのは、時として非常に有益なものでして」

バトル警視はそこで話を切り上げてもどって行った。ジョージにそれ以上打ち明けるつもりはなかったのだ。もどる途中の路上でアンソニーを追い越してから車を停めた。

「家まで乗せて行ってくれるのですか。そいつはありがたい」と、アンソニーはいった。

「どこへ行ってきたのですか、ケイドさん？」

「汽車の時間を調べに、駅へ」

バトルは眉を上げた。「ほう、また出かけるのですか?」

「いや、いまのところはまだわかりません」アンソニーは笑っていった。「ところで、アイザックスタインは、どうしてあんなにうろたえていたのでしょうかね？　ちょうどぼくが帰ろうとしたときに、彼が車で着いたのですが、何やらものすごいショックを受けたような様子でしたよ」

「アイザックスタインさんが？」

「そう」

「それはわかりませんね。彼にショックを与えるのは、容易なことじゃないと思いますよ」

「まったくです」と、アンソニーは同意した。「彼は財界のしたたか者の一人ですからね」

不意にバトルは身を乗り出して、運転手の肩をたたいた。「停めて、ここで待っていてくれ」といって、車から飛び出して行った。アンソニーは何ごとかと驚いたが、まもなくルモワーヌがイギリスの刑事を迎えるために近づいてくるのを見て、彼の合図がバトルを呼びとめたのだろうと察しがついた。

二人のあいだですばやい会話が交わされ、やがて警視は車へもどって乗りこむと、運転手に声をかけて車を発進させた。

彼のいつもの無表情な顔は、すっかり変わっていた。「拳銃を発見しましたよ」と、だしぬけに短くいった。

「えっ！」アンソニーはびっくりして彼を見つめた。「どこで？」

「アイザックスタインのスーツケースの中に」

「へえっ！　信じられないな」

「何一つとしてあり得ないということはないのです」と、バトルはいった。「わたしもそのことを念頭におくべきでした」彼はじっとして坐っていたが、片方の手が膝をたたいていた。

「だれがそれを発見したのですか？」

バトルは首を肩越しに後ろへ振った。「ルモワーヌです。賢い男だ。パリ警視庁でも素晴らしいと評判が高いのです」

「でも、これはあなたの立てていた推理を、ぜんぶひっくり返してしまったのじゃないですか？」

「いや、そうともいえませんよ」バトルはゆっくり答えた。「たしかに、最初はちょっと意外でしたが、考えてみると、わたしのアイデアの一つにぴったり当てはまります」

「どんなアイデアですか」

しかし警視は話題をそらした。「すみませんが、エヴァズレーさんを探して、ロマックス氏からの伝言を伝えていただけませんか。すぐアビーへ来るようにとのことでした」

「わかりました」と、アンソニーはいった。車が正面の大きなドアの前に横づけされた。

「たぶん彼はまだ寝てるでしょう」

「そうじゃないようですよ」と、警視はいった。「よくごらんになれば、向こうの木立の下をレヴェル夫人といっしょに歩いているのが見えるでしょう」

「すばらしい眼をしてますね、あなたは！」アンソニーはすぐ使いに行った。

彼が伝言を伝えると、ビルはうんざりして、「ちえっ、あのコダーズはどうしてたまには、ぼくをひとりにしてくれないのかな――」家のほうへ引き返して行きながら、ひとりごとをぼやいた――「それに、ああいういまいましい植民地野郎どもは、どうしてやつらの植民地にとどまっていないのかな。やつらは本国へ来て、いい女の子をみんなさらって行くつもりでいやがる。ああ、まったく頭にきちゃうよ」

「拳銃の話、聞いた？」ビルが立ち去ると、ヴァージニアがいきなりたずねた。

「ええ、バトルから。いやあ、驚きましたね。アイザックスタインは昨日、早く逃げ出したがってわめいてましたけど、ぼくは彼が神経質なせいだろうと思ったのです。どう考えたって彼は、疑惑の圏外の人物でしたからね。彼がミカエル王子を抹殺する動機を、何か考えられますか？」

「理屈に合わないわね」ヴァージニアは思案顔で同意した。

「どんな理屈にもぜんぜん合いませんよ」アンソニーはいらだたしげにいった。「ぼくは最初素人探偵気どりだったけど、ぼくのやったことといえばせいぜい、莫大な労力となにがしかの経費を費やして、あのフランス人の家庭教師の身元を確認しただけなのだから、われながらあきれちゃう」

「あなたがフランスへ行ったのは、そのためだったの？」と、ヴァージニアがたずねた。

「ええ、ディナールへ行って、ド・ブルテイユ伯爵夫人に面会したのです――さぞかし彼女はぼくの聡明な判断に感動して、マドモアゼル・ブランなどという人は聞いたこともないというだろうと期待してね。ところが案に相違して、その女性は過去七年間、伯爵夫人の家事を支えていた大黒柱だったというじゃありませんか。そんなわけで、伯爵夫人が悪党の一味でもない限り、ぼくの独創的な推理は根底からくつがえらざるを得なかったのです」

ヴァージニアは首を振った。「ブルテイユ夫人はまさしく疑惑圏外の人よ。あたしは彼女をよく知ってるの。マドモアゼル・ブランにもあのシャトーで顔を合わせたことがあるような気がするわ。そう、たしかに彼女の顔には見憶えがあるわ——列車の中で、向こう側の席に坐っていた家庭教師や連れや同席のひとなどの顔を見て憶えているような、漠然とした記憶なんだけど。あら、そうはいっても、あたしはそんな人たちをいちいちよく見てるわけじゃないのよ。そうでしょ、あなただって？」

「相手が眼の覚めるような美人であれば、べつですがね」

「とにかく、彼女はこの事件には——」ヴァージニアは急に言葉を切った。「あら、どうしたの？」

アンソニーはそのとき、木立の陰から突然姿を現わして、直立不動の姿勢で立っている男を見つめていたのだ。それはヘルツォスロヴァキア人の、ボリスだった。

「ぼくの犬と何か話をしなければならないようだから、ちょっと失礼」

アンソニーは彼女にそう断わって、ボリスの立っているところへ行った。「どうしたんだ。何か用かね？」

「ご主人さま」ボリスはうやうやしく頭を下げた。

「それはどうでもかまわないが、きみがこんなふうにぼくのあとをつけ回すのは感心しないな。おかしいよ」

ボリスはおし黙ったまま、手紙を切り裂いたような汚れた紙きれを取り出して、アンソニーに手渡した。

「何だ、これは？」と、アンソニーはたずねた。その紙切れには住所が一つ走り書きされているだけだった。

「彼がそれを落としましたので、ご主人さまにお届けにまいりました」と、ボリスは答えた。

「だれが落としたの？」

「外国の紳士であります」

「しかし、なぜぼくのところへ持ってきたんだい？」

ボリスはとがめるような目で彼を見た。

「ま、いい。とにかくあっちへ行ってくれ。ぼくは忙しいんだ」と、アンソニーはいった。

ボリスは敬礼し、かかとでくるっと回れ右をして、行進して行った。アンソニーは紙きれをポケットにつっこんで、ヴァージニアのところへもどった。

「どんな用事だったの？」彼女はけげんな顔で訊いた。「それに、あなたはなぜ彼を犬といったの」

「犬みたいなまねをするからですよ」と、アンソニーはまず最初に最後の質問に答えた。「あいつはレトリーバー犬の化身じゃないかな。外国の紳士が落としたといって、手紙のきれっぱしをぼくに持ってきたのです。外国の紳士というのはルモワーヌのことだろうと思いますけどね」

「そうでしょうね」と、ヴァージニアは相槌を打った。

「あいつは、いつもぼくにつきまとっているのですよ、まるで犬みたいに。ほとんど何もいわずに、ただあのどんぐりまなこでぼくを見ているだけでね。どういうことなのか、まったくわからない」

「もしかしたら、アイザックスタインのことかもね」と、ヴァージニアがいった。「アイザックスタインも結構、外国人みたいな顔をしてるわ」

「アイザックスタインか」アンソニーはいらだたしげにつぶやいた。「いったいあいつはこの事件とどこで繋がっているのだろう?」

「あなたはこんなことに巻き込まれて、後悔していない?」と、彼女はだしぬけに訊いた。

「後悔? とんでもない。ぼくはこれを愛してますよ。いままでの生涯の大半を、トラブルを探しながら生きてきたようなものですからね、ぼくは。こんどは契約よりも少し仕事が多いかもしれないけど」

「でも、あなたはもう危機を脱しているのよ」ヴァージニアは、いつもに似ない彼の真剣な口ぶりにやや驚きながらいった。

「いや、そうでもないのです」

二人はしばらく黙って歩いた。

「世の中には信号になじめない人間がいるのですよ」と、アンソニーは沈黙を破っていった。

「普通のよく調整された機関車は、赤の信号を見れば速度を落とすか停車するかするわけですが——ぼくは色覚異常に生まれついているのかもしれませんね。とにかく赤の信号を見ると、スピードをあげたくなっちゃうんですよ。そんなことをしたら、最後には大惨事を引き起こすに決まってるんですがね。まったく交通違反のようなものですよ」

彼はまだ真剣な調子でしゃべっていた。

「あなたはいままでに、ずいぶん多くの冒険をしてきたのでしょう?」と、ヴァージニアが訊いた。

「ほとんどありとあらゆる種類のね——結婚以外の」

「かなり辛辣な皮肉ね」

「そうじゃないつもりですがね。結婚は、少なくともぼくがしようと思う種類の結婚は、この世の最大の冒険でしょうよ」

「まあ、すてき」ヴァージニアは顔を輝かしていった。

「ぼくが結婚したいと思う女性は、一種類しかいませんね――ぼくのタイプの人生とは遠くかけ離れた世界にいる女性です。とすると、いったいどういうことになるでしょうか？　彼女がぼくの人生をリードするのでしょうか、それともぼくが彼女をリードするのでしょうか？」

「もし彼女があなたを愛していたら――」

「それはセンチメンタリズムというものですよ、レヴェル夫人。愛はあなたを環境に対して盲目にする麻薬ではありません――あなたはそうすることもできるでしょうが、しかし、それはみじめすぎる――愛はそれよりはるかに大きな意味を持っているはずです。しかし、例の王さまと貧しい女が結婚して、二、三年後に自分たちの結婚生活をどう思ったでしょうか？　彼女は自分のぼろの着物や、はだしで歩いたのんきな生活が恋しくならなかったでしょうか。きっとそうだったと思いますよ。しかし、彼が彼女のために王冠を放棄していたら、彼らは幸福になれたでしょうか？　それも何の役にも立たなかったでしょう。彼はきっとひどく役立たずのやつにしかなれなかったでしょうからね。何の取り柄もない男を尊敬する女はいませんよ」

「あなたは貧しい女の子と恋し合ったことがあるの、ケイドさん？」と、彼女は静かに訊いた。

「ぼくの場合は逆ですが、原則的には同じです」

「解決策はなかったの？」

「そりゃ、どんな場合にも解決策はありますよ」と、アンソニーは陰鬱に答えた。「だれだって代価を払えば、ほしいものが手に入る——それがぼくの持論です。そして十中八、九まで、その代価はなんだか知ってますか？　妥協ですよ。妥協なんて、じつにいまいましいことですが、人間は中年に近づくにつれてそれがこっそり忍び寄ってくる。いまそれがぼくに忍び寄ろうとしているのです。ほしい女を手に入れるために、ぼくは——ぼくはいま、まともな仕事に就こうとさえしている」

ヴァージニアは笑った。

「ぼくはある職業に就くための教育を受けました」と、アンソニーは話をつづけた。

「で、あなたはそれをあきらめたの？」

「そう」

「なぜ？」

「主義の問題です」

「まあ！」

「あなたはとても興味深い女性ですね」アンソニーは突然振り向いて、彼女を見つめながらいった。

「どうして？」

「質問することを慎しむことができる」

「それは、あなたの職業はなんだったのかと、あたしが訊かなかったことを意味しているわけね？」

「そのとおり」

彼らはふたたび黙って歩きつづけた。バラの花壇の甘い香りのそばを通って、家に近づいていた。

「あなたにはとても理解力がある」アンソニーは沈黙を破った。「だから、男があなたに恋をしたら、すぐわかる。たぶんあなたはぼくのことなんか——いや、あるいはだれのことも、少しも気にしていないでしょう。しかし、ぼくはあなたにそうさせたくなってきました」

「あなたにできると思う?」ヴァージニアは低い声で訊いた。

「むりかもしれませんがね、しかしやってみます」

「あなたはあたしに出会ったことを後悔してる?」彼女はだしぬけにたずねた。

「いいえ、ちっとも。また赤信号になっただけのことです。あの日ポント街ではじめてあなたと会ったとき、ぼくはいたずら半分にぼくをいじめようとしているものに対面していることをはっきり感じました。あなたの顔がそう感じさせたのです。あなたの頭のてっぺんからつま先に至るまで、そんな魔力がひそんでいるのです——そういう女性はほかにもいるけれど、あなたほどそれが強烈な女性を知ったのははじめてです。たぶんあなたは地位も金もあるだれかと結婚することになるでしょうし、ぼくはまた世間体の悪い生活にもどることでしょうが、しかし、ぼくは別れる前に一度、きっとあなたにキスをしますよ」

「いまはだめよ」と、彼女はささやいた。「バトル警視が書斎の窓からこっちを見てるわ」

アンソニーは彼女をじっと見た。「ヴァージニア、あなたは相当な意地悪だけど、しかし、とてもかわいらしいところもあるんですね」と、冷静にいった。

それから彼はバトル警視のほうへ軽く手を振った。「今朝だれか犯罪者を捕まえましたか、警視？」

「まだですよ、ケイドさん」

「ほう、有望なようですね」

バトルは見かけによらぬ敏捷な動作で書斎の窓を飛び越えて、テラスの上の彼らのそばへやって来た。「ウィンウッド教授にここへ来ていただいたのです」と、小声でいった。「ついさっき到着したばかりで、いま手紙を解読しているところです。彼の仕事ぶりをごらんになりませんか？」

まるで興行師がペットの展示会の説明をしているような口ぶりだった。承諾の返答を受け取ると、彼は彼らを先導して窓のほうへもどり、中がよく見える所へ連れて行った。小柄な赤毛の中年男がテーブルの席について、手紙を前に広げている。彼はペンを走らせながら、いらだたしげなひとりごとをつぶやき、ときどき乱暴に鼻をこするので、しまいには鼻の頭が髪と同じ色合いを呈してきた。やがて彼は顔を上げた。

「おい、きみ、バトル君。こんなくだらない冗談を解くために、わたしをここへ呼んだのかね？　こんなものはよちよち歩きの赤ん坊だって、解けるじゃないか。二歳の子どもなら解いてるよ。これが暗号だって？　きみ、まるっきり一目瞭然じゃないか」

「どうも恐れ入ります、先生」と、バトルは穏やかにいった。「しかし、われわれは先生のように頭がよくないものですから」

「頭なんか必要ないよ」と、教授はきめつけた。「きまりきった仕事なんだ。この手紙の束をぜんぶやってほしいのかい？　そりゃ時間がかかるな——こつこつとこまめにやるだけで、知能はちっとも必要じゃないんだが。きみがいちばん重要だといった〝チムニーズ〟と書かれているやつはやったよ。残りはロンドンへ持ち帰って、助手の一人にでもやらせよう。わたし自身はそんな時間はないのだ。いまものすごい難題と取り組んでいるところでね。早く帰って、そいつをやらなくちゃ」彼の目が少し輝いた。

「ご多忙のところを、どうもありがとうございます」バトルは如才がなかった。「われわれは無学な連中ばかりなものですから、ほんとうに失礼いたしました。わたしからロマックス氏によく説明いたします。急ぐ必要のあるのは、その一通だけですから、残りは先生のおっしゃるとおりにしていただきましょう。ケイタラム卿があなたに昼食を召し上がっていただくよう——」

「いやいや、昼食はお断わり」と、教授はいった。「昼食なんて、まったく悪い習慣だ。まともで健康な人間がまっ昼間に必要とするのは、バナナと水とビスケットくらいなものだ」

彼は椅子の背に掛けてあるオーバーコートを手に取った。バトルは家の正面玄関のほ

う へ回り、数分後にアンソニーとヴァージニアは車の走り去る音を耳にした。

まもなくバトルが、教授からもらった半截の用紙を一枚、手にしてもどってきた。「彼はいつもあの調子なんですよ」バトルは帰って行った教授について語った。「猛烈にせっかちでしてね。しかし、その道の大家です。さて、ここに王妃殿下の手紙の要点が書いてあるわけですが、ちょっと読んでみませんか?」

ヴァージニアが手を差し出し、アンソニーは彼女の肩ごしにそれを読んだ。それは熱情と絶望の錯綜した心情を切々と訴えた長い書簡であったことを、彼は思い出した。ウィンウッド教授の天才的な頭脳は、それを事務的な通信文に変身させていた。

作業は成功したが、Sがわれわれを裏切って、隠した場所から宝石を移した。彼の部屋を捜したが、なかった。しかし、そのありかを示していると思われる次のようなメモを発見した——〈リッチモンド、まっすぐに七、左へ八、右へ三〉

「Sというのは、もちろんスティルプティッチでしょう」と、アンソニーはいった。

「老獪《ろうかい》な古狸め。隠し場所を変えたのですね」

「リッチモンド?」ヴァージニアは小首をかしげた。「リッチモンドのどこかにダイヤを隠してあるのかしら?」

「王家の人たちお気に入りの場所ですからね」と、アンソニーが同意した。

バトルは首を振った。「この家の中の何かの名称じゃないと思いますが」

「あっ、わかったわ」と、彼女が不意に叫んだ。

二人の男は彼女を振り返った。

「会議室にあるホルバインの絵、あれだわ。彼らはあのすぐ下の壁をたたいていたのよ。しかも、あれはリッチモンド伯爵の肖像なの!」

「やりましたね!」バトルはいつになく声をはずませて、膝をぽんとたたいた。「あの絵が出発点になるわけです。しかし、悪党どもはこの数字がどういうことなのか、われわれと同様にわからないのですよ。あの絵の真下に、よろいを着た人形が二つ立っている。そこでやつらは、ダイヤはその中に隠されているのだと、まず考えた。この数字の単位はインチかもしれませんからね。ところがそれは失敗したので、つぎに秘密の通路か、階段か、あるいはスライド式の鏡板があるのかもしれないと思いついた。レヴェル夫人、そのようなものを何か知っていらっしゃいませんか?」

彼女は首を振った。「牧師の隠れ穴や、秘密の通路が少なくとも一つあることは知ってるわ——一度見せてもらったことがあるの——でも、よく思い出せないわ。あら、ちょうどいいところへバンドルが来たわ。彼女は知ってるかも」

バンドルは急ぎ足でテラスを横切って、彼らのほうへやって来るところだった。「昼食がすんだら、車でロンドンへ行こうと思うの、どなたか乗って行かない？　ケイドさん、いらっしゃいよ。夕食までにもどるわ」

「いや、結構。ここで楽しく忙しくやってますから」

「男のひとって、あたしが怖いのね。あたしの運転か、魂を奪うようなあたしの魅力か――どっちのせいかしら？」と、バンドルがいった。

「それはあとのほうにきまってますよ」と、アンソニーは答えた。

ヴァージニアがいった。「ねえ、バンドル、会議室から外へ通ずる秘密の通路か何かある？」

「そりゃあるわよ。だけど、古くてかびの生えたようなのよ。チムニーズからワイヴァーン・アビーへ通じていたらしいの――遠い遠い大昔のころはね――でもいまは、みんな塞がれちゃって、こっちの端から百ヤードぐらいしか行けないわ。上の白い回廊にあるやつは、ずっと面白いし、牧師の隠れ穴もまんざら悪くないわよ」

「あたしたちは芸術家の立場からそれを見ようとしているんじゃないのよ」と、ヴァージニアは説明した。「これは大事なことなの。会議室の秘密の通路へは、どうやって入るの？」

「蝶番のついた鏡板があるのよ。もしよかったら、昼食後に案内してあげるわ」

「ありがとう」と、バトル警視はいった。「それじゃ、二時半にしましょうか？」

バンドルは眉をあげて彼を見て、「犯罪の捜査？」と、たずねた。

そのときトレドウェルがテラスに現われた。「昼食の支度ができました、お嬢さま」と、彼が告げた。

23 ローズ・ガーデンで

午後二時半、彼らは会議室に集まった。バンドル、ヴァージニア、バトル、ルモワーヌ、そしてアンソニーの五人だった。

「ロマックスさんをお呼びする必要はないでしょう。これは急いでとりかからなければならない仕事ですから」と、バトルはいった。

「だけど、ミカエル王子を殺した犯人が、この秘密の通路から部屋に入ったのだと思っているのなら、それはまちがいよ」と、バンドルがいった。「向こう側の出入口は完全に塞がれているのだから、そんなことはできないわ」

「それは問題じゃありません。それとはべつの目的の捜査なのですよ、お嬢さん」と、ルモワーヌはいった。

「何か探してるの？　まさか歴史的ななんとか、というしろものじゃないでしょうね？」と、バンドルはすばやく訊き返した。

ルモワーヌが当惑して返事をためらった。

ヴァージニアがいった。「それはどういうこと？　あなたから説明して」

「なんとかいうダイヤモンドよ。歴史的に有名な王室のダイヤが、あたしがまだ分別のつく年ごろにならない暗黒時代に盗まれたって話」と、バンドルは一気にしゃべった。

「それはだれから聞いたのですか、レディ・アイリーン？」と、バトルがたずねた。

「ずっと前から知ってたわ。あたしが十二歳のころかしら、下男の一人が教えてくれたのよ」

「下男！　いやはや、ロマックスさんに聞かしてやりたいですな」と、バトルはいった。

「あら、それはジョージの極秘事項の一つなの？　まあ、驚いた！　あたし、ほんとの話だとは思っていなかったわ。ジョージって、ほんとにばかね――使用人たちはなんにも知らないと思ってるんだから」

彼女はホルバインの絵のそばへ行って、そのわきに隠されていたバネに触ると、とたんにぎいっときしる音がして、一枚の鏡板が内側へはね返り、まっ暗な穴が開いた。

「さあどうぞお入りください、紳士淑女のみなさま」バンドルは芝居じみた身ぶりを添えていった。「さあさあ、どうぞどうぞ。このシーズン最大のショーでございます。お代はたったの六ペンス」

ルモワーヌとバトルは懐中電灯を準備していた。まず二人がその暗い穴に入り、ほかの者たちがあとにつづいた。「空気は新鮮ですな。換気ができるようになっているらしい」と、バトルがいった。

彼は先頭になって行った。床はざらざらした、でこぼこの石だったが、壁は煉瓦《れんが》で張りめぐらされていた。バンドルのいったとおり、その通路は百ヤード足らずのところで石材や煉瓦《れんが》のかけらで塞がれ、行き止まりになっていた。バトルはその先にまったく出口がないことを確かめると、肩ごしに声をかけた。「それじゃもどりましょうか。いってみれば、わたしはただ情況を偵察したかっただけなのです」

二、三分後に、彼らはまた入口へもどった。「さて、ここから出発するわけだが」と、バトルがいった。「まっすぐ七、左へ八、右へ三……。まず歩幅でやってみましょう」

彼は慎重に七歩進んでから、うずくまって周囲の様子を調べた。「ほぼまちがいないようですな。いつごろのものか、ここにチョークでしるしをつけたような跡があります。さて、つぎは左へ八。これは歩幅じゃないな。この通路はせいぜい一列縦隊で進めるくらいの幅しかありませんからね」

「煉瓦で数えるのでは」と、アンソニーが提唱した。

「そうそう、それが正解でしょう。左側の壁面の下から、あるいは上から、煉瓦を八つ数えるということですね。まず下からやってみましょう——そのほうがやりやすい」バトルは煉瓦を下から上へ八つ数えた。「さて、こんどはここから右へ三。一つ、二つ、三つと——おやっ、これはなんだろう？」

「あたし、もう少しで悲鳴をあげそう」と、バンドルはいった。「ああ、ぞくぞくしちゃう。いったいなんなの？」

バトル警視はナイフの先で煉瓦を抜き取ろうとしていた。彼の熟練した眼はその特定の煉瓦がほかの煉瓦と違うことに、素早く気づいたのだ。二分ほどで、彼はそれを抜き取ることができた。その後ろに小さな暗い空洞があった。バトルはその中へ手をつっこんだ。みんなが固唾《かたず》を飲んで見守った。

バトルはその手を空洞から抜き出した。そして驚きと怒りの叫びをあげた。

ほかの者たちが周りに群がって、彼の手のひらにある三つの品をけげんな顔で見つめた。一瞬、彼らは自分の目を疑った。

小さな真珠のボタンをたくさん並べて縫いつけてある一枚のカードと、粗い編み物の四角なきれはしと、大文字のEが一列に書き並べられている紙きれ。「ちくしょう！」と、バトルが叫んだ。「どういう意味だ、これは」

「いやはや、これはお粗末すぎますなあ」と、フランス人がいった。

「でも、これは何を意味しているのかしら?」ヴァージニアがとまどいの声をあげた。

「意味? それは一つしか考えられませんね」と、アンソニーはいった。「スティルプティッチ伯爵はユーモアのセンスがあったらしい。つまりこれは、彼のユーモアの一例なんですよ。ぼくはあまり面白いとは思えませんがね」

「もっとはっきりと説明していただけませんか?」と、バトルがいった。

「もちろん。これは伯爵のジョークなのです。彼はあのメモが読まれたことに気づいたために、悪党どもが宝石を取りにきたときに、宝石の代わりに、この難しいなぞなぞを発見するようにしたわけです。つまり、わたしは誰でしょう、というクイズの問題のようなものですよ」

「すると、これには意味があるわけですね?」

「きっとそうだと思います。もし伯爵がただ単に相手を怒らせるだけのつもりなら、〝売り切れ〟と書いたプラカードか、まぬけのロバの絵か、何かそんな露骨にからかうようなものをおいておいたでしょうから」

「編み物のきれっぱし、大文字のE、たくさんのボタン……」バトルはいぶかしげにつぶやいた。

「まったく前代未聞ですな」ルモワーヌは腹立たしげにいった。

「暗号ナンバー2ですな」と、アンソニーはいった。「ウィンウッド教授でも、これは歯が立たないかもしれませんよ」

フランス人がバンドルにたずねた。「この通路が最後に使われたのは、いつでした？」

バンドルは考えた。「もう二年以上、だれもここへ入らなかったんじゃないかしら。牧師の隠れ穴は、アメリカ人や一般の観光客に公開されているけど」

「それにしちゃおかしいな」と、フランス人はつぶやいた。

「何がおかしいの？」

ルモワーヌは腰をかがめて、床からごく小さなものを拾った。「これですよ。このマッチの棒は二年間もここにあったようには見えませんね——二年前どころか、二日前でさえなさそうだ」

彼は「どなたかこれを落としませんでしたか？」と、たずねた。

否定の返事ばかりだった。

「それでは、見るべきものはすべて見たようですから、ここを出ましょうか」と、バトル警視がいった。

その提案にみんなは賛成した。鏡板はひとりでに閉まっていた。バンドルは鏡板を内側から開ける前に、仕掛けを説明した。彼女は掛け金をはずし、静かに開けて外へ飛び出し、どすんと大きな音をひびかせて会議室の中へ飛び出した。

「なんだ！」ケイタラム卿が居眠りしていたらしい肘掛椅子から飛びあがった。

「あら、ごめんなさい、お父さま。びっくりなさった？」

「当節の人はどうしてだれも、食事後に静かに坐っていないのか、わたしはまったく理解できない」と、ケイタラム卿はいった。「これも滅びた芸術かね。チムニーズはこれだけ広いのに、ここにはわたしがささやかな平和を確保できる、ただ一つの部屋もないらしい。おやおや、ぞろぞろとまあ、何人いるのかね。わたしが子供のころよく見に行った無言劇の、悪魔の群れがはね戸から次々に飛び出してくる場面を思い出しますよ、これは」

「悪魔ナンバー7よ」ヴァージニアはそういいながら彼に近づき、彼のひたいを軽くたたいた。「そんな気むずかしい顔をしないで。あたしたちはただ、秘密の通路を探険していただけなのよ」

「今日は秘密の通路が大はやりらしいね」ケイタラム卿はまだ機嫌が直らない様子で、ぶつぶつぼやいた。「わたしは午前中ずっと、あのフィッシュのやつに秘密の通路を案内させられたよ」

「それはいつごろですか？」と、バトルがすばやく訊いた。

「昼食のちょっと前ですよ。彼はここに秘密の通路があることをだれかに聞いたらしい。で、わたしはそれを見せてやってから、白の回廊へ連れて行き、最後に牧師の隠れ穴へ案内したのですがね。そのころには、さすがの彼も熱が冷めて、うんざりしたような顔だったけど、わたしは隅々まで彼を引きずり回してやりました」ケイタラム卿は思い出してくすりと笑った。

アンソニーはルモワーヌの腕に手をやった。「外へ行きましょうか——あなたに話したいことがあるのです」

二人はいっしょにフランス窓から外へ出た。そして家からかなり離れたところまで来ると、アンソニーは今朝ポリスが持ってきた紙きれを、ポケットから取り出した。「これはあなたが落としたのですか？」と、たずねた。

ルモワーヌはそれを手に取ると、興味ありげにたんねんに調べた。「いや、こんなものは見たこともありませんが、なぜですか？」

「確かですね？」

「ええ、ぜったいに確かですとも」

「それはおかしいな」

彼はボリスのいったことをルモワーヌにくりかえした。フランスの刑事は注意深く耳を傾けた。

「しかし、わたしは落としませんよ。彼はあの木立の中でそれを見つけたのですね？」

「そうだろうと思いますけど、彼がそういったわけじゃありません」

「アイザックスタインのスーツケースから落ちたのかもしれませんな。もう一度、ボリスに確かめてください」彼はその紙をアンソニーに返した。しばらく間をおいて、彼がいった。「あなたは、あのボリスという男について、正確にどんなことを知っていらっしゃるのです？」

アンソニーは肩をすくめた。「彼はミカエル王子の信頼できる使用人だったそうですが」

「そうかもしれませんが、それを調べるのをあなたの仕事にしてください。ロロプレッティジル男爵かだれかにお訊きになって。もしかしたらあの男は、わずか二、三週間前に雇われたばかりだったかもしれませんよ。わたし自身は誠実な男だろうと思いますが、しかし、わかりません。キング・ヴィクターは、ほんの一瞬のうちに忠実な使用人に化けることのできる男ですから」

「あなたはほんとにそう――」ルモワーヌは彼を遮った。「率直にいいましょう。わたしにとって、キング・ヴィクターは強迫観念なのです。わたしは彼をいたるところで見ます。いまこうしているときでさえ、わたしは自分にこう反問しているのです――おまえが話している相手は、そのケイド氏という人間は、ひょっとするとキング・ヴィクターかもしれないぞ？」

アンソニーは苦笑した。「あなたはだいぶ重症のようですな」

「わたしには、あのダイヤモンドのことも、ミカエル王子を殺した犯人を捜し出すことも、べつに関心はないんです。それらの事件は、それを担当しているロンドン警視庁のわたしの同僚に任せているのです。わたしがイギリスへ来た目的は、唯一の目的は、キング・ヴィクターを逮捕することなのです――現行犯で捕まえることです。それ以外のことは問題じゃない」

「逮捕できそうですか？」アンソニーはタバコに火をつけながら訊いた。

「わたしにはわかりませんよ」ルモワーヌは急に肩を落としていった。

「ふーむ」アンソニーがつぶやいた。

彼らはまたテラスへもどっていた。バトル警視はフランス窓のそばにぼんやり立っていた。

「あのあわれなバトルをごらんなさい。行って元気をつけてやりましょう」アンソニーはいった。そしてちょっと間をおいて、「あなたはある意味で相当な変わり者ですね、ルモワーヌさん」と、つけ加えた。

「どんな意味で？」

「そうですね、ぼくがあなたなら、さっきぼくがあなたに見せた住所を書き留めておきたいと思うでしょう。それはぜんぜん無意味かもしれません――大いにあり得ることです。しかし、非常に重大な意味があるかもしれないのですから」

ルモワーヌはしばらく彼をじっと見つめていたが、やがてちょっと顔をほころばせて、上着の左の袖をまくり上げた。その下のワイシャツの袖口に、鉛筆でこう記されていた――ドーヴァー、ラングリー・ロード、ハーストミア。

「これはどうも失礼しました。完全に降参です」と、アンソニーはいった。

彼はバトル警視のところへいった。「だいぶ考え込んでいらっしゃるようですね、警視」と、声をかけた。

「考えるべきことがどっさりあるのですよ」

「そうでしょうね」

「どうもすべてがちぐはぐで、ぴったり合わない」

「まったく骨が折れますね」アンソニーは同情した。「しかし、心配いりませんよ、バトル警視。最悪の場合、あなたはいつでもぼくを逮捕できる。ぼくの怪しい足跡を根拠にできるのですからね」

しかし、警視はにこりともしなかった。「ケイドさん、ここにあなたの知っている敵がいますか？」と、たずねた。

「三番目の給仕はどうやらぼくが好きじゃないらしい」と、アンソニーは陽気に答えた。「彼はいちばん上等の野菜をぼくに回すのを、わざと忘れたふりをしてましたからね。しかし、なぜです？」

「匿名の手紙がいくつか——いや、一通、来ているのです」

「ぼくについて書いた？」

バトルは折りたたんだ安っぽい便箋を一枚、ポケットから取り出して、黙ってアンソニーに渡した。それはへたなまちがいだらけの文字で、こう走り書きされていた——ケイド氏に気をつけろ、あいつは見かけどおりの男じゃねえぞ。

アンソニーは軽く笑ってそれを返した。「これだけ？　こいつは愉快だ。たしかにぼくは変装の名人ですよ、警視」彼は口笛を吹きながら家へ入って行った。しかし、自分の部屋へ入って後ろ手にドアを閉めたとき、顔が変わっていた。きびしい表情を浮かべていた。彼はベッドの端に腰をおろして、もの思わしげに床を見つめた。「情況が深刻になってきたぞ」と、ひとりごとをつぶやいた。「これは何か手を打たなきゃならないだろうな。まったく困ったことになったものだ」

彼はしばらくそこに坐っていたが、やがてぶらっと窓のほうへ行った。そして窓ぎわに立ってぼんやり外を眺めているうちに、彼の眼が突然、ある地点に焦点をしぼられ、顔がぱっと輝いた。

「ああそうか、あのローズ・ガーデンだ！　そうだ、ローズ・ガーデンなんだ！」

彼はふたたび急いで階下へ降りて、側面のドアから庭へ出た。そして曲がりくねった道を通ってローズ・ガーデンに近づいた。そこは両端に小さな門があった。彼は遠いほうの門から入って、ちょうど庭の中央の盛り土の上に造られた日時計に向かって歩いて行った。

ちょうどそこへ到達したとき、彼は急に足を止めて、そこにいる先客を見つめた。相手も同じようにびっくりして彼を振り返った。

「あなたがバラに関心をお持ちだとは、知りませんでしたよ、フィッシュさん」と、アンソニーは穏やかにいった。

「そうですか、わたしはバラには非常に関心があるのです」と、フィッシュはいった。

彼らはまるで敵同士がたがいに相手の力量を測ろうとしているかのように、注意深く見つめ合った。

「ぼくもそうなんですよ」と、アンソニーがいった。

「ほう、そうですか」

「ほんとの話、ぼくはバラの熱烈な愛好者なのです」と、アンソニーは気取っていった。

ほんのかすかな笑みがフィッシュの唇に漂った。同時にアンソニーも微笑した。緊張がほぐれたかのように見えた。

「このきれいなのをごらんなさい」フィッシュは身をかがめて、特別に美しい花を指さした。「これはたぶんマダム・アーベル・シャトネーです。そう、そのとおりです。それからこの白バラは、戦争前はフラウ・カール・ドルスキと呼ばれていました。たしか、新しい名前を付けられたと思います。いささか神経過敏ですね、でも、愛国心からそうしたのでしょう。ラ・フランスはもう、一般にもよく知られていますね。あなたは赤いバラが好きですか、ケイドさん？　この真紅のバラは――」

フィッシュ氏のゆっくりと、ものうげに話す声が、突然遮られた。バンドルが二階の窓から身を乗り出していた。

「ロンドンまでドライヴしない、フィッシュさん？　あたし、これから出かけるのよ」

「ありがとう、レディ・アイリーン。しかし、わたしはここで大いに楽しんでいますから」

「ケイドさん、あなたは気が変わらないわね？」

アンソニーは笑って首を振った。バンドルは姿を消した。「眠ったほうがましだよ」アンソニーはあくびをしていった。「のんびりと昼寝でもしようかな」彼はタバコを取り出した。「すみません、マッチをお持ちですか？」

フィッシュ氏は彼にマッチ箱を手渡した。アンソニーは自分でタバコに火をつけてから、礼をいいながら箱を返した。

「バラはみんなすてきですが、今日はあまり園芸には向かない気分です」と、アンソニーはいった。

フィッシュ氏は警戒心を解かせるような微笑を作って、快活にうなずいた。

家のすぐ外側からすさまじい音が鳴り響いてきた。「相当強力なエンジンをつけているらしいですな」と、アンソニーはいった。「おう、いよいよお出かけだ」

彼らは広い車道を走って行く車を眺めた。アンソニーはまたあくびをして、ぶらりと家へ向かった。そしてドアから中へ入ったとたんに、突然気が変わったかのように、猛然と広間を駆け抜けて、向こう側のフランス窓から飛び出し、庭園を横切ってつっ走った。彼は、バンドルがこの別荘の門のほうを大きく迂回しなければ、村のほうへ出られないことを知っていた。

彼は全速力で疾走した。これは一刻を争うレースだった。庭園の塀に到達したとき、外側から車の音が聞こえてきた。彼は一気に塀を飛び越えて、路上に飛び下りた。

「やあ！」と、アンソニーが叫んだ。

びっくりしたバンドルは、とっさに道路を半ば横切るようにしてカーヴを切り、無事に車を停めた。アンソニーは車を追いかけてドアを開け、バンドルの横に飛び込んだ。

「ロンドンへごいっしょしましょう」と、彼はいった。

「驚いた人ね」と、バンドルはいった。「手に持っているのは、なあに？」

「これはただのマッチ」と、アンソニーは答えた。

彼はそれをしげしげと見た。棒がピンクで頭が黄色だった。彼は火の消えたタバコをほうり投げて、そのマッチの棒をだいじそうにポケットに入れた。

24 ドーヴァーの家

しばらくすると、バンドルがこういった。「もう少しスピードを出してもかまわないでしょ？　出発するのが予定よりも少し遅くなったのよ」すでに恐るべきスピードで走っているようにアンソニーには思えたのだが、まもなく彼は、彼女の車がそれとは比べものにならないほどのスピードを出せることを知らされた。

やがて彼女は、村を通り抜けるために一時的にスピードをゆるめながらいった。「あたしの運転を怖がる人もいるのよ。たとえば、気の弱い父。どんな手で誘っても、このおんぼろ車にあたしといっしょには乗らないわ」

アンソニーは、それはもっともだと思った。バンドルといっしょのドライヴは、神経質な中年紳士を楽しませるスポーツではなかった。

「でも、あなたはまるっきり平気みたいね」バンドルは二つの車輪で曲がり角を折れながら満足げにいった。

「ぼくはそれ相当に訓練を積んでいますからね」アンソニーはきまじめに答えてから、ふと思いついたようにつけ加えた。「それに、ぼく自身もかなり急いでいるのです」

「じゃ、もう少しスピードをあげましょうか？」と、バンドルは親切にいった。

「いやいや、とんでもない」アンソニーはあわてていった。「制限速度を守って走りましょう」

「あたしね、あなたのこの突然のお出かけの理由を知りたいという好奇心に燃えてるのよ」バンドルは、近所じゅうの人の耳を一時的に聞こえなくするような警笛のファンファーレを鳴らしながらいった。「でも、そんなことは訊いちゃいけないかもね？　あなたはべつに法の手から逃げるつもりじゃないんでしょうから」

「それがどうも、はっきりしないのですよ。もうすぐわかるでしょうがね」と、アンソニーは答えた。

「あのロンドン警視庁の刑事は、あたしが思ったほどの臆病者じゃなさそうね」

「バトルはりっぱな男ですよ」

「あなたはもっと外交的になるべきだわ。ちっとも情報を聞かせてくれないじゃないの」

「そうですかね。ぼくはしゃべりすぎているような気がするけど」

「まあ、ひどい！　まさかあなたはマドモアゼル・ブランと駆け落ちするつもりじゃないでしょうね？」

「それは無罪！」と、アンソニーは熱を込めて叫んだ。

バンドルが前方の車を三台追い越すあいだ、しばらく沈黙がつづいた。やがて彼女はだしぬけに訊いた。「あなたはヴァージニアといつから知り合いなの？」

「それは答えにくい質問ですね」と、アンソニーは率直にいった。「じっさいは、彼女とそうたびたび会っていたわけじゃないんですけど、しかし、ずいぶん昔から知り合っていたような気がするんですよ」

バンドルはうなずいた。「ヴァージニアは頭がいいのよ」と、唐突にいった。「彼女はしょっちゅうくだらないこともしゃべってるけど、とても頭がいいのね。ヘルツォスロヴァキアではずいぶん活躍したらしいわ。もしティム・レヴェルが生きていたら、彼はきっと出世したでしょうよ――ヴァージニアのおかげでね。彼女は彼のために必死に働いたのよ。彼のためにあらゆる手を尽したの。なぜだか、あたし知ってるわ」

「彼を愛していたから？」アンソニーはまっすぐ前方を見つめていた。

「いいえ、愛していなかったからなの。わかる？　彼女は彼を愛していなかったのよ――ぜんぜん愛してなんかいなかったの。だからこそ彼女は、その埋め合わせをするために、あらゆることをやったわけなの。それはいかにもヴァージニアらしいところなんだけど、しかし誤解してはいけないわ。彼女はティム・レヴェルをぜんぜん愛していなかったのよ」

「あなたはずいぶん確信があるみたいですね」アンソニーは彼女のほうを見ながらいった。

バンドルの小さな手は車のハンドルをしっかと握りしめ、あごはきりっと引きしまっていた。

「あたし、彼女が結婚した当時はまだ子供だったけど、いくつかの事実を聞いていたし、ヴァージニアをよく知っているので、それらを結び合わせることはたやすいわ。ティム・レヴェルはヴァージニアにすっかりいかれちゃったのね――彼はアイルランド人で、魅力的で、しかも自己表現のうまさはほとんど天才的だったわけ。一方、ヴァージニアはまだとても若かったのよ――十八歳だったから。しかも彼女はどこへ行っても恋の悩みを絵に描いたような状態のティムを見せつけられたわけね――結婚してくれなければピストル自殺をするとか、毒を飲むとかいって、見るもあわれな姿の彼を。女の子はそういうことを信じやすいのよ。彼女もつい情にほだされて、彼と結婚したのね――そしてそれ以来彼女はずっと、彼にとっては天使だったのよ。もし彼女が彼を愛していたら、天使の半分にもならなかったでしょうよ。ヴァージニアには悪魔的なところがどっさりあるのだもの。しかし、これだけはあなたにいっておきたいわ——彼女は自由を楽しんでいるのよ。だから、彼女をくどいてそれを捨てさせるのは、ずいぶん骨が折れるでしょうね」

「あなたはなぜそんなことをぼくにいうのですか？」アンソニーはゆっくりとたずねた。

「だって、少しでも関心のある人のことを知るのは、興味があるでしょ？」

「そうですね。たしかにぼくは知りたかった」と、彼は認めた。

「しかも、あなたはヴァージニアからそんな話は聞けないでしょうからね。でも、あたしからの内部情報は信用できてよ。彼女はとてもいい人だわ。ぜんぜん意地悪じゃないから、女性たちからも好かれるのよ。とにかく——」バンドルはあいまいに話を結んだ——「人間は公明正大でなきゃね」

「そうですね」と、アンソニーは同意した。しかし、彼はまだとまどっていた。彼のほうから求めたわけではないのに、なぜ彼女がそんな話を彼に聞かせたくなったのか、わからなかったのだ。それを聞かせてもらったことは嬉しかったが。

「路面電車だわ」バンドルはため息をついた。「これからは慎重に運転しなきゃ」

「そうしたほうがいいですね」と、アンソニーは同意した。

だが、慎重な運転ということについての、彼の考え方とバンドルのそれとは、ほとんど一致しなかった。彼らは憤慨する郊外の市民たちを尻目に見ながら、やがて、オクスフォード通りに入った。

「そうまずい運転じゃなかったでしょ？」彼女は腕時計を見ながらいった。彼は気前よくそれを認めた。「あなたはどこで降ろしたらいいの

「どこでもいいですよ。？」

「ナイツブリッジのほうよ」

「じゃ、ハイド・パーク・コーナーで降ろしてください」

「じゃあね」バンドルは指示された場所へ車を寄せながらいった。「帰りはどうするの？」

「ぼくはぼくなりの方法で帰りますよ。どうもありがとう」

「やっぱり怖くなっちゃったのね」

「神経質なおばあさんには、あなたといっしょのドライヴは勧められないけど、ぼく自身は楽しかったですよ。ぼくが最近同じような危険にさらされたのは、野生の象の群れに襲われたときくらいなものですからね」

「あなたってずいぶん失礼ね」と、バンドルはいった。「今日はただの一度もぶつけな

かったのに」

「ぼくのためにそんな手加減をする必要はなかったのに」と、アンソニーは言い返した。

「男って、ほんとうはあまり勇気があるとは思えないわね」

「うわっ、きびしいな。もう降参、降参」と、アンソニーはいった。バンドルはうなずいて、車を出した。彼は通りかかったタクシーを停めた。そして車の中へ体を滑らせながら、「ヴィクトリア駅へ」と、運転手に告げた。

ヴィクトリア駅でタクシーを降りて料金を払い、ドーヴァー行きのつぎの列車を問い合わせると、運悪く、たったいま列車が出たばかりだった。やむを得ず一時間以上も待つあいだ、彼は待合室の中を歩きながら眉を寄せて考えにふけった。

ドーヴァーへの旅は平穏だった。そこに着くと、アンソニーは急いで駅を出てから、不意に思い出したように、またもどった。そして奇妙な微笑を浮かべながら、赤帽にラングリー・ロード、ハーストミアへ行く道を訊いた。

その通りはかなり長く、まっすぐ町はずれまで延びていて、赤帽の説明によれば、ハーストミアはその通りの最後の家だという。アンソニーは着実な足どりで歩いて行った。ふたたび眉の間に少ししわが寄せられていたが、危険が迫っているときにはいつもそうであるように、彼の眼には新たな意気ごみが輝いていた。

ハーストミアは赤帽のいったとおり、ラングリー・ロードの最後の家で、通りからかなり奥まったところにあり、広い屋敷は草や樹木が生い茂っていた。もう何年も空き家になっていたのだろう。大きな鉄の門はさびついていて、扉を開けるとき、耳ざわりな音を立ててきしみ、門柱に記された名前はほとんど消えていた。

「なるほど、いかにもやつらが選びそうな場所だ」と、アンソニーはつぶやいた。

彼は通りを振り返り、周囲に人影のないことを確かめてから、門を通り抜けて雑草の一面に生えた道に入った。それを少し行ったところで立ち止まり、耳をすました。まだ家までかなり距離があって、どこからも何の物音も聞こえなかった。頭上の木々の枝から枯れ葉が二つ三つ落ちるほんのかすかな音が、あたりの静寂の中で無気味な感じをそそった。アンソニーは一瞬はっとしてから、苦笑しながら心の中でつぶやいた。「臆病風に吹かれたか。いままで一度も経験したことがなかったのに」

彼は車道を進んで行った。やがてそれがカーヴしているところで灌木の林の中に入り、家から姿が見えないようにして前進をつづけた。しばらくすると、彼は急に足を止めて、葉のあいだから前方をうかがった。どこかで犬の吠える声がしたが、彼の注意を惹いたのはもっと近い音だった。彼の鋭敏な聴覚は誤っていなかった。一人の男が足早に家の角を回ってやって来た。背の低い、ずんぐりした体つきの男で、外国人らしい顔と肌の色だった。男は立ち止まらずにどんどん歩いて、家を回ってふたたび反対側へ姿を消した。

アンソニーはうなずいた。「見張りだ。やつらも抜かりないな」

男が通りすぎるとすぐ、アンソニーは前進して、車道から左へそれ、見張りの足音を追って行った。彼自身の足はまったく音を立てなかった。

彼の右のほうに家の壁面があり、やがて砂利を敷いた道にかなり幅広く光が射し込んでいるところへ来た。数人の男の話し声がはっきり聞こえる。

「おやおや、なんというとんまな連中だ。やつらを驚かしてやりたくなるくらいだ」彼はそうつぶやいて、姿を見られないように腰をかがめながら、その窓の下へ忍び寄った。それから注意深く敷居の高さまで頭を上げて、中をのぞいた。

六人の男がテーブルを囲んでいた。その中の四人はたくましい体軀の大男で、ほお骨が高く、目はハンガリー人のように斜めに傾いていた。あとの二人は身振りの速いネズミみたいな小男だった。彼らはフランス語で話していたが、大男の四人のしゃべり方はたどたどしく、妙にしわがれた、耳障りな訛りがあった。

その一人がうなった。「ボスは？　いつここへ来るんだ」

小男の一人が肩をすくめた。「いつかは来るさ」

「何をぐずぐずしてやがるんだ」と、最初の男がうなった。「おれは、おめえたちのボスとやらに一度も会ったことがねえけど、しかし、毎日こうしてぼんやり待ってるだけで、偉大な栄光ある仕事を達成できるわけがねえだろう！」

「ばかいえ」もう一人の小男が辛辣にいった。「きみやごりっぱな同志どもが達成できそうな偉大な栄光ある仕事といったら、警察にふん捕まえられることくらいなものだろうよ。ゴリラのできそこないの集まりだもんな！」

「なんだと！」もう一人の大男がわめいた。「きさまはわれらの同志を侮辱する気か！いまに見てろ、きさまの首の周りにレッド・ハンドのしるしをつけてやるからな」

彼は腰を浮かして、小男のフランス人を咬みつかんばかりの形相で睨んだが、仲間の一人が彼を押しもどした。「喧嘩はやめろ」と、どなった。「われわれは協力して仕事をすることになっているんだぞ。聞くところによれば、キング・ヴィクターという男は、命令に従わねえやつに対しちゃ、情容赦はしないそうだぞ」

夕闇の向こうから、ふたたび回ってくる見張りの足音が聞こえてきた。アンソニーはやぶの陰に身を隠した。

「だれだ、あれは？」と、部屋の中の一人がいった。

「カルロさ——巡回しているんだ」

「ああ、そうか。捕虜はどうした？」

「だいじょうぶだ——回復が早くて、われわれのやった頭の傷はもうだいぶ治っているようだ」

アンソニーはそっと窓のそばを離れた。

「まったくばかなやつらだ」と、ひそかにつぶやいた。「窓を開けっ放しにして、仕事のことを議論してやがるし、あのカルロのとんま野郎は、コウモリの目をして、象みたいな足音を鳴らしながら歩き回ってる。その上、ヘルツォスロヴァキア人とフランス人は衝突寸前。キング・ヴィクターの本拠地は危なっかしい状態になってるらしい。やつらをこらしめてやったら、面白いだろうな」

彼はしばらくほくそえみながら、たたずんでいた。そのとき頭上のどこからか、押し殺されたうめき声が聞こえた。

アンソニーは上を見上げた。うめき声がまた聞こえてきた。

彼はすばやく左右を振り返った。カルロがまた回ってくるまでに、まだ間があった。彼は太いツタの幹をつかんで、二階の窓敷居の高さまで敏捷に上った。窓は閉まっていたが、彼のポケットから出した道具で簡単に掛け金がはずれた。

彼はしばらく耳を澄ましてから、身軽に部屋の中へ飛びこんだ。奥の一隅にベッドがあり、暗がりでほとんど見分けがつかなかったが、そのベッドに男が一人横になっていた。アンソニーはベッドに近づいて、ポケット型の懐中電灯で男の顔を照らした。それは青白い衰弱した外国人の顔で、頭には包帯が何重にも巻かれていた。手と足はロープで固く縛られている。男は呆然とアンソニーを見つめていた。アンソニーは彼に話しかけようとして腰をかがめたが、その瞬間に背後の足音を聞き、手をすばやく上着の内ポケットに滑らせながら、くるりと振り向いた。

だが、鋭い命令が彼を捕えた。「手を挙げろ！　きみはここでぼくに会おうとは予想もしていなかったろうが、ぼくはたまたまヴィクトリア駅できみと同じ列車に乗ったのだ」

通路に立っているのは、ハイラム・フィッシュ氏だった。微笑を浮かべ、手の中に大きな青い自動拳銃があった。

25　火曜日の夜、チムニーズで

ケイタラム卿とヴァージニアとバンドルの三人は、夕食後、書斎に坐っていた。火曜日の夜で、アンソニーのやや劇的な出発から三十時間ほど経過していた。その間バンドルは、アンソニーの別れぎわの言葉を、彼がハイド・パーク・コーナーで語ったとおりに、少なくとも七回は繰り返していた。

「ぼくはぼくなりの方法で帰る……」ヴァージニアは思案深げに、それを繰り返した。「彼はこんなに長いあいだ、ここを離れていることを予想していなかったみたいだわ。持ち物はぜんぶここにおいてあるし」

「彼はどこへ行くとも、あなたにいわなかったのね？」

「そう」ヴァージニアはまっすぐ前方を見つめながらいった。「あたしには何もいわなかったわ」

しばらく沈黙がつづいた。ケイタラム卿がそれを破った。「概していえば、別荘を持っているよりもホテルを持っているほうが有利だね」

「つまり――」

「ホテルの各部屋に吊してある注意書きのことさ。出発しようと思う客は、十二時までにそのことを通知しなくてはならない」

ヴァージニアは微笑した。

彼は話をつづけた。「わたしは古風で、合理的じゃないのだよ。無断で家を飛び出したり、飛びこんできたりするのが、当節の流行であることは知ってるがね。ホテル式だ――完全な行動の自由――しかも、最後の勘定はない！」

「お父さまって、よく不平をいうわね」と、バンドルはいった。「ヴァージニアもあたしもいるでしょ。ほかに何がほしいの？」

「いやいや、ほかに何もほしくないよ」と、ケイタラム卿は急いで答えた。「これはそんなことじゃないのだ。信条の問題なのさ。どうも落ち着かなくていかん。過去二十四時間はほぼ理想的だったね。平和だ――完全な平和があった。泥棒も、暴力犯罪もない、刑事も、アメリカ人もいない。不満をいえば、もしわたしがそうしたものからほんとうに解放されたのだと確信できたら、もっと楽しめるだろうがね。ところが、彼らの一人か二人がいまにも舞いもどってきて、すべてをだいなしにしてしまいそうな気がしてならんのだ」

「ほんとにだれも現われないわね」と、バンドルがいった。「あたしたちだけになったまま——置き去りにされたみたいだわ。フィッシュがいつの間にか姿を消したのも変ね。彼は何もいわなかったでしょ？」

「一言も。あたしが最後に彼を見かけたのは、昨日の午後ね——彼は例のいやな葉巻を吸いながら、ローズ・ガーデンを行ったり来たりしていたわ。ところがそのあとで、まるであの風景に溶けてしまったみたいなの」

「だれかが彼を誘拐したのかもね」と、バンドルがいった。

「一両日中にロンドン警視庁の連中がやって来て、彼の死体を捜すために湖の底をさらうことになるだろう」彼女の父親は憂鬱な表情でいった。「それはわたしに対する当然の報いだ。もうこの歳になったら、そっと外国へ行って、体をいたわり、ジョージ・ロマックスの向こうみずな策略に巻きこまれないようにすべきだったのだ。ところが——」

彼はトレドウェルに話を遮られた。

「やれやれ」ケイタラム卿はため息をついて、いらだたしげに問いかけた。「何ごとかね？」

「フランスの刑事が参りまして、閣下の時間を数分割いていただけないかといっておりますが」

「やっぱりわたしのいったとおりだろう？」と、ケイタラム卿はいった。「わたしはつかの間の平和であることを知っていたのだ。きっと彼らは、二つに折り曲げられたフィッシュの死体が金魚の池に放り込まれているのを発見したのだ」

トレドウェルは、うやうやしく彼を問題の論点へ引きもどした。「閣下がお会いになると、返事してよろしゅうございますか？」

「まあ、仕方がない。ここへ連れてきなさい」

トレドウェルは出て行き、二分ほどでもどってきて、打ち沈んだ声で告げた。「ムシュー・ルモワーヌです」

フランス人は速い軽快な足どりで入ってきた。その歩き方は、彼の顔よりもいっそうはっきり、彼が何かのことで興奮している事実を示していた。

「こんばんは、ルモワーヌ」と、ケイタラム卿はいった。「飲物は？」

「いいえ、結構です」彼は女性たちにきちょうめんに頭を下げた。「じつは、過去二十四時間のあいだに、わたくしは非常に重大な発見をいたしましたので、それをあなたにご報告すべきだと思いまして、うかがった次第です」

「何か重大なことがどこかで起こっているにちがいないと、わたしも思っていましたよ」と、ケイタラム卿はいった。

「閣下、昨日の午後、あなたの賓客の一人が、まことに奇妙なやり方で突然この家を出ました。じつは、わたくしは当初から疑惑を抱いていたのであります。未開地から来たその男。彼は二カ月前には南アフリカにいました。その前は——どこにいたのでしょう？」

ヴァージニアははっと息を呑んだ。フランス人は彼女に疑わしげな眼を投げてから、話をつづけた。「その前はどこにいたのか、だれも知りません。しかも彼は、わたくしが探していた男とそっくり同じ特徴を持っているのです——快活で、大胆不敵で、何ごとにもおじけない度胸がある。わたくしは方々へ電報を打ちましたが、彼の過去についてはなんの手がかりもつかめませんでした。彼は十年前にカナダにいました。しかし、それからどこで何をしていたのか、まったく不明なのです。わたくしの疑惑は強まるばかりでした。そうこうするうちに、ある日わたくしは、彼が通りすぎたばかりの場所で紙きれを拾いました。それにはある住所が書かれていました——ドーヴァーのある家の住所です。わたくしは何食わぬ顔でそれをそこにおいて立ち去り、物陰で見張っていますと、例のヘルツォスロヴァキア人のボリスがそれを拾って、彼の主人のところへ持って行きました。わたくしはあのボリスが、レッド・ハンド党のスパイであることを見抜いていました。あの地下組織の同志たちが、この事件でキング・ヴィクターといっしょに動いていることについても、われわれは確実な情報をつかんでいます。したがって、もしボリスが、アンソニー・ケイドがかれのボスであることを知っていたら、そうするのは当然でしょう。つまりそれは、ボスに対する忠実な行動だったわけです。そうでなければ、彼はなぜ取るに足らぬ赤の他人に仕えようとしたのでしょう？　わたくしの疑惑はますます強まってきました。

しかし、それからまもなく、その疑惑はほとんど解けました。なぜなら、アンソニー・ケイドはまもなくわたくしにその紙きれを見せて、わたくしが落としたのではないかと訊いたからです。そこで、疑惑はいったん解けかかったのですが――しかし、完全に解けたわけではありません！　なぜなら、それは彼が潔白であることを意味するかもしれませんが、しかしそれは逆に、彼がきわめて狡猾であることを意味するかもしれないからです。そこでわたくしは、彼を追跡しつづけました。そして今日、重大な情報が入りました。じつは、ドーヴァーの例の家には、昨日の午後まで外国人の一団が住んでいて、どうやらそこがキング・ヴィクター一味の本拠地らしいということを突きとめ、急いで家宅捜索の手配を取ろうとしていた矢先に、彼らはあわただしくそこを放棄してしまったのです。これは非常に重大な意味を持っています。おわかりでしょうか？　昨日の午後アンソニー・ケイドはあわただしくここから逃げ出しました。つまりそれは、彼があの紙きれを落としてしまったとき以来、危険が迫っていることを知っていたからなのです。彼はドーヴァーに到着すると、ただちに一味をそこから撤退させました。彼らがつぎにどんな行動を取るか、それはわかりません。ただし、確かなことは、アンソニー・ケイドはもはやここにはもどってこないだろうということです。しかしながらわたくしは、キング・ヴィクターをよく知っていますから、彼があの宝石の捜索をもう一度試みずに、このままゲームを捨てるようなことは決してないと確信しています。そしてそのときこそ、わたくしが彼を捕えるチャンスなのです！」

そのときヴァージニアは急に立ちあがり、暖炉の前まで行って、鉄のように冷たい響きのある声でいった。「あなたの説明は、だいじな点が一つ抜けているんじゃありませんか？　昨日、疑わしいやり方で姿を消した賓客は、ケイドさんだけじゃないのよ」

「といいますと？」

「あなたのいったことは、もう一人の人にもそっくりそのまま当てはまるわ。ハイラム・フィッシュさんについてはどうなの？」

「ああ、フィッシュさんですか！」

「そう、フィッシュさんよ。あなたは最初の夜、キング・ヴィクターが最近アメリカからイギリスへ来たといっていたでしょ？　フィッシュさんもアメリカからイギリスへ来たのよ。彼がある非常に有名な人の紹介状を持ってきたことは確かだけど、キング・ヴィクターなら、そんなことは簡単にできるでしょうよ。しかし彼は、紹介状に書いてあるような人物ではなかったわ。ケイタラム卿の話によれば、彼は初版本を見るためにここへ来たはずなのに、その話になると彼はいつも聞き手で、決して話し手にはならなかった。ほかにも疑わしい事実がいくつかあるわ。殺人事件の起きた夜、事件の発生した直後に彼の部屋に明かりがついていたこと。それからつぎの晩、会議室で例の事件のあった直後に、あたしがテラスで彼と出会ったとき、彼はちゃんと服を着ていたわ。例の紙きれだって、彼が落としたのかもしれないじゃないの。あなたはケイドさんが実際にそれを落としたのを見たわけじゃないのだもの。ケイドさんはドーヴァーへ行ったかもしれないけど、それはただそこを調べるためだったのよ。彼はそこで誘拐されたのかもしれないわ。あたしにいわせれば、ケイドさんよりもフィッシュさんの行動のほうが、はるかに怪しいわ」

フランス人の声が鋭く鳴り響いた。「あなたの立場からごらんになれば、そうなるかもしれません。わたくしはべつに異議を唱えようとは思いませんよ、マダム。フィッシュ氏が紹介状どおりの人物でないというご意見にも、賛成です」

「それで?」

「しかし、それは問題にならないのです。なぜなら、フィッシュ氏はじつはアメリカの私立探偵なのですよ、マダム」

「な、なんだと?」と、ケイタラム卿が叫んだ。

「そうなのです、閣下。彼はキング・ヴィクターを追跡するためにここへ来たのです。バトル警視とわたくしは、かなり前からそのことを知っていたのです」

ヴァージニアは何もいわなかった。彼女はゆっくりと腰をおろした。ルモワーヌのたった一言によって、彼女の苦心して築きあげた楼閣が、彼女の足もとに木っ葉みじんに崩れ落ちたのだ。

ルモワーヌは話をつづけた。「キング・ヴィクターはどんなことがあってもかならず、チムニーズへやって来るにちがいありません。われわれが彼を確実に逮捕できる場所は、ここをおいてほかにはありますまい」

ヴァージニアは眼に奇妙な光をただよわせながら顔を上げ、突然、声をあげて笑った。

「あなたはまだ彼を捕まえなかったのね」といった。

ルモワーヌはけげんな顔で彼女を見た。「ええ、マダム。しかし、こんどはやりますよ」

「彼は人を出し抜くので有名なのでしょう？」

フランス人の顔が怒りの色をおびていた。「こんどはそうはさせません」と、歯のあいだからいった。

「彼はとても魅力的な青年でしたな」と、ケイタラム卿はいった。「あんな魅力的な青年が――そうそう、彼はあなたの古い友人だといってたね、ヴァージニア？」

「だからこそ、あたしはルモワーヌさんがまちがっているのだと思うのよ」彼女は落ち着いた声でいった。

そして彼女の眼が刑事の眼をじっととらえたが、彼はいささかもたじろがなかった。

「時間が証明するでしょう、マダム」

「ミカエル王子を射ったのは彼だと、あなたはおっしゃるの？」と、彼女は訊いた。

「そうです」

彼女は首を振った。「いいえ、違うわ！　あたしはそれだけは確信しているわ。アンソニー・ケイドは絶対にミカエル王子を殺してないわよ」

ルモワーヌは探るような眼で彼女を見た。「あなたのおっしゃることが正しいという可能性はあります。可能性にすぎませんがね」と、彼はゆっくり答えた。「つまり、あのヘルツォスロヴァキア人のボリスが命令をはき違えて彼を射ったかもしれないのです。あるいは、ミカエル王子が彼に何かひどい虐待をして、ボリスはその報復をしたとも考えられます」

「あいつは見るからに人殺しをしそうな顔つきをしてますよ」と、ケイタラム卿は同意した。「メイドたちは通路で彼とすれ違うと、悲鳴をあげてましたよ」

「さて、わたくしはもう出かけなければなりません。とにかく、閣下、事態がどうなっているかを、充分に認識なさっておくべきだと思います」

「わかりました。ご親切に、どうもありがとう。飲物はほんとにいらないのですね？　それじゃ、おやすみなさい」

ルモワーヌが部屋を出て、ドアが彼の背後で閉まるとすぐ、バンドルがいった。「あのきちんと刈りこんだ黒いあごひげ、きざなめがね――いけすかない男ね。アンソニーがあいつをやっつけてくれないかしら。あいつが怒ってきりきり舞いするところをぜひ見たいわ。どう思う、ヴァージニア？」

「わからないわ。あたし、疲れたので、休ませていただこうかしら」と、ヴァージニアはいった。

「うむ、そうしたほうがいいだろう。もう十一時半だからね」と、ケイタラム卿が答えた。

ヴァージニアが大広間を通りかかったとき、見慣れた男のがっしりした後ろ姿が、側面のドアからこっそり抜け出そうとしているのが、目にとまった。「あの、バトル警視」と、あわただしく声をかけた。

警視はしぶりがちに振り向いた。「なんでしょう、レヴェル夫人？」

「ルモワーヌさんがいらっしゃったのよ。彼の話によると――フィッシュさんはアメリカの探偵だそうですけど、ほんとなの？」

バトル警視はうなずいた。「そのとおりです」

「そのことをずっと知ってたの？」

ふたたび、バトル警視はうなずいた。

ヴァージニアは階段のほうへきびすを返した。「そうですか。どうもありがとう」

彼女はそのときまで、その話を信じることを拒んでいた。だが、いまは――？　彼女は自分の部屋の化粧台の前に腰をおろして、その問題に直面した。アンソニーのいったあらゆる言葉が、新たな意味をはらんで彼女へもどってきた。彼がいっていた――やめたといっていた――〝職業〟とは、なんだったのだろう？

やがて、異様な音がだしぬけに彼女の思索の糸を断った。彼女ははっとして顔を上げた。彼女の小さな金の置時計が一時すぎを示していた。彼女は二時間近くも考えにふけっていたのだ。

ふたたびその音が繰り返された。窓ガラスをぱしっとたたきつけるような音だった。彼女はその窓のそばへ行って、それを開けた。下の歩道に背の高い人影があって、つぎの小石を拾おうとしていた。

一瞬、彼女の心臓がはげしく動悸した——それから、その人影はヘルツォスロヴァキア人のボリスの大きくたくましい、角ばった輪郭であることがわかった。「なんのご用？」と、彼女は低い声でいった。ボリスが夜半のこんな時刻に彼女の部屋の窓へ小石を投げるというのは、いかにも奇異な感じだった。「なんのご用？」彼女はいらだたしく繰り返した。

「わたくしは主人のところからまいりました」ボリスの声も低かったが、はっきり聞き取れた。

「主人があなたのもとへ使いによこしたのです」彼はまったく感情を表に出さない口調でしゃべっていた。

「あたしのもとへ使いに？」

「そうです。あなたを主人のところへお連れするように、とのことであります。手紙を持ってまいりましたので、そちらへ投げます」

彼女は少し後ろへ下がった。小石で重みをつけた細長い紙片が、正確に彼女の足もとに落ちた。彼女はそれを開いて読んだ——〝いとしい人へ（とアンソニーは書いていた）。ぼくは窮地に立たされていますが、しかし、きっと切り抜けるつもりです。ぼくを信頼して、ぼくのところへ来てくださいませんか？〟ヴァージニアは二、三分、その場に身動きもせずに立ったまま、その短い手紙を何度も何度も読み直した。

やがて彼女は顔を上げて、寝室の豪華な装飾を、まるで新しい眼で見るように見回した。それから、ふたたび窓から身を乗り出して、「あたしはどうすればいいの？」と、問いかけた。

「刑事たちが家の反対側に、会議室の外に、張りこんでいます。ですから下へ降りて、こちら側のドアから出てください。わたくしはそこで待っています。表の通りに車を待たせてあります」

ヴァージニアはうなずいた。すばやくドレスを着替えて、小さな帽子をかぶった。それからちょっとほほえむと、バンドルに宛てて短い置き手紙を書き、それを針刺しに針で留めた。

やがて彼女は階段をそっと降り、裏側のドアのかんぬきをはずした。ほんの一瞬立ち止まると、彼女は先人たちが聖戦におもむかんとしたときと同じように、勇ましく頭をぐっとそらしてから、その通路を通り抜けた。

26 十月十三日

十月十三日水曜日の朝十時に、アンソニー・ケイドはハリッジズ・ホテルに入り、そこのスイートに泊まっているロロプレッティジル男爵に面会を求めた。威厳を示すように適度の間をおいてから、彼は問題のスイートへ案内された。男爵は暖炉の前に威儀を正して立っていた。アンドラーシ大尉も同様に威儀を正してそこにいたが、やや敵対的な態度が見受けられた。

いつものお辞儀や、かかとを合わせる音や、その他の挨拶儀礼が行なわれた。アンソニーはいまではそうしたしきたりに、すっかり慣れていた。

「こんなに朝早くお訪ねして申しわけありませんが男爵、じつは、あなたとささやかな商談をしたいのです」アンソニーは帽子とステッキをテーブルにおきながら、快活にいった。

「ほう、そうですか」と、男爵はいった。

アンソニーに対する当初の不信感を拭いきれないアンドラーシ大尉は、疑念に満ちた顔だった。

アンソニーは話をつづけた。「商売はご周知のとおり、需要と供給の原則の上に成り立っているものです。つまり、あなたが何かをほしい、相手はそれを持っているということになれば、あとは値段を定めることが残っているだけです」

男爵は彼を注意深く見つめていたが、何もいわなかった。

「ヘルツォスロヴァキアの貴族とイギリスの紳士とのあいだであるならば、その条件は容易に折り合いがつくでしょう」アンソニーは早口でそういいながら、少し顔を赤らめた。そのような文句はイギリス人には言い難かったが、いままでの経験から、そうした言葉遣いが男爵の心理に非常に大きな作用を与えることを知っていたのだ。

はたせるかな、それは効果てきめんだった。「そうですとも。まったくそのとおりです」男爵は大きくうなずいて満足げにいった。アンドラーシさえ、やや打ちとけた様子で、いっしょにうなずいていた。

「たいへんけっこう」アンソニーはいった。「そこで、やぶの周りをたたいて獲物を狩り立てるのはよして――」

「なんですと?」と、男爵が遮った。「やぶの周りをたたく? どうも意味がわからん」

「いや、単なる言い回しにすぎませんよ、男爵。わかりやすくいえば、あなたは品物がほしい、われわれはそれを持っているということです！　船はりっぱにできあがったが、船首飾りが欠けている。船とはヘルツォスロヴァキアの王制擁護派のことです。あなたたちは現在、政党綱領の最も重要な項目が欠けているわけです。つまり、王子がいないのです！　そこで——これは仮定にすぎませんが——いまかりに、ぼくがあなたに王子を提供できるとしたら、どうです？」

男爵は目を丸くして、「あなたの話はまったくわからん」と、言明した。

アンドラーシ大尉は口ひげを荒々しくひねりながらいった。「あなたは侮辱しようとしているのですな！」

「とんでもない。ぼくはお役に立とうとしているだけだ。需要と供給の問題ですよ、おわかりでしょう。公明正大な商談です。いんちきな王子じゃありませんよ——供給するのは正真正銘の王子——トレード・マークを見てください。もし条件さえ折り合いがつけば、それがほんものであることがわかるでしょう。つまり、ぼくはれっきとした品物を、引き出しの中から出して、あなたに提供しようとしているのです」

「どうも、ますます話がわからなくなるばかりだ」と、男爵はふたたび言明した。

「それはべつにかまいません」と、アンソニーは親切にいった。「ぼくはただ、あなたがそうした考え方に慣れてほしいだけなのです。平たくいえば、ぼくはあるものを袖の中に用意してあるわけです、いつでも出せるように。あなたは王子がほしい。で、ある条件の下に、ぼくはそれをあなたにあげようというのです」

男爵とアンドラーシは呆然と彼を見つめていた。アンソニーはふたたび帽子とステッキを手に取って、帰り支度をした。

「ま、よく考えておいてください。さて、男爵、もう一つお願いしたいことがあるのです。今夜、ぜひともチムニーズへいらしてください——アンドラーシ大尉もどうぞ。そこでいくつかの非常に奇妙なことが起きると思います。面会の約束をしましょうか？ では、九時に会議室でお会いしましょう。では、お待ちしてますよ、ジェントルメン」

男爵は一歩前に出て、アンソニーの顔をさぐるように見た。「ケイドさん、あなたはわれわれをからかっているのじゃないでしょうな？」と、威厳をこめていった。

アンソニーは彼の視線を堂々とはじき返し、何か奇妙な調子をおびた声でいった。

「男爵、今夜が過ぎれば、あなたはきっとこの話が冗談どころか大まじめであったことを、まっ先に認めることになるでしょう」

二人に会釈して彼は部屋を出ていった。

彼のつぎの訪問先はロンドンの中心部にあって、彼はそこで名刺をハーマン・アイザックスタイン氏に取り次いでもらった。しばらく待たされてから、愛想のある態度をした、軍隊の肩書のある、申し分のない服装をした青白い顔の、若い下っ端が現われた。

「あなたはアイザックスタインさんに会いたいのですか？　今朝は重役会議やその他さまざまな用事で、社長は非常に忙しいのです。わたくしがご用件をうかがっておきましょうか？」

「彼にじかに会わなければならんのだ」と、アンソニーはいってから、さりげなくつけ加えた。「そのために、ぼくはチムニーズからわざわざこちらへうかがったのだよ」

若僧はチムニーズと聞いて、ちょっとうろたえた。「はっ、そうでございましたか！」

「重要な用件だと伝えてくれたまえ」と、アンソニーはいった。

「ケイタラム卿からの伝言でございましょうか？」と、若僧は訊いた。

「そのようなことだが、とにかくアイザックスタイン氏に、ぜひとも至急お会いする必要があるのだ」

二分後に、アンソニーは奥まった豪華な一室に通された。彼は何よりもまず、革張りの肘掛椅子の巨大さと座面の広さに感嘆させられた。

アイザックスタインは立ちあがって彼を迎えた。

「突然このようにおうかがいして、申しわけございません。あなたが大変にお忙しい方であることは、よく承知しておりますので、できるだけあなたの時間を浪費しないように、さっそく用件を申しあげましょう。これはちょっとした商談なのです」と、アンソニーはいった。

アイザックスタインはビー玉のような黒い眼で、一分間ほどじっと彼を見た。「葉巻をやりたまえ」と、だしぬけにいって、蓋の開いた箱を差し出した。

「これはどうも」アンソニーは自分で一本取り出した。「例のヘルツォスロヴァキアの一件は――」彼はマッチを受け取り、相手の堅固な視線が一瞬ゆらいだのを意識しながら、話をつづけた――「ミカエル王子が殺害されたために、せっかくの計画がだめになるでしょうな」

アイザックスタインは片方の眉を上げて、「えっ？」と、問い返すようにつぶやき、視線を天井へ移した。

「石油というのは、ほんとにすばらしいですな」アンソニーは光沢のある机の表面を眺め回しながら、考え深げにいった。

彼は資本家がちょっと驚いたのを感じとった。「ケイドさん、要点をおっしゃっていただけませんかな」

「承知いたしました。アイザックスタインさん、もし例の石油の利権が他社の手に渡ったら、あなたは面白くないでしょうね？」

「ご提案はなんですか？」資本家は彼をまともに見つめながらたずねた。

「イギリスの全面的な支持を得られる、適格な王位継承者の問題です」

「あんたはそれをどこから連れてくるのです？」

「それはぼくの勝手ですよ」

アイザックスタインはその反駁を軽い微笑で受け容れた。彼のまなざしはきびしく、鋭くなっていた。「それはほんものですか？　いんちき商売はお断わりですよ」

「絶対に正真正銘のほんものです」

「掛け値なしの？」

「掛け値なしの」

「ま、それはあんたの言葉どおりに受け取りましょう」

「あまり信用していないようですね？」アンソニーは彼をいぶかしげに見ながらいった。

ハーマン・アイザックスタインは苦笑した。「相手が真実を語っているかどうかがわからないようじゃ、わたしはいまこうしておれなかったでしょうよ」と、端的に答えた。

「あんたの条件は？」

「あなたがミカエル王子に提示したのと同じ条件の、同じ融資です」

「あんた自身については？」

「いまのところは何もありません。ただ、今夜あなたにチムニーズに来ていただきたいだけです」

「いや、それはできない」と、アイザックスタインはきっぱり答えた。

「どうして？」

「夕食会が——かなり重要な夕食会があってね」

「どうせ、あなたはそれを断わらざるを得なくなるだろうと思いますよ——あなた自身のためにね」

「それはどういう意味だ？」

アンソニーはたっぷり一分間彼を見つめてから、ゆっくりいった。「あなたはミカエル王子を射った拳銃が発見されたことをご存じですか？　それがどこで発見されたと思います？　あなたのスーツケースの中ですよ」

「なんだって！」アイザックスタインはほとんど椅子から飛び上がらんばかりに驚き、顔面を凍らせた。「いったいあんたは何をいってる？　どういう意味なのだ、それは」

「まあ、それほどお聞きになりたいのなら、説明しましょう」

アンソニーは恩着せがましく、拳銃が発見されたいきさつを物語った。彼が語るにつれて、相手の顔は恐怖に青ざめてきた。

「しかし、それは嘘だ」アンソニーの話が終わると、彼はいきなりどなった。「わたしはそんなものをそこにおいた憶えはない。それは陰謀だよ、きみ!」

「まあまあ、そう興奮なさらないで」アンソニーは相手をなだめた。「もしそうなら、あなたはそれを簡単に証明できるでしょう」

「証明する? どうすれば証明できるのかね?」

「もしぼくがあなたなら、今夜チムニーズへ行くでしょうね」と、アンソニーは静かにいった。

アイザックスタインは疑わしげに彼を見た。「それは忠告かね?」

アンソニーは身を乗り出して彼に何ごとかささやいた。資本家はびっくりしてのけぞった。

「そ、それはほんとか――?」

「とにかく行って、その眼でごらんなさい」と、アンソニーは答えた。

27 十月十三日（つづき）

会議室の時計が九時を打った。ケイタラム卿は深いため息をついていった。「やれやれ、隠れんぼをしていた連中が、尻尾を振りながら舞いもどってきたぞ」

彼は悲しげに部屋を見回した。「あの猿回しが、猿を連れてきた」と、男爵に目を留めながらいった。「スログモートン街（英国証券市場）のおせっかい屋が」

「それはちょっとひどすぎるわ」彼の話し相手になっていたバンドルが抗議した。「彼はあたしに、お父さまはイギリス貴族の中でもっともよく客のもてなし方を心得た、模範的なホストだといってたのよ」

「あいつはいつもそんなことばかりいってるんだ。あいつと話をすると、ほんとうにくたびれる。正直にいって、わたしはもはや客のもてなし好きなイギリス紳士の部類には入らないよ。できれば、このチムニーズを、企業心のあるアメリカ人にでも譲って、ホテルに住みたいくらいだ。ホテルなら、もしだれかが押しかけてきてわたしを悩ましたら、さっさと勘定を払って逃げ出せるのだからね」

「フィッシュさんがいなくなって、幸いだったみたい」と、バンドルがいった。

「彼はわりあい面白いやつだったよ」ケイタラム卿はあまのじゃく的な、ひねくれた気分になっていた。「わたしをこんなことに巻きこんだのは、おまえの好きなあの若者なんだ。なぜこの幹部会議とかいう集まりをここで、わたしの家で開かなければならないのかね？　彼の会社の集会なら、ラーチェズとかエルムハーストとか、あるいはストリーザムあたりの気の利いた別荘を自分で借りて開催すればいいじゃないか」

「雰囲気が出ないわよ、それじゃ」

「だれもわたしたちにわるさをしなければいいが」と、彼女の父は気づかわしげにいった。「あのルモワーヌというフランス人も信用できないよ。フランスの警察は何をでっちあげるか、わかったもんじゃない。ゴム紐をおまえの腕に巻きつけておいてから、犯罪をでっちあげておまえを脅かし、その反応を体温計で測るかもしれないぞ。そんなことをされたら、わたしはやつらが〝ミカエル王子を殺したのはだれだ！〟とどなっただけで、熱が百二十二度か三度に上がって、やつらはすぐさまわたしを刑務所へぶちこむだろう」

ドアが開いて、トレドウェルが大声で告げた。「ミスター・ジョージ・ロマックス、ミスター・エヴァズレー!」

「忠実な犬を連れたコダーズのご入来だわ」と、バンドルがつぶやいた。

ビルは彼女に向かって一直線に進み、一方ジョージは公の会合のために装い慣れたにこやかな態度で、ケイタラム卿と挨拶を交わした。「やあ、ケイタラム、ほかならぬきみの伝言を受けたので、飛んできたのだ」ジョージは握手しながらいった。

「それはどうもありがとう。あなたに来ていただいて、ほんとに嬉しい」ケイタラム卿の良心はいつも、少しも嬉しくないことを知っていながら、大げさに嬉しいそぶりをさせた。「それはわたしの伝言じゃなかったのだが、しかし、まあ、そんなことはどうでもいい」

一方ビルは、低い声でバンドルに襲いかかっていた。「いったいこれはどういうことなんだ? ヴァージニアが真夜中に失踪したんだって? まさか誘拐されたのじゃないだろうね?」

「そうじゃないわよ。月並みだけど、彼女は針刺しに置き手紙を残して行ったわ」

「だれかといっしょに? あの植民地野郎といっしょじゃないだろうね? どうもあいつは気にくわないよ。聞くところによると、あいつ自身が極悪人だという憶測が飛んでいるらしいね。しかし、どうしてそんなことがいえるのか、ぼくにはさっぱりわからないんだがね」

「へえっ、そう？」

「だって、例のキング・ヴィクターはフランス人だし、ケイドは明らかにイギリス人だよ」

「キング・ヴィクターはいろんな外国語がぺらぺらで、しかも、半分はアイルランド人だってことを、あなたは聞いていないの？」

「ああ、そういうことか！　だから、あいつはこそこそと逃げちまったわけか」

「彼がこそこそと逃げたというのは、初耳だわ。確かに彼は一昨日、姿をくらましたわよ。でも、今朝あたしたちへ電報を打ってよこして、今夜九時に彼はここへもどるから、コダーズを呼び寄せてほしいといってきたのよ。ほかの人たちもみんな、また姿を現わしたわ——彼に頼まれて」

「まるで集会だね」ビルはあたりを見回しながらいった。「フランスの刑事は窓ぎわに、イギリスのそれは暖炉の前にいる。かなり国際色豊かだが、星条旗の代表者の姿が見えないね」

バンドルは首を振った。「フィッシュさんは突然どこへともなく姿を消したままだし、ヴァージニアもまだいないわ。でも、ほかの人はぜんぶ集まってるの。だからあたし、なんだかせすじがぞくぞくして、だれかが〝ジェイムズ、お入れしろ〟といったとたんに、何もかもさらけ出される瞬間が、刻々に迫っているような気がしてならないの。あたしたちはいま、アンソニー・ケイドの到着を待つばかりなのよ」

「あいつはまったく現われないかもしれないよ」とビルがいった。

「じゃ、なぜこの集会を――父にいわせれば幹部会議を――招集したの？」

「そりゃ、その裏で何かを企んでいるからさ。きっとそうだよ。われわれをぜんぶここに集めておいて、あいつはほかのどこかで何かをやろうとしてるのさ」

「じゃ、あなたは彼が来るとは思わないわけね？」

「そう思うほうがどうかしてるよ。あいつが、ライオンの口の中へ頭から飛びこんでくるっていうのかい？　この部屋は刑事や政府関係者がうようよしているんだよ」

「あなたがもし、キング・ヴィクターはそんなことで思いとどまるだろうと考えているのなら、彼を知らなすぎるわ。話によると、彼はこのような情況がいちばん好きで、いつもそれを出し抜いて成功しているのだそうよ」

ビルは疑わしげに首を振った。「それは何か仕掛けがしてあったのだろうな――いんちきなさいころを使うとか。でなかったら、彼は絶対――」

ふたたびドアが開いて、トレドウェルが大声で告げた。「ミスター・ケイド！」

アンソニーはまっすぐ彼のホストのところへ行った。「ケイタラム卿、大変ご迷惑をおかけして、まことに申しわけございません。しかし、今夜はかならず、謎が解けるだろうと思いますので、なにとぞお許しください」

ケイタラム卿は機嫌が直った様子だった。彼はつねにアンソニーに対してひそかに好意を抱いていたのだ。「いやいや、ぜんぜん迷惑なんかしてませんよ」と、熱心に答えた。

「ご親切に、ありがとうございます」と、アンソニーはいった。「みなさんがぜんぶお揃いのようですな。では、いよいよ仕事にとりかかりましょう」

「これはまったく納得がいかんね」と、ジョージ・ロマックスが重々しく異議を唱えた。「あまりにも規則に反している。ケイド氏は地位も身分もまったくない。しかも、はなはだ微妙な、むずかしい立場にある。わたしとしては――」ジョージの雄弁が中断された。バトル警視がこっそり彼のわきへ行って、二言三言彼の耳へささやいたのだ。ジョージは当惑し、うろたえたような表情になった。

「なるほど。きみがそういうのなら……」彼はしぶしぶそういってから、やや声を高めてつけ加えた。「では、みなさん、ケイド氏の話を拝聴することにしましょう」

アンソニーはそのあからさまな恩着せがましい言葉を無視して、快活に話をすすめた。

「これはぼくのほんのちょっとした思いつきにすぎないのですが——先日、わたしたちがある暗号のメッセージを手に入れたことは、たぶんここにいらっしゃるすべての方がご存じだろうと思います。それはリッチモンドという名前と、いくつかの数字が記されていました」彼は少し間をおいた。「そして、わたしたちはそれをみごとに解いた——と思ったのですが、失敗しました。さて、故スティルプティッチ伯爵の回顧録の中に（これはたまたまぼくが読んだところに書いてあったのですが）、ある晩餐会のことが書かれていました——花の晩餐会と名づけられ、出席者はみんなある花をかたどったバッジを付けているのです。わたしたちがあの秘密の通路の奥の空洞の中から発見したあの奇妙なしろものは、じつは伯爵がその晩餐会の趣向をまねた暗号だったのです。晩餐会の場合はバラの花だったわけですが、あの暗号ではすべて列が使われています——ボタンの列、Eの列、そして最後に編み地の列です。ところで、みなさん、この家の中でなん列にも並べられているものはなんでしょう？　本ですよ、そうでしょう？　しかも、ケイタラム卿の蔵書目録には、『リッチモンド伯爵の生涯』という本があります。こう申し上げれば、みなさんは隠し場所がどこかということについて、ほぼ推測がつくでしょう。問題の書物から出発して、例の数字を棚と本に当てはめると、わたしたちの探し求めているものが、ダミー本の中か、あるいはある特殊な本の後ろの空洞の中から発見されるにちがいありません」アンソニーは賞賛の声を期待しているようなまなざしで、みんなを見回した。

「うむ、じつにみごとだ」と、ケイタラム卿がうなった。

「たしかにみごとな推理ではあるがね」ジョージは恩着せがましく同意して、「しかし、実地に調べてみなければ――」とぶつぶついった。

アンソニーは笑った。「プディングであることを立証するには、食べてみるのが手っ取り早いというわけですか？　では、まもなくそれを立証してごらんに入れましょう」

彼は立ちあがった。「ちょっと失礼して、書斎へ行ってまいります――」

しかし、彼はその先へ進めなかった。ルモワーヌが窓を離れて、彼を遮ったからだ。

「ちょっと待ってください、ケイドさん。よろしいでしょうな、ケイタラム卿？」

彼は書き物机へ行って、急いで数行走り書きし、それを封筒の中に入れて封をすると、ベルを鳴らした。トレドウェルがそれに応えて現われた。ルモワーヌはその封書を彼に渡した。

「急いで届けてくれたまえ」

「はい、かしこまりました」と、トレドウェルは答えて、いつものもったいぶった足どりでひきさがった。

しばらくためらいながら立っていたアンソニーは、また腰をおろした。「何かすばらしいアイデアが浮かんだのですか、ルモワーヌ？」と、穏やかにたずねた。

ルモワーヌはしばらく黙ったまま、探るようなまなざしで彼を見つめた。異様に緊張した空気がにわかにあたりをとざした。

「たとえあの宝石があなたのいった場所にあるとしても——それは七年以上もそこにあったわけですから——十五分やそこら発見が遅れたところで、問題じゃないでしょう」

「それで？　あなたのいいたかったのは、それだけですか？」と、アンソニーは訊いた。

「いや、そうじゃありません。この重大時に、どなたも一人で部屋を出て行くことは、許されるべきではないと思います。とくにその人が疑わしい前歴がある場合は、なおさら危険です」

アンソニーは眉をあげ、タバコに火をつけた。「放浪生活は確かにあまりまともじゃないでしょうな」

「ケイドさん、二カ月前にあなたは南アフリカにいました。それは確認されています。その前はどこにいたのですか？」

アンソニーは椅子の中に深々と身を沈めて、ぼんやりと煙の輪を吐いた。「カナダです。北西部の未開地です」

「あなたは刑務所にいたのじゃありませんか、フランスの刑務所に？」

バトル警視はあたかも退路を遮断しようとするかのように、一歩ドアのほうへ移動した。しかしアンソニーは、いささかも劇的な行動を取ろうとする気配を示さなかった。

彼はただフランスの刑事をじっと見つめてから、たまりかねたような声をあげて笑った。

「お気の毒なルモワーヌ。それはあなたの偏執狂のせいですよ。あなたはいたるところにキング・ヴィクターが見えるのです。だからあなたは、ぼくがそんな興味深い怪盗であるかのような妄想を抱くようになったのですよ」

「あなたはそれを否定するのですか？」

アンソニーは上着の袖からタバコの灰の小片を払った。「ぼくは愉快なことを否定したくはありませんがね、しかし、その非難はあまりにも理屈に合わなすぎる」

「ほう！　そうですかな？」フランス人は身を乗り出した。顔面がけいれんしていた。しかし、彼は妙に当惑しているようにも見えた——あたかもアンソニーの態度のどこかが彼をとまどわせているかのように。「わたしはこんどこそ、こんどこそはキング・ヴィクターを捕えるために、こちらへ来たのです。どんなことがあっても、後へは引きませんよ」

「それはあっぱれな心意気ですが、しかし、あなたは以前にも彼を捕まえるために来たことがあるのでしょう、ルモワーヌ？　ところが、彼に出し抜かれた。こんどもまたそうなるかもしれないと思いませんか？　話によれば、彼はつかみどころのないやつらしいですからね」

会話はフランスの刑事とアンソニーの決闘のような様相をおびてきた。部屋の中のほかのだれもが、殺気を感じた。それは必死に食い下がるフランス人と、悠々とタバコをふかして、そんなことにはまったく無頓着なように見えるアンソニーとのあいだの、死を賭した戦いだった。

「もしぼくがあなただったら――」アンソニーが話をつづけた――「非常に慎重にやるでしょう。よく足もとを見るとか、いろいろとね」

「こんどはどうやら、まちがいなさそうですな」と、ルモワーヌは無気味な口ぶりでいった。

「ばかに自信ありげだけど、しかし、証拠というものが必要なんですよ」

ルモワーヌは微笑した。その微笑の中の何かがアンソニーの注目を惹いたようだった――彼ははっと上体を起こして、タバコの火をもみ消した。

「さっきわたしが手紙を書いたのを、ごらんになったでしょう？」と、フランスの刑事はいった。「あれは宿にいるわたしの部下に連絡したのです。じつは昨日フランスから、キング・ヴィクターの——別名キャプテン・オニールの——指紋やベルティョン式個人識別法のデータなどが届きました。彼にそれをここへ持ってくるように命じたのです。あと数分のうちに、わたしたちはあなたがあの男かどうか、はっきりとわかるでしょう!」

アンソニーは相変わらず彼をじっと見つめていた。かすかな微笑が彼の顔をかすめた。

「なるほど、あなたはさすがに利口だな。ぼくはそこまでは考えつかなかった。それらのデータが到着したら、あなたはぼくの指をインクに浸すか、何か同じように不快なことをしたり、ぼくの耳を測ったり、特徴のほくろを探したりするわけですな。で、もしそれが一致したら——」

「ええ、もしそれが一致したら?」と、ルモワーヌがうながした。

アンソニーは椅子の中で身を乗り出した。「そう、もしそれが一致したら、いったいどうなるんです?」と、静かに問い返した。

「どうなる?」フランスの刑事はまるで意表を突かれたように一瞬たじろいだ。「そりゃ——そのときはもちろん、あなたはキング・ヴィクターだということが、証明されたことになるでしょう!」しかし、そのときはじめて、彼の態度に不安な影がさした。

「それはきっと、あなたにとっては大きな満足でしょう」と、アンソニーはいった。「しかし、ぼくは少しも痛痒を感じないだろうと思いますよ。べつにぼくは何も認めるつもりはありませんが、いまかりに、議論を進めるために、ぼくがキング・ヴィクターであったら——たぶん、ぼくは悔い改めようとしているでしょう」

「悔い改める?」

「そうですとも。ルモワーヌ、あなたはキング・ヴィクターの身になって考えてごらんなさい。想像力を働かせて。あなたは刑務所から出てきたばかり。新しい人生がはじまろうとしている。冒険とスリルに満ちた生活の当初の感動的な歓びは、もはや過去のものです。あなたは美しい女の子に出会っているかもしれない。そしたら、彼女と結婚して、セイヨウカボチャの栽培ができるような、どこかの田舎に定住することを考えているでしょう。これからはまともな生活を送ろうと決心しているでしょう。自分をキング・ヴィクターの身に置き換えて、想像してごらんなさい。そのような気持ちになることがおわかりでしょう?」

「わたしはそんな気持ちになるとは思えませんな」ルモワーヌは皮肉な微笑を浮かべていった。

「たぶん、あなたはそうかもしれない」と、アンソニーは認めた。「しかしそれは、あなたがキング・ヴィクターじゃないからですよ。あなたには彼の気持ちがわからないのですよ、きっと」

「しかし、あなたがいってることは、まったくナンセンスですよ」と、フランス人はきめつけた。

「いや、そうじゃありません。それでは、もしぼくがキング・ヴィクターだとしたら、いったいあなたはぼくをなんの罪で逮捕するのです？　古い、遠い昔の証拠を挙げることはできませんよ。ぼくは刑期を終えたのですから。その分はそれでおしまいです。〝重罪を犯す意図をもって徘徊していた〟疑いで捕まえることはできるかもしれないけど、それは満足な結果にはならんでしょう」

「あなたは忘れていますよ、アメリカを！」と、ルモワーヌはいった。「変装してニコラス・オボロヴィッチ王子になりすまして、莫大な金を詐取していたことを！」

「それはぜんぜんだめです。ぼくはそのころアメリカにも、その近くのどこにもいなかったのですから。しかもそれは簡単に証明できますよ。もしキング・ヴィクターがアメリカでニコラス王子の役を演じていたのなら、ぼくはキング・ヴィクターじゃない。彼が王子に扮していたことは確かなのでしょう？　それは王子自身ではなかったのでしょう？」

バトル警視が突然口をはさんだ。「ケイドさん、その男は確かに詐欺師でした」

「ぼくはあなたと議論しようとは思いませんよ、バトル警視。あなたはつねに正しいことをいう癖がありますからな」と、アンソニーはいった。「ニコラス王子がアフリカのコンゴで死んだということも、同じように確かなのですか?」

バトルはけげんな顔で彼を見た。「わたしはその点は保証できません。しかし、一般にはそう信じられています」

「用心深い人だ。あなたのモットーは何でしたっけ? そうそう、したい放題にさせておけだ。いや、じつはぼくもあなたにならって、ルモワーヌ氏にしたい放題のことをさせておいたのですよ。ぼくは彼の告発を否定しなかった。しかし、どうやら彼は失望して、黙ってしまいそうだ。しかし、ぼくはいざというときのために、いつも何かをひそかに用意しておくことにしているのです。今夜もここで何かまずいことが起きることを予測して、用心のために切り札を連れてきました。それは——というよりも彼は——二階にいます」

「二階に?」ケイタラム卿が興味深げに訊き返した。

「そうです。かわいそうに彼は、ごく最近、かなりひどい目にあわされていたのです。頭に大きなこぶを作らされたりしてね。それで、ぼくは彼の面倒を見ていたのです」

突然、アイザックスタインの太い声が割って入った。「彼とは、いったいだれなんだ?」

「もし差し支えなければ――」と、アンソニーがいいかけた。

ルモワーヌが突然荒々しく遮った。「馬鹿げた話はよしてもらいましょう。あなたがわたしの裏をかいたと思っているのなら、大まちがいですぞ。あなたがアメリカにいなかったというのは、ほんとうかもしれない。たとえ嘘であっても、あなたはそれを非常に巧みにごまかしている。しかし、まだほかにあるのですよ、殺人が! そう、ミカエル王子を殺した容疑ですよ。あの晩、あなたが例の宝石を探していたとき、彼があなたの邪魔をしたのです」

「ルモワーヌ、あなたはキング・ヴィクターが決して人を殺さないことを、よく知っているはずですよ」アンソニーの声が鋭くひびいた。「彼が決して血を流さなかったことを、あなたは――ぼくよりもはるかによく――知っているはずだ」

「それじゃ、あなた以外のだれが彼を殺すことができたのです? はっきり言っていただきましょう!」と、ルモワーヌが叫んだ。

かん高い口笛の音が外のテラスから鳴りひびいて、最後の言葉は彼の唇の上で死んだ。アンソニーはいままでの平然たる構えをかなぐり捨てて、勢いよく立ちあがって叫んだ。

「ミカエル王子を殺したのはだれなのかは、説明するまでもない――あなたにごらんに入れよう。あの口笛は、ぼくが待っていた合図なのだ。ミカエル王子を殺した犯人は、いま書斎にいる」

彼はすばやくフランス窓から飛び出した。ほかの者たちも彼につづいてテラスを回って、書斎の窓へ駆けつけた。彼がその窓を押すと、何の抵抗もなく開いた。彼は厚いビロードのカーテンをそっとわきへ寄せて、みんなに部屋の中が見えるようにした。書棚の前に黒い人影が立って、せっせと書物を引き出したり、元へもどしたりしていた。その仕事に熱中しているために、外の物音が耳に入らない様子だった。

彼らが目を見張って立ちつくしたまま、懐中電灯の光でぼんやりとした影絵になっている人影の正体を見分けようとしていたとき、だれかが野獣のようなうなり声をあげて、彼らのあいだを飛び出して行った。

懐中電灯が床にはげしく落ちて光が消えた。すさまじい格闘の音が部屋をゆるがせた。ケイタラム卿は暗闇の中をさぐって、スイッチを入れた。二人の姿がからみ合いながら揺れていたが、そのとき、みんなの眼の前でその終結がきた。ピストルの銃声が鋭くはじけ、小柄なほうの体が折り曲がって床に倒れた。他の一人は彼らのほうを振り向いた。それはボリスだった。目が怒りに燃えていた。

「この女がわたくしの主人を殺したのです」と、彼はうなった。「いま彼女はわたくしを射とうとしました。わたくしは彼女からピストルを奪って彼女を射つつもりでしたが、格闘中に暴発したのです。聖ミカエルがそのように導かれたのでありましょう。邪《よこしま》な女は死にました」

「女?」と、ジョージ・ロマックスが叫んだ。

彼らはそばへ駆け寄った。ピストルを握りしめたまま、ぞっとするほど毒々しい表情を顔に浮かべて床の上に横たわっている女――それは、マドモアゼル・ブランだった。

28 キング・ヴィクター

アンソニーは説明した。「ぼくは最初から彼女を疑っていました。殺人事件のあった晩、彼女の部屋に明かりがついていたからです。しかし、その後、ぼくは動揺しました。フランスのブリタニーでマドモアゼル・ブランのことを調査し、彼女が履歴書どおりの女性であることに満足して帰ってきたのです。まったくぼくは浅はかでした。ド・ブルテイユ伯爵夫人がじっさいにマドモアゼル・ブランを長年雇っていて、彼女を高く評価していたという事実に、ぼくはすっかり目を奪われてしまったために、ほんもののマドモアゼル・ブランが新しい任地へ向かう途中で誘拐され、替え玉が彼女になりすましているのかもしれないということを、思ってもみなかったのです。そしてぼくは疑惑の目をフィッシュ氏へ移したのでした。彼がぼくのあとを追ってドーヴァーへ行って、ぼくたちがたがいに説明し合うまでは、ぼくは彼を疑いつづけていました。しかし、彼がキング・ヴィクターを追跡しているアメリカの探偵であることがわかると、ぼくはふたたび疑惑の目を当初の対象へ向けはじめたのです。

ぼくを悩ました難問の一つは、レヴェル夫人がその女をはっきり確認したことでした。しかしやがて、それはぼくがド・ブルテイユ伯爵夫人に会って確かめた事実を彼女に語ったあとであったことを思い出し、あらためて考え直しました。後ほどバトル警視から詳しい説明を聞くことができるでしょうが、レヴェル夫人がチムニーズへ来るのを阻止するために、かなり手の込んだ工作が行なわれていました。そのために死体さえも利用されたのです。その殺人は、レッド・ハンド党の同志たちの手によって行なわれた、裏切り者に対する処刑であったわけですが、その演出ぶりや、同志たちの例の赤い手の自署がなかったことは、彼らよりもすぐれた頭脳がその工作を指導していたことを示していました。ぼくは当初から一連の事件とヘルツォスロヴァキアとの関係に着目していましたので、この家に招かれた客の中でその国へ行ったことのあるのはレヴェル夫人だけだという事実は、何か重要な意味を持っているのではないかと思っていました。そのことから、だれかがミカエル王子に化けていたのではないかという疑問を持ったわけですが、これはぜんぜん見当違いであることが立証されました。しかし、マドモアゼル・ブランが替え玉かもしれないと思いつき、そしてレヴェル夫人が実物の顔を何度か見て憶えているという事実をそれと考え合わせたとき、ぼくはやっと光が見えはじめました。

つまり、この女の正体がばれないようにすることが、非常に重要であったし、その正体を見破りそうな人はレヴェル夫人だけだったのです」

「しかし、いったい彼女はだれなのです？」と、ケイタラム卿がいった。「いずれにせよ、レヴェル夫人がヘルツォスロヴァキアで知っていた女なのでしょうが」

「たぶん、男爵がそれにお答えできるでしょう」と、アンソニーはいった。

「わたしが？」男爵は驚いて訊き返した。

「よく見てごらんなさい。メーキャップにごまかされないようにして。彼女はかつて女優だったのですからね」

男爵は死体の顔を凝視した。突然、はっと息をつめた。「おおっ、これは……！　しかし、信じられない」

「何が信じられないのです？」ジョージが問いかけた。「この女はだれなのです？　あなたにはわかったのでしょう、男爵？」

「いやいや、信じられません」と、男爵はつぶやいた。「彼女はとっくに殺されたのですから。お二人とも殺されたのです。宮殿の石段の上で。彼女の遺体はわれわれの手で取り返しました」

「ばらばらにされて、見分けがつかないような遺体をね」と、アンソニーは彼に念を押していった。「彼女は替え玉を使ってうまくごまかしたわけですよ。そして、おそらくアメリカへ逃亡し、レッド・ハンド党の秘密組織の目を恐れながら数年間、潜伏していたのです。彼らは革命を推進した一派で、彼女に対してはそれこそ恨み骨髄に達していたのですから。しかし、やがてキング・ヴィクターが釈放されると、彼らは例のダイヤモンドを奪還する計画を立て、一緒にそれを実行に移しました。ところがあの晩、彼女が会議室でそれを探していたとき、思いがけなくミカエル王子に出会い、彼に正体を見破られてしまったのです。普通ならば、彼女が彼に出会う心配はほとんどありませんでした。賓客たちは家庭教師と接触する機会がありませんし、男爵がここへ来た日に彼女がしたように、偏頭痛という口実を設けて部屋に閉じこもっていることもできたからです。しかし彼女は、まったく思いがけない時と場所に、ミカエル王子とばったり顔を合わせてしまいました。暴露と恥辱の眼にさらされたのです。彼女は彼を射ちました。そして捜査を混乱させるために、拳銃をアイザックスタイン氏のスーツケースの中に隠したのです。おそらくあの手紙の束をぼくに返したのも、彼女だったでしょう」

ルモワーヌは前に進み出た。「あの晩、彼女は宝石を探すために会議室へ行ったとすれば、そこで彼女の共犯者と――つまり、外からやって来るキング・ヴィクターと――落ち合うことになっていたのじゃないですかね？」

アンソニーはため息をついた。「まだそんなことを――しつこいですね、あなたは！ぼくが切り札を用意してあるといった意味がわからないのですか？」

しかし、頭の働きの鈍いジョージが、そのときピントのずれた質問を割り込ませた。

「わしはまだまったく見当もつかないのだが、この女はいったいだれなんだ、男爵。あなたは知ってるのだろう？」

しかし、男爵は威儀を正して、しかつめらしく答えた。「いいえ、違います。わたくしはこの女に一度も会ったことがありません。わたくしにとっては、まったく見も知らぬ女性です」

「しかし、それは――」ジョージはとまどい、いぶかしげに彼を見つめた。男爵は彼を部屋の片隅へ連れて行って、彼の耳へ何ごとかささやいた。アンソニーは面白そうにそれを見守った。ジョージの顔がだんだん紫色に変わり、眼がふくらみ、脳卒中の初期のあらゆる徴候を見せはじめた。やがてジョージのしゃがれ声が断片的に彼の耳にとどいた。

「いかにも……いかにも……だんじてその必要は……面倒なことに……そう、最大限に極秘ですな」

「ああ！」ルモワーヌはテーブルをはげしくたたいた。「わたしはそんなことはどうでもいい！　ミカエル王子の殺害事件は、わたしの仕事ではないのです。わたしはキング・ヴィクターがほしいのですよ」

アンソニーは静かに首を振った。「ルモワーヌ、あなたはとても有能な人だが、お気の毒ながらそのペテンはうまくいかない。ぼくがこれから切り札を出すのでね」

彼は部屋を横切ってベルを鳴らした。トレドウェルがそれに応対した。「今晩ぼくといっしょにきた紳士をお連れしてください」

「はい、外国の紳士ですな」

「そう。できるだけ早く、来てほしいと伝えてくれたまえ」

「はい、かしこまりました」トレドウェルは引きさがった。

「いよいよ切り札、謎のムシューXの登場です」と、アンソニーはいった。「彼はだれでしょう？　どなたか当てられますか？」

ハーマン・アイザックスタインがいった。「二と二を足すと――つまり、今朝のあなたの謎めいたヒントと、今日の午後のあなたの態度を考え合わせると――これはまちがいないね。あなたはなんらかの方法で、ヘルツォスロヴァキアのニコラス王子を探し出してきたのだ」

「男爵もそう思いますか？」

「はい。あなたがまたべつの詐欺師を連れて来るとは思えません。あなたはわたくしに対して、つねに公明正大でありましたから」

「ありがとう、男爵。ぼくはその言葉を忘れませんよ。ほかのみなさんも、いまの答えに賛成ですか?」彼は待ち遠しそうないくつかの顔をぐるりと見回した。ルモワーヌだけは答えようとせず、気むずかしそうな顔でテーブルをじっと見つめていた。

アンソニーは外の廊下の足音を耳ざとく聞きつけると、にやりと笑っていった。「残念ながら、みなさんの答えはまちがいです!」

彼はすばやくドアへ駆け寄って、それを勢いよく開けた。

一人の男が敷居に立っていた——こぢんまりとした黒いあごひげ、眼鏡、頭に巻いた包帯で多少感じを損なわれているが、気障に気どった顔。「ご紹介しましょう。ほんもののパリ警視庁のムシュー・ルモワーヌです」

そのとき不意に、突進する足音につづいて格闘が起こり、やがてハイラム・フィッシュの鼻にかかった声が、窓ぎわからぶっきらぼうに湧き起こった。「だめだめ——ここは通さないぞ。きみの脱走を防ぐために、おれは日が暮れてからずっと、ここに張りこんでいたのだ。この拳銃できみに狙いをつけていたのさ。おれはきみを捕まえるためにはるばるやって来て、いまやっと捕まえたわけだが——しかし、きみはたしかにしたたか者だね！」

29　よみがえった王子

「ケイド君、きみはわれわれに説明する義務があると思うよ」その夜しばらくしてから、ハーマン・アイザックスタインがいった。

「もう、あまり説明するほどのこともありません」と、アンソニーは遠慮がちにいった。「ぼくがドーヴァーへ行くと、フィッシュさんはぼくがキング・ヴィクターらしいと推測をつけて、ぼくを追跡してきました。そしてそこに監禁されていた奇妙な男を発見し、彼の話を聞いて、やっとすべてのからくりがわかってきたのです。この場合も同じ手口で、ほんものが誘拐され、にせものが――キング・ヴィクターが――フランスの刑事になりすましていたわけです。しかし、バトルは前々からあのフランス人の同僚に怪しげなところがあるのに気づいて、パリへ電報を打ち、ルモワーヌの指紋その他の識別資料を送ってくれるように頼んでいたのです」

「ああ、あの悪党の話していたベルティヨン式個人識別法とかいうやつですな？」と、男爵がいった。

「なかなか気の利いたアイデアでした。ぼくはすっかり気に入ったので、それでいやがらせをしてやったのです。にせのルモワーヌはひどく困惑してしまったようでした。その前に、ぼくが〝列〟についてのヒントを与え、宝石がどこにあるかを説明すると、彼はその情報を共犯者に伝えると同時に、われわれを全員、会議室に足止めしておこうと計りました。あの手紙はじつはマドモアゼル・ブランへ宛てたものでした。彼はトレドウェルにそれをすぐ届けるように頼み、トレドウェルはいわれたとおり、それを二階の家庭教師の部屋へ持って行ったわけです。それからにせのルモワーヌは、ぼくをキング・ヴィクターだと非難しはじめ、あんな気晴らしをしながら、われわれを部屋に引き止めていたのです。その話にけりがついて、われわれが宝石を探しに書斎に行ったころには、もはや宝石はどこにもなくなっているだろうと、彼はもくろんでいたわけです」

ジョージは咳払いしてから、もったいぶっていった。「ケイド君、その件に関するあなたの行動は遺憾ながら、はなはだ軽率であると非難されてしかるべきであると思いますな。もしあなたの計画に些細な狂いが生じたならば、われわれの国宝の一つが、取り返しのつかないことになってしまったでありましょう。あまりにも無謀ですぞ、ケイド君」

フィッシュの気どった声がそれに答えた。「そうおっしゃるところを見ると、あなたはまだそれが簡単なトリックであったことに気づいていらっしゃらないようですな、ロマックスさん。あの国宝は書斎の本棚の後ろなんかには、金輪際なかったのですよ」

「金輪際？」

「ぜったいに」

アンソニーが説明した。「スティルプティッチ伯爵のからくりは、原典どおりに〝バラ〟を表わしていたのです。月曜日の午後、ぼくはそのことを思いつくと、さっそくローズ・ガーデンへ行きました。フィッシュさんはすでに同じことを思いついていたのです。つまり、まず日時計に背中を向けて立って、そこからまっすぐ七歩前進し、さらに左へ八歩、右へ三歩行くと、リッチモンドという名の明るい赤のバラの木が何本か群れになっています。あの宝石の隠し場所を見つけるために、この家は何度もくまなく捜索されたのですが、だれもあの花壇を掘ることを考えなかったのです。明朝、発掘隊を現場に向かわせたらいかがでしょう？」

「それじゃ、書斎の本棚の話は――」

「あの女をおびき出すためにぼくが発明した罠です。フィッシュさんはテラスで見張っていて、心理的好機が到来したときに口笛で合図したのです。じつはフィッシュさんとぼくはドーヴァーの家でいわば戒厳令をしき、レッド・ハンド党の同志たちとにせのルモワーヌとの連絡を断ったのです。そしてにせルモワーヌが彼らに撤去命令を打電してよこすと、それが完了したという報告を彼に伝えてやりました。そこで彼は気をよくして、ぼくを告発する計画にとりかかったのです」

「なるほど。どうやらこれで、万事めでたく解決したようですな」ケイタラム卿は陽気にいった。

「万事とはいきませんよ。まだ一つ残っています」と、アイザックスタインがいった。

「ほう、なんですか？」

偉大な資本家はアンソニーをまともに見つめた。「あんたはわたしをいったいなんのためにここへ呼んだのだね？　劇的な場面の野次馬役をやらせるためか？」

アンソニーは首を振った。「いいえ、あなたは多忙の人、あなたの時は金です。そもその元をただせば、あなたはなんのためにここへいらっしゃったのですか？」

「融資の協定を結ぶためです」

「だれと？」

「ヘルツォスロヴァキアのミカエル王子と」

「そのとおりです。そしてミカエル王子は死にました。あなたは彼のいとこのニコラスと、同じ条件の融資協定を結ぶ用意がありますか?」

「あんたはニコラス王子を連れてくることができるのか? 彼はコンゴで殺されたんじゃ?」

「たしかに彼は殺されました。ぼくが彼を殺したのです。いやいや、ぼくは人殺しをやったわけじゃありません。ぼくが彼を殺したという意味は、彼が死んだという情報を流したということです。アイザックスタインさん、ぼくは王子をあなたに提供することを約束しました。それがぼくではいかがです?」

「あんたが?」

「そうです。ぼくがその本人です。ニコラス・セルギウス・アレクザンダー・フェルディナンド・オボロヴィッチ。ぼくが生きようともくろんだ人生にとっては、あまりにも長すぎる名前なので、ぼくは一庶民、アンソニー・ケイドと名乗ってコンゴから出てきたわけです」

アンドラーシ大尉が飛びあがった。「しかし、それは信じがたい——あまりにも信じがたい話です。そのような話は、軽々しく口にすべきではありませんぞ」

「証拠はどっさりある」と、アンソニーは静かに答えた。「男爵はここでそのことを確信してくれると思うが、どうだろう」

男爵はさっと手をあげた。「あなたの証拠は、いずれ調べさせていただきましょう。しかし、わたくしに関する限り、その必要はいっさいございません。わたくしにとっては、あなたの言葉だけで充分です。しかも、イギリス人であったあなたの母上様は、あなたにとてもよく似ていらっしゃいました。わたくしはあなたにはじめてお会いしたときから、あなたのご両親のどちらかが、高貴のお生まれであろうと思っておりました」

「あなたはつねにぼくの言葉を信じてくれた、将来もそのことは忘れませんよ、男爵」アンソニーはそういってから、相変わらず無表情なバトル警視を振り返り、微笑しながらいった。

「ぼくの立場が非常に危険であったことを、あなたは理解してくださるでしょうね。ぼくは王位の第二継承者であったのですから、この家の中のだれよりも、ミカエルを抹殺しようとする最大の理由を持っていたのです。ですからぼくは、あなたを非常に恐れていました。あなたがぼくを疑っていることはわかっていましたし、あなたがぼくに手を出そうとしないのは、動機が見当たらないからだということも、知っていたからですよ」

「いや、わたしはあなたが彼を射ったとは、一瞬も信じたことはありません」と、バトルはいった。「われわれはそのような問題については、直感的にぴんと来るものがあるのです。しかし、あなたが何かを恐れていることには気づいていました。そしてそれが、わたしをとまどわせていたのです。ですから、もしあなたの素性がもっと早くわかっていたら、わたしはその情況証拠に惹かれて、あなたを逮捕したかもしれません」

「やれやれ、有罪になりそうな秘密をあなたに隠すことができて、ほんとによかった。あなたは真綿で首を絞めるようにして、ぼくからほかのすべてのことを吐かせたのですからね。大した腕前ですよ、あなたは。ぼくはロンドン警視庁に対して敬意を抱かざるを得ません」

「まことに驚嘆すべき話だ」と、ジョージはつぶやいた。「じっさい、まだ信じられないくらいだよ。しかし、男爵、このことは——」

アンソニーはややこわばった声で遮った。「ロマックスさん、ぼくは確実な証拠文書を提出せずに、イギリス外務省の支持を要請する意志は毛頭ありません。今夜はそろそろ散会して、いずれ日を改めてあなたと、男爵と、アイザックスタインさんとぼくとで、融資協定について相談することにしてはいかがでしょうか」

男爵は立ちあがって、かちんとかかとを合わせた。「あなたがヘルツォスロヴァキア国王になられるその日は、わたくしの生涯で最も誇るべき日になることでありましょう」と、おごそかにいった。

「ああ、ところで、男爵——」アンソニーは相手の腕に自分の腕をからませながら、無造作にいった——「言い忘れていたけど、これにはひもがついているんです。つまり、ぼくは結婚しているのですよ」

男爵ははっとして二、三歩後ずさった。驚きと失望の色が彼の顔を暗然とおおっていた。

「ああ、なんたる運命のいたずらでありましょう」と、悲痛な声で叫んだ。「おお、天にましますの神よ！　彼がアフリカの原住民と結婚していたとは、なんたる——」

「ちょっと、そうあわてなさんな。彼女は白人なんですよ」と、アンソニーは笑いながらいった。

「ああ、それはよかった。では、りっぱな貴賤相婚ということで？」

「そんなことでもない。ぼくが国王になるとしたら、彼女は女王の役にぴったりの人です。いや、何もそんなふうに首を振る必要はありませんよ。彼女はね、征服王の時代からの家柄のあるイギリス上院議員の娘なのです。最近は王族が貴族と結婚するのが流行らしいし、それに彼女はヘルツォスロヴァキアのことにかなり詳しいのですよ」

「なんだと？」ジョージ・ロマックスはいつもの慎重な演説口調を忘れて叫んだ。「まさか——まさかそれは——ヴァージニア・レヴェルのことじゃないだろうね！」

「ヴァージニア・レヴェルです」と、アンソニーは答えた。

「おお、そうか、そいつはおめでたい」と、ケイタラム卿は叫んだ。「ほんとにおめでとう。きみなら申し分ないぞ」

「ありがとうございます、ケイタラム卿。彼女はあなたのおっしゃった以上に、すばらしい人です」

しかし、アイザックスタインはけげんな顔で彼を見ていた。

「こんなことをお訊きしては失礼かもしれんが、しかし、その結婚はいつ行なわれたのです?」

アンソニーは彼に微笑を投げていった。「じつは、今朝、彼女と結婚したばかりなんです」

30　アンソニーの新しい仕事

「どうぞお先に。ぼくはもう少しあとで行きますから」と、アンソニーはいった。

彼はほかの者たちがぞろぞろと出て行くのを待ってから、しきりに鏡板を調べているバトル警視を振り返った。「ぼくに何か訊きたいことがあるようですね、バトル？」

「ええ。しかし、どうしてそんなことがわかるのですかな。あなたの勘のよさにはいつも驚かされますよ。念のためにうかがいますが、今夜死んだあの女は、かつてのヴァラガ女王だったのですね？」

「そう、しかし、これは内密にしてください。家庭内の秘密を人に知られたくない気持ちは、おわかりでしょう」

「はい。その点はロマックス氏を信頼できると思います。きっとだれも知らないことになるでしょう——ということは、多くの人に知られることにもなるわけですが、しかし、噂は広まらないでしょう」

「あなたがぼくに訊きたかったのは、そのことですか？」

「いいえ、それはついでに確かめただけのことです。わたしは――立ち入りすぎた質問かもしれませんが――あなたがなぜ自分の名前を変えたのか、そのあたりの事情を知りたかったのです」

「ああ、かまいませんよ、お話ししましょう。端的にいえば、ぼくはもっとも純粋な動機から自殺したのです。ぼくの母はイギリス人で、ぼくはイギリスで教育を受け、ヘルツォスロヴァキアよりもイギリスのことに、はるかに強い関心を持っていました。そこで、コミック・オペラのタイトルみたいな称号をつけて世界をほっつき回るのが、ばかばかしくてやりきれなかったのです。ぼくは少年時代から、民主主義的な考え方をしていました。理想の純粋さを信じ、すべての人間の平等を信じていました。そしてとくに、王や王子などという存在に、疑惑を抱いていたのです」

「それで？」と、バトルは抜け目なく問いかけた。

「まあ、それで、ぼくは世界を旅行し、見て歩いたわけです。どこへ行っても、平等はほとんどありませんでした。いや、ぼくはいまでもデモクラシーを信じていますよ。しかし、そうするには、強い手でそれを国民に押しつけなければならない――彼らの喉の中へ突っこんでやらなければならないのです。人々は兄弟にはなりたがらないのです―

――いつかはそうなるかもしれないけれど、いまはそうではありません。人間の友愛についての、ぼくの心に残っていた最後の信仰は、先週ロンドンへ来て、地下鉄の電車の中に立っている人々が入ってくる者たちのために道を空けてやろうとせず、頑として立ちふさがっているのを見たときに、ついに死んでしまいました。いまのところ、人々を彼らの善意に訴えて天使に変えることはできませんが、しかし、思慮分別のある力で、彼らがたがいに仲よくするために多少礼儀正しくふるまうようにさせることはできるでしょう。ぼくは人間の友愛を信じないわけではありませんが、それが実現するのはまだまだ先の話――何万年もかかるでしょうね。あせっても仕方のないこと。革命は徐々に進行する過程なのです」

「あなたのそうしたものの見方に、わたしはとても興味を惹かれます」バトルは目を輝かしていった。「口はばったいことですが、あなたはきっとあの国のりっぱな国王になられることでしょう」

「ありがとう、バトル」アンソニーはため息をついた。

「あなたはあまり嬉しくないようですね？」

「いや、ぼく自身もよくわからないのですよ。少しは面白いかもしれないけど、でも、まともな仕事に就くのはつらいな。ぼくはいままでそれを敬遠してきたからね」

「しかし、あなたはそれを、あなたの義務だと思っていらっしゃるわけでしょう？」

「とんでもない！　それはひどい。はっきりいえば、女ですよ——女に決まってるじゃないですか、バトル。彼女のためなら、ぼくは王さまになることだって何だってやりますよ」

「はあ、そうでしょうな」

「ぼくはあの男爵やアイザックスタインが反対できないように、さっさと結婚しちゃったのです。あの一人は王さまをほしがり、もう一人は石油をほしがっている。あの二人はほしいものが手に入るでしょう。ですからぼくも——あっ、そうそう、バトル、あなたは恋をしたことがある？」

「わたしはバトル夫人に、たいへんな愛着を感じています」

「夫人にたいへんな愛着を？——ああ、あなたはぼくが何をいおうとしているのか、わかっていないんだ！　それはぜんぜん違いますよ！」

「お話し中ですが、ケイドさん、あなたの付き人が窓の外で待っていますよ」

「ボリス？　ああ、そうですね。彼はすばらしいやつです。あのピストルが格闘中に暴発してあの女を殺したのは、ありがたかった。そうでなかったら、ボリスは運命と同じように確実に、あの女の首をひねりつぶしてしまったでしょう。ということになれば、あなたは彼の首を吊したくなるでしょうからね。とにかく、オボロヴィッチ王家に対する彼の愛着は、すさまじいですね。それにしても不思議なのは、ミカエルが死んだとたんに、彼はぼくを慕ってきたことです——彼はまだぼくのほんとうの素性を知らなかったはずですからね」

「本能でしょう、犬みたいな」と、バトルはいった。

「あのときは、大変に困った本能だと思いましたよ。それがあなたにヒントを与えはしまいかと、心配でした。ちょっと行って、彼の用件を聞いてみましょう」

彼はフランス窓から出て行った。あとにひとり残されたバトル警視は、しばらく彼の後ろ姿を見送ってから、鏡板に向かって話しかけた。「彼はうまくやっていくだろう」

家の外では、ボリスが「ご主人さま」と、声をかけ、先に立ってテラスを歩いて行った。

アンソニーはその先に何が待っているのだろうといぶかりながら、ついて行った。

やがてボリスは足を止めて、人差し指で示した。月の明るい夜で、彼らの前方に石の腰かけがあり、二つの人影がそれに腰をおろしていた。「彼はまったく犬らしいなあ」と、アンソニーは心の中でつぶやいた。「しかも、犬は犬でも、ポインターだ！」

彼は大股で人影のほうへ歩いて行った。ボリスは暗がりへ消えた。

二つの人影が立ちあがって彼を迎えた。一人はヴァージニアで、もう一人は――「ハロー、ジョー！」と、聞きなれた声でいった。「こちらはきみのすばらしい女性だ」

「ジミー・マグラス、これはこれは！」と、アンソニーが叫んだ。「いったい、どういうわけで、ここへ来たんだ？」

「奥地の探鉱旅行がだめになっちまったのさ。すると、外国人どもがからかいにやって来てね。あの原稿を売ってくれというのだ。そのつぎは、ある晩まっ暗闇の中で危うくナイフでやられるところだった。それで、おれはきみに、思ったよりもでかい仕事を頼んでしまったらしいと気がついた。そして、きみは助太刀が要るかもしれないと思って、つぎの船できみのあとを追ってきたってわけさ」

「感心しちゃったわ」ヴァージニアはそういってジミーの腕をつかんだ。「アンソニー、あなたはなぜ彼がこんなすてきな人だってことをあたしに話してくれなかったの。ジミー、あたしはあなたが断然気に入ったわ」

「お二人はもうだいぶ仲よくなってるようだね」と、アンソニーがいった。

「そうさ」と、ジミーが答えた。「おれがきみの消息を探し歩いているうちに、この女性とのつながりができちゃったわけなんだ。彼女はおれが思っていた女性とはぜんぜん違っていたよ――おれは、おれの人生とは縁もゆかりもない、高慢ちきな上流階級の貴婦人を予想していたのだが」

「彼はあの手紙のことを詳しく話してくれたのよ。彼がこんなすばらしい騎士だとわかったら、あたしがあの手紙のことでほんとに悩まされていなかったことが、残念な気がするわ」

「おれだって――」と、ジミーはそれに調子を合わせていった――「もしあなたがこんなすてきな女性だと知っていたら、あの手紙を彼に渡さずに、自分で持ってきただろうな。ところで、きみ、お遊びはもう終わっちゃったのかい？　おれのやることは何もないのか？」

「おう、あるとも！　ちょっと待っててくれ」

彼は家の中へ走って消えた。しばらくすると、彼は紙でくるんだ小包をかかえてもどってきて、それをジミーの腕の中へ放り投げた。

「ガレージへ行って、適当な車に乗りこんでロンドンへつっ走り、この小包をエヴァーディーン・スクエア一七番地へ届けてくれ。それは例の出版社のボールダーソン氏の自宅の住所だ。引き換えに、彼はきみに一千ポンドよこすだろう」

「なんだって？　じゃ、これは回顧録かい。とっくに焼き捨てられたと思っていたのだが」

「ぼくを見損っちゃいけないよ」と、アンソニーはいった。「ぼくがあんな手に乗ると思ってるのかい。とんでもない。ぼくはすぐさま出版社へ電話して確かめたのだ。そして先の電話がにせものだとわかったので、それに応じた処置をとった。指示されたとおりに、おとりの小包を作ったけど、ほんもののほうをホテルの支配人の金庫に入れて、おとりの小包を渡したのさ。回顧録は一度もほかのやつの手には渡らなかったのだよ」

「さすがはきみだ」と、ジミーはいった。

「ねえ、アンソニー、あなたはそれを出版させるつもりじゃないんでしょ？」と、ヴァージニアは叫んだ。

「やむを得ないよ。ジミーのような友だちの期待を裏切るわけにいかないからね。しかし、心配する必要はないよ。ぼくはあれをなんとか我慢して読んでみた。そして、偉人たちは回顧録を自分で書かずに、だれかを雇って書いてもらうものだという噂が絶えないわけが、やっとわかった。スティルプティッチは、作家としては、まったくなっちゃいないのだ。しかも彼は、政治的手腕についての散漫な退屈な話ばかりしていて、もっと新鮮な人間味のある逸話や失敗談は、これっぽっちも書いていない。あの回顧録のどこを探しても、難局を生き抜いた政治家の鋭敏な感覚をかいま見るようなところは一つもないのだ。ぼくは今日ボールダーソンに電話して、真夜中の十二時前に原稿を届けることにしておいたのだが、ジミーがここに来たのだから、彼自身の汚い仕事は彼にやらせるのが当然だろう」

「じゃ、行ってくるぜ」と、ジミーはいった。「一千ポンドは魅力だ——おれはもうあきらめていたところだったので、余計嬉しいよ」

「さっさと行ってくれ」と、アンソニーは彼をせかした。それからヴァージニアを振り返っていった。「じつは、あなたに告白しなければならないことがあるのだ。ほかの人はみんな知っていることだが、ぼくはまだあなたに話していなかったのでね」

「あなたがあたしの知らないどんなに多くの女性を愛していたとしても、それをあたしに話さない限り、あたしは平気だわ」

「多くの女だって！」アンソニーは嘆声を上げた。「そうそう、ぼくが最後にジェイムズに会ったとき、どんな女どもを連れていたか、彼に訊いてくれ」

「ぶすばっかりさ——それも、四十五歳より一日だって歳の少ないのは、一人もいなかったよ」と、ジミーはまじめくさっていった。

「ありがとう、ジミー。きみは真の友だちだ。いや、そんな生やさしい話じゃないのだよ、ヴァージニア。ぼくはあなたにほんとうの名前をごまかしていたのだ」

「それ、すごく変な名前？」ヴァージニアは興味深げにたずねた。「たとえば、ポプルなんていう滑稽な名前なの？　ポプル夫人と呼ばれるのも、まんざら悪くないわよ」

「あなたはいつも最悪のぼくを考えるらしいね」

「そうかもね。あなたがキング・ヴィクターじゃないかと思ったこともあったわ――たったの一分半ばかりのあいだだけど」

「ところでね、ジミー、ぼくはきみに頼みたい仕事があるんだ――ヘルツォスロヴァキアの山岳地帯で金鉱探しは、どう？」

「あそこに金鉱があるのか？」ジミーは熱心に訊き返した。

「あるとも、すばらしい国なんだ」

「やっぱりきみはぼくの忠告を聞き入れて、あの国へ行くことにしたのか」

「そう。きみの忠告は、きみが知っている以上の価値があったよ。さて、告白のことだが……。ぼくは取り替え子とか、そんなロマンチックなものじゃなくて、ヘルツォスロヴァキアのニコラス・オボロヴィッチ王子なのさ」

「ほんと？　まあ、すごい！」と、ヴァージニアは叫んだ。「おまけにあたしはあなたと結婚してる！　それで、あたしたちはどういうことになるの？」

「ヘルツォスロヴァキアへ行って、王さまと女王さまの位を要求することになるだろうね。ジミー・マグラスの話によると、あの国の王や女王の平均寿命は四年以下だそうだよ。それでもかまわない?」

「かまわないどころか、とても気に入ったわ!」と、彼女は答えた。

「彼女、なかなかりっぱだな」と、ジミーがつぶやいた。

それから彼は、こっそり夜の中へまぎれて行った。数分後に車のエンジンの音が聞こえた。

「男に彼自身の汚い仕事をやらせるほど気分のいいことはないね」と、アンソニーは満足そうにいった。「だいいち、そうでもしなきゃ、あいつを追っ払う方法がないからね。ぼくたちは結婚して以来、ただの一分間もきみと二人きりになれなかったのだよ」

「これからが楽しみだわ」と、ヴァージニアがいった。「盗賊を教育して盗賊にならないようにしたり、暗殺者を教育して暗殺者にならないようにしたりして、あの国の道徳意識を改善することが必要だわ」

「そういう純粋な理想を聞くのは楽しいね」と、アンソニーはいった。「それを聞くと、ぼくの犠牲はむだではなかったような気がする」

「ばかなことをいわないで」彼女は冷静にいった。「あなたは国王であることを楽しめるようになるわよ、きっと。それがあなたの血統なのよ。あなたは王さまという職業にふさわしい教育を受け、それに適した素質を持っているのよ。鉛管工が生まれつき鉛管工の素質を持っているようにね」

「鉛管工がそうかどうか知らないけど、そんな話で時間をむだにするのはよそう。じつは、本来ならばぼくはいま時分は、アイザックスタインやロリポップじいさんと会議している最中だったのだよ。彼らは石油について話したがっていたのだ。ああ、石油か！　しかし、彼らはぼくのためにそれを延期してくれたのだ。ヴァージニア、ぼくがあなたにキスをしてみせるといったことを憶えているだろうね？」

「憶えてるわ」と、彼女はやさしい声でいった。「でも、バトル警視が窓から見ていたのよ」

「いまは、彼はいないよ」と、アンソニーはいった。

彼は突然、彼女を引き寄せて、まぶたに、唇に、緑がかった金色の髪にキスの雨を降らせた。

「ぼくはあなたをとても愛しているよ、ヴァージニア」と、ささやいた。「あなたもぼくを愛してる？」

彼はその答えを確信しながら待った。彼女は彼の肩に頭をもたせかけ、低い、甘く震える声で答えた。「ちっとも！」

「ちえっ！」と叫んで、彼はまたキスをしながらいった。「これじゃ、死ぬまであなたを愛さなくちゃならなくなりそうだぞ」

31　エピローグ

場面――チムニーズ、木曜日午前十一時。ジョンソン巡査が上着を脱いで土を掘っている。

葬式のような雰囲気があたりに漂っている。友人や親戚が、ジョンソンの掘っている墓穴のまわりに立っている。

ジョージ・ロマックスは、故人の遺言によって主要な遺産の受取人になったような顔だ。相変わらず無表情なバトル警視は、この葬儀が滞りなく執り行なわれていることに満足している様子。葬儀屋にはもってこいの顔だ。ケイタラム卿は、宗教的な儀式が行なわれているときにイギリス人が装う、きまじめな、神妙な顔をしている。フィッシュ氏はこの情景にうまく溶けこめないでいる。まじめになれないのだ。

腰を曲げていたジョンソンが、突然上体を起こした。軽い興奮の色が彼の顔をかすめた。

のようだ。

「よし、これでうまくいきそうだ」と、フィッシュがいう。まるで一家のかかりつけ医

ジョンソンが後退し、フィッシュが適当にまじめくさって墓穴の上に腰をかがめた。外科医がまさに手術をしようとしている図だ。

彼はキャンヴァスでくるんだ小さな包みを穴から取り出した。そして儀式じみたしぐさでそれをバトルへ手渡した。バトルはそれをジョージ・ロマックスに手渡した。この情況にふさわしい礼儀作法が、申し分なく発揮される。

ジョージ・ロマックスは包みをほどき、その中の油紙を開け、さらにその下の包装の中へ手を突っこんだ。彼はほんのしばらく何かを手のひらにおいた——それからすばやくまた、綿毛でそれをおおった。

彼は咳払いした。「このまことにおめでたいときに当たりまして、一言——」彼は熟練した演説家ぶりを発揮しはじめた。

ケイタラム卿はこっそり退却した。テラスで自分の娘を見つけると、「バンドル、おまえの車はちゃんと整備されているかい？」と訊いた。

「ええ。なぜ？」

「それでは、いまただちにわたしをロンドンへ連れて行っておくれ。わたしはすぐ——

今日――外国へ発つつもりだ」

「でも、お父さま――」

「わたしと議論しないでおくれ、バンドル。じつはジョージ・ロマックスが今朝ここに着くと、非常に微妙な問題について、わたしと個人的に相談したいことがあるというのだ。そして、ティンブクトゥ国王がまもなくロンドンに到着することになっていると、つけ加えた。わたしはもう我慢ならん。ジョージ・ロマックスが五十人束になってきても、断じて話を聞くわけにいかん！　もしチムニーズがそれほど国家にとって重要なら、国家が買い取ればいい。でなければ、わたしはシンジケートに売って、ホテルに変えてしまうつもりだ」

「コダーズはいまどこにいるの？」バンドルはこの難局に対処しようとしていた。

「いまのところ――」ケイタラム卿は彼の時計を見ながらいった――「彼は少なくともあと十五分は、大英帝国についてのおしゃべりをしているだろう」

もう一つの光景――墓穴のそばの儀式に招かれなかったビル・エヴァズレーが電話している。

「いや、ほんとだよ……いやだなあ、怒ったりしちゃ……ね、今夜夕食をいっしょにしよう……ぼくはずっと仕事に追い立てまくられて、暇がなかったのだよ。ほんとだよ、ドリー。きみはコダーズがどんなやつか知らないからそんな……ぼくはきみ以外のどんな女も愛したことはないんだぜ……そうかい、それじゃまず、あのショーへ行くことにしよう。あの役者のギャグが面白いからな……〝そして少女は、かぎホックを――〟」

エヴァズレーはなんとも奇妙な声でそのせりふをまねようとしている。

一方、ジョージの長広舌は終わりに近づいている。「――大英帝国の永遠の平和と繁栄を心から祈ってやまない次第であります！」

ハイラム・フィッシュ氏は低音で彼自身と、大きくいえば世界へ、つぶやきかけた。

「ほんとに面白い、すばらしい週末だった」

解説

評論家
井家上隆幸

三十歳で処女作『スタイルズ荘の怪事件』(一九二〇)でデヴューして以来八十五歳で世を去るまでに、アガサ・クリスティーは長短篇あわせて八十五冊のミステリと、自伝や恋愛小説など十一冊、戯曲二十一編を残している。そのうち冒険ミステリは『秘密機関』(二二)『茶色の服の男』(二四)『ビッグ4』(二七)『七つの時計』(二九)『バグダッドの秘密』(五一)『死への旅』(五四)『フランクフルトへの乗客』(七〇)それに本書、『チムニーズ館の秘密』(二五)の八冊である。

なかでも『アクロイド殺し』と同年に発表した本書『チムニーズ館の秘密』は――後世の評価は、おしどり探偵トミーとタペンスのペレスフォード夫妻が活躍する『秘密機関』が高いようだが――クリスティーにとっては愛着のある作品だったようで、十年後の一九三二年にはその戯曲化を試み、二十年後の一九五一年にはさらに手を加えて上演をはかったという。一言でいってしまえば『チムニーズ館の秘密』は、スパイ、大泥棒、悪党、冒険好きのヒロインと快男児、敏腕の警視やらが登場する、策略や陰謀渦巻く波瀾に富んだ冒険ロマンで、現代の冒険もののようにリアリスティックなものではない。しかしそこには、「もし（時代的）背景が現実ばなれしたものであれば、物語自体もまた、ファンタジー、あるいはオペラ・コミックでいう狂想劇の形式をとらざるを」えず、「舞台装置に日常生活の現実ばなれした世相をとりこむ必要」があるとクリスティー自身がいっているように、クリスティーからみれば「現実ばなれした」第一次大戦後のイギリスの現実があることもまたたしかである。

ロンドン近郊の小村にある、ケイタラム侯爵の別邸チムニーズ館は、全ヨーロッパのほとんどあらゆる名士が一度はそこに泊まっているほどの社交界の拠点だが、実はそこで催される週末の非公式パーティでさまざまな歴史が作られ、あるいは抹消された、英国外務省の秘密工作の拠点と、これが「狂想劇」の舞台。そこで英国外務省の高官ジョージ・ロマックスが〝演出〟する〝国際謀略〟ドラマに登場するのは、世界を放浪しコンゴからやってきたアンソニー・ケイド、元外交官夫人のヴァージニア・レヴェル、ケイタラム卿とその娘アイリーン（バンドル）、国際的宝石泥棒キング・ヴィクター、ケイタラム家の家庭教師ブラン、バルカンの国ヘルツォスロヴァキアの王子ミカエル・オボロヴィッチとロロプレッティジル男爵、全英シンジケートの代表ハーマン・アイザックステイン、アメリカからの客ハイラム・フィッシュ、ロマックスの秘書ビル・エヴァンス、ロンドン警視庁のバトル警視、パリ警視庁のルモワヌ刑事、それにヴィクターの一味とヘルツォスロバキアの共和制支持派レッド・ハンド一党。

ドラマの中心軸はふたつ。ひとつはヘルツォスロバキアに石油が埋蔵されていると知ったイギリスが、アメリカを出し抜き独占するため、ミカエル王子に王制復古の資金を提供するという企てであり、もうひとつはチムニーズ館に潜入したキング・ヴィクターとのあいだに展開する、かつてヘルツォスロヴァキアから盗み出された宝石をめぐる暗闘である。

バルカン諸国の一つ、人口の大半は山賊で、彼らの趣味は王様を暗殺して革命を起こすことというヘルツォスロヴァキアは、七年前に最後の王様ニコラス四世が暗殺されて共和制になっているが、なにせ政権交代は常に流血をともない、王や女王の平均寿命は四年以下というのだから、王制擁護派と共和制支持派の争いも当然のことながらすさまじい。しかも粗野で無教養な後者の行動派レッド・ハンド一党は、ミカエル王子とイギリスの提携を暴力で粉砕しようとかかっている。

そこへ、アフリカはジンバブエ（当時は英国南アフリカ会社の支配下にあり一九二三年に英国の自治植民地となり、第二次大戦後は少数白人支配下に独立したが、国連の経済制裁や黒人解放勢力の武装闘争で八〇年再独立）で再会した旧友ジェイムズ・マグラスに託された、かつてオボロヴィッチ王家を支えた首相スティルプティッチ伯爵の回顧録の原稿を持ってケイドが現れたからさあ大変。なにせスティルプティッチはバルカンの長老で、最近二十年間の中近東におけるあらゆる変動の裏にかならず介在していた現代の最も偉大な政治家であり、独裁者であり、愛国者であり、野放しの大悪党といわれた天才的な策謀家である。その回想録の内容しだいではヨーロッパに激震が起きること確実。おまけにマグラスは、面倒みた男が脅迫していたらしい女の手紙までケイドに預けていて、その女の名はヴァージニア・レヴェルというのだが、さてその正体は？というところでキング・ヴィクターにリンクする。

ケイドのいくところたちまち起こる剣戟、いや、ヴィクターの一味や虎視眈々と王家の復活を狙うミカエルが殺され、そこでロンドン警視庁のバトル警視登場。ケイドと丁丁発止のやりとりに、美しく、思慮深く、勇敢で、抜け目がなく、機略に富み、驚くべきねばりづよさをもち、冒険心旺盛なヴァージニア・レヴェルがからんで、謎また謎の〝チムニーズ館の秘密〟に挑んでいくのだから、物語は推理あり活劇ありで波瀾万丈の

「冒険ファンタジー」で、謎解きは本格推理、活劇は冒険ロマンと、「あっ！」と驚く大団円まで、アガサ・クリスティーも「どうだ、どうだ」と乗りまくっている。

しかしこの冒険ミステリ、「ファンタジー」として読むだけではもったいない。バルカンの架空の国ヘルツォスロヴァキアの王制と共和制がめまぐるしく転変する状況は、それを「ユーゴスラヴィア」に変えてみれば、さらにおもしろくなるのだ。なにせ第一次大戦後に生まれたユーゴスラヴィアの中心だったセルビアは、一九世紀初頭、ナポレオン戦争の時期以来の農民の叛乱の指導者たちであったオブレイノイッチ家とカラゲオルゲイッチ家という二つの王家が対立し、政権を奪いあっていたのである。まさにケイドがいうように「王や女王の平均寿命は四年以下」なのだ。クリスティーには、そんなセルビアは大英帝国の富裕な中産階級に育った自己の基盤を揺るがしかねない野蛮で危険なものに見えたのかもしれない。いや、現実にセルビアは、エドワード七世時代の平穏を壊してしまった国なのだ。どのようにか。

一九一四年六月二十八日、ボスニアの首都サラエヴォで、オーストリア皇太子フランツ・フェルディナンド大公とゾフィー妃が、セルビア民族主義者の秘密組織「ブラック・ハンド」に属する十九歳のセルビア人学生、ガブリエル・プリンチプに暗殺された。全ヨーロッパ諸国を驚愕させ、第一次世界大戦の導火線となったこの暗殺は、同時に中世以来数多くのスラブ系民族を支配してきたハプスブルク家の終焉をもたらすものでもあった。

一八六七年／元メキシコ皇帝の弟マクシミリアン、メキシコの共和政権により銃殺。

一八八九年／ただ一人の息子で帝位継承者のルドルフ大公、十七歳の愛人マリ・フェッツェラ男爵夫人と情死（他殺説もある）。一八九八年／皇后エリザベート、イタリアの無政府主義者に刺殺――。

一八四八年に即位してから七〇年、八〇歳の老帝フランツ・ヨゼフ一世のハプスブルク家は、いままた甥の皇太子フェルディナンド大公を喪ったのだ。しかも、フェルディナンド大公には二人の皇子と一人の皇女があったが、皇位の継承権はなく、いわば日陰者扱いである。なぜならば、ハプスブルク家には、将来皇后たるべき身には、たとえば王室の出身であるとかカトリック教徒でなければならないという家憲があり、ボヘミアの伯爵の娘ゾフィーと結婚するにあたってフェルディナントは、将来二人のあいだにできる子どもにハプスブルク家の帝位を継がせないことを誓わされていたからだ。彼らの死はウィーンの宮廷に冷たく迎えられ、その葬儀は、皇帝も皇族も出席しない淋しいものので、それでも皇太子の金の棺は多くの花にかこまれていたが、ホーエンベルク大公妃という称号は与えられたとはいうものの、数ある皇族妃の末席におかれていたゾフィーの銀の棺には、「残された子どもたち」の手向けた数輪の白薔薇だけだったという。これをクリスティーは「貴賤相婚」といい、謎を解く鍵のひとつにしているではないか。

しかも第一次大戦後、ロシア革命やアメリカの国際的影響力に押されて、昔日の栄光も平穏もうしなってしまったイギリスが、第一次大戦に参戦したことでヨーロッパにも大きな影響力をもってきたアメリカに脅威を感じていたことを思えば、ヘルツォスロヴァキアの王制を支持することと引き換えに石油の利権をにぎろうとするロマックスの企みは、その後の中東アラブ世界の石油をめぐる英米の確執と相似である。その意味では『チムニーズ館の秘密』は、第一次大戦後のイギリスの「不安と疑惑」が生み出したものであるといってもよいだろう。クリスティーがその舞台化を実現しようとした一九五一年が、イランでモサデク首相が石油を国有化し、英国政府がそれを認めた年であったのは、単なる偶然とは思えないのである。

バラエティに富んだ作品の数々

〈ノン・シリーズ〉

名探偵ポアロもミス・マープルも登場しない作品の中で、最も広く知られているのが『そして誰もいなくなった』（一九三九）である。マザーグースになぞらえて殺人事件が次々と起きるこの作品は、不可能状況やサスペンス性など、クリスティーの本格ミステリ作品の中でも特に評価が高い。日本人の本格ミステリ作家にも多大な影響を与え、多くの読者に支持されてきた。

その他、紀元前二〇〇〇年のエジプトで起きた殺人事件を描いた『死が最後にやってくる』（一九四四）、『チムニーズ館の秘密』（一九二五）に出てきたロンドン警視庁のバトル警視が主役級で活躍する『ゼロ時間へ』（一九四四）、オカルティズムに満ちた『蒼ざめた馬』（一九六一）、スパイ・スリラーの『フランクフルトへの乗客』（一九七〇）や『バグダッドの秘密』（一九五一）などのノン・シリーズがある。

また、メアリ・ウェストマコット名義で『春にして君を離れ』（一九四四）をはじめとする恋愛小説を執筆したことでも知られるが、クリスティー自身は四半世紀近くも関係者に自分が著者であることをもらさないよう箝口令をしいてきた。これは、「アガサ・クリスティー」の名で本を出した場合、ミステリと勘違いして買った読者が失望するのではと配慮したものであったが、多くの読者からは好評を博している。

72 茶色の服の男
73 チムニーズ館の秘密
74 七つの時計
75 愛の旋律
76 シタフォードの秘密
77 未完の肖像
78 なぜ、エヴァンズに頼まなかったのか？
79 殺人は容易だ
80 そして誰もいなくなった
81 春にして君を離れ
82 ゼロ時間へ
83 死が最後にやってくる
84 忘られぬ死
86 暗い抱擁
87 ねじれた家
88 バグダッドの秘密
89 娘は娘
90 死への旅
91 愛の重さ
92 無実はさいなむ
93 蒼ざめた馬
94 ベツレヘムの星
95 終りなき夜に生れつく
96 フランクフルトへの乗客

冒険心あふれるおしどり探偵
〈トミー&タペンス〉

本名トミー・ベレズフォードとタペンス・カウリイ。『秘密機関』（一九二二）で初登場。心優しい復員軍人のトミーと、牧師の娘で病室メイドだったタペンスのふたりは、もともと幼なじみだった。長らく会っていなかったが、第一次世界大戦後、ふたりはロンドンの地下鉄で偶然にもロマンチックな再会をはたす。お金に困っていたので、まもなく「青年冒険家商会」を結成した。この後、結婚したふたりはおしどり夫婦の「ベレズフォード夫妻」となり、共同で探偵社を経営。事務所の受付係アルバートとともに事務所を運営している。トミーとタペンスは素人探偵ではあるが、その探偵術は、数々の探偵小説を読破しているので、事件が起こるとそれら名探偵の探偵術を拝借して謎を解くというユニークなものであった。

『秘密機関』の時はふたりの年齢を合わせても四十五歳にもならなかったが、

最終作の『運命の裏木戸』（一九七三）ではともに七十五歳になっていた。青春時代から老年時代までの長い人生が描かれたキャラクターで、クリスティー自身も、三十一歳から八十三歳までのあいだでシリーズを書き上げている。ふたりの活躍は長篇以外にも連作短篇『おしどり探偵』（一九二九）で楽しむことができる。

ふたりを主人公にした作品が長らく書かれなかった時期には、世界各国の読者からクリスティーに「その後、トミーとタペンスはどうしました？　いまはなにをやってます？」と、執筆の要望が多く届いたという逸話も有名。

灰色の脳細胞と異名をとる
〈名探偵ポアロ〉シリーズ

本名エルキュール・ポアロ。イギリスの私立探偵。元ベルギー警察の捜査員。卵形の顔とぴんとたった口髭が特徴の小柄なベルギー人で、「灰色の脳細胞」を駆使し、難事件に挑む。『スタイルズ荘の怪事件』（一九二〇）に初登場し、友人のヘイスティングズ大尉とともに事件を追う。フェアかアンフェアかとミステリ・ファンのあいだで議論が巻き起こった『アクロイド殺し』（一九二六）、イニシャルのＡＢＣ順に殺人事件が起きる奇怪なストーリーが話題をよんだ『ＡＢＣ殺人事件』（一九三六）、閉ざされた船上での殺人事件を巧みに描いた『ナイルに死す』（一九三七）など多くの作品で活躍し、最後の登場になる『カーテン』（一九七五）まで活躍した。イギリスだけでなく、イラク、フランス、イタリアなど各地で起きた事件にも挑んだ。

映像化作品では、アルバート・フィニー（映画《オリエント急行殺人事件》）、ピーター・ユスチノフ（映画《ナイル殺人事件》）、デビッド・スーシェ（ＴＶシリーズ）らがポアロを演じ、人気を博している。

1 スタイルズ荘の怪事件
2 ゴルフ場殺人事件
3 アクロイド殺し
4 ビッグ4
5 青列車の秘密
6 邪悪の家
7 エッジウェア卿の死
8 オリエント急行の殺人
9 三幕の殺人
10 雲をつかむ死
11 ABC殺人事件
12 メソポタミヤの殺人
13 ひらいたトランプ
14 もの言えぬ証人
15 ナイルに死す
16 死との約束
17 ポアロのクリスマス
18 杉の柩
19 愛国殺人
20 白昼の悪魔
21 五匹の子豚
22 ホロー荘の殺人
23 満潮に乗って
24 マギンティ夫人は死んだ
25 葬儀を終えて
26 ヒッコリー・ロードの殺人
27 死者のあやまち
28 鳩のなかの猫
29 複数の時計
30 第三の女
31 ハロウィーン・パーティ
32 象は忘れない
33 カーテン
34 ブラック・コーヒー〈小説版〉

訳者略歴　1924年生，1949年東京大学文学部卒，英米文学翻訳家　訳書『愛国殺人』クリスティー，『餌のついた釣針』ガードナー（以上早川書房刊）他多数

Agatha Christie

チムニーズ館《かん》の秘《ひ》密《みつ》

〈クリスティー文庫73〉

二〇〇四年二月十五日　発行
二〇二一年二月十五日　三刷
（定価はカバーに表示してあります）

著者　アガサ・クリスティー
訳者　高《たか》橋《はし》豊《ゆたか》
発行者　早川　浩
発行所　株式会社早川書房
郵便番号一〇一‐〇〇四六
東京都千代田区神田多町二ノ二
電話　〇三‐三二五二‐三一一一
振替　〇〇一六〇‐三‐四七七九九
https://www.hayakawa-online.co.jp

乱丁・落丁本は小社制作部宛お送り下さい。
送料小社負担にてお取りかえいたします。

印刷・株式会社亨有堂印刷所　製本・株式会社川島製本所
Printed and bound in Japan
ISBN978-4-15-130073-8 C0197

本書は活字が大きく読みやすい〈トールサイズ〉です。